Hans Ernst

Im Herbst verblühen die Rosen

Hans Ernst

Im Herbst verblühen die Rosen

Roman

rosenheimer

8., neu überarbeitete Auflage 1999

Titelbild: Michael Wolf, München
Satz: Buch-Werkstatt GmbH, Bad Aibling
Druck und Bindung: Wiener Verlag, Himberg bei Wien
Printed in Austria

ISBN 3-475-52960-2

1

Als der Maler Felix Sebald in einem Alter starb, in dem andere gerade die Mitte ihres Lebens erkennen wollen, hinterließ er seiner Witwe und dem neunzehnjährigen Sohn Adrian eine Sammlung von Bildern, von denen die Hälfte wegen ihrer mordernen Ausrichtung auf dem Lande draußen keine Käufer fand. Mehr Glück hatte er mit seinen Porträts gehabt und die feinsinnigen Studien verschiedener Bauernköpfe hatten seinen Namen weit über das Tal hinaus bekannt gemacht.

Im Laufe der Jahre war es ihm gelungen das kleine Häusl außerhalb des Dorfes Erlwies schuldenfrei zu machen. Er hätte auch sonst noch allerlei zuwege gebracht, denn er verfolgte seine Ziele mit hartnäckiger Beharrlichkeit. Der Schuss Leichtsinn in seinem Blut hatte sich schon frühzeitig verflüchtigt, sodass der ganze Mann nur noch durchdrungen war von dem Wunsch nach einem Leben in ruhigen, gesicherten Bahnen. Oh, er steckte noch voller Pläne, der Felix Sebald, als Gottes gebietende Hand aus den Wolken heraus auf ihn zeigte, damit der Tod sich nicht irrte und ihn brüderlich mitgehen hieße.

Seine Frau tat einen Schrei, als dies geschah, mitten an einem hellen Nachmittag im Frühling. Ohne Krankheit, ohne jeden Übergang geschah es. Sie hatten zusammen Kaffee getrunken, dann war er in sein Atelier gegangen, und als sie ihm nach einer Weile nachging, weil er seine Brille vergessen hatte, saß er in dem großen Korbstuhl und schlief. Das glaubte sie wenigstens zunächst, obwohl es für ihn ungewöhnlich war. Erst als sie zart über seine Hand fuhr, erschrak sie und gleich darauf bemerkte sie, dass er nicht mehr atmete.

Ihren Schrei hörte zwar niemand, denn die nächsten Häuser lagen in einiger Entfernung. Der Sohn kam erst in etwa einer Stunde von der Schule in der Kreisstadt zurück. Es war auch mehr ein Schrei des Schreckens als der Trauer, weil Irene zeit ihres Lebens mit Angst an Tod und Sterben gedacht hatte. Die Trauer stellte sich erst später ein, als sie etwas vertrauter geworden war mit dem kalten Tod, als die grausame Tatsache des Alleinseins sie überwältigte.

Es hatten keine großen Feste mehr stattgefunden in ihrem Zusammenleben. Das erste Glockenläuten war längst ausgeschwungen und das Echo war in den zwanzig Jahren ihrer Ehe nur mehr selten aufgeklungen, obwohl sie einander gut waren und treu. Ja, gut war sie ihm immer gewesen. Geliebt hatte sie den jungen Stürmer und Draufgänger, den Mann aber hatte sie dann geachtet, weil er die leidenschaftlichen Leichtfertigkeiten seiner Jugendjahre aufgegeben hatte und nur mehr durchdrungen war von der Sorge um die Seinen. Dieses Sorgen empfand Irene Sebald als den wahrhaft wirklichen Inbegriff seines Liebens in den letzten Jahren. In der ersten Stunde nach seinem Tod wurde ihr schon unerbittlich klar, dass nun alle Last des Lebens auf ihr liegen würde. Und sie weinte in wirklich ehrlichem Schmerz um den Mann, dem sie neunzehnjährig gegen alle Einwände ihrer Familie gefolgt war. Er hatte nach den Sternen gegriffen und sie hatte ihm dabei geholfen. Sie weinte, dass es den ganzen Körper schüttelte, und suchte bei allem Schmerz auch nach eigener Schuld, weil sie nun glaubte, dass sie ihrem Mann nicht genügend zugetan war. O ja, sie wurde sich schon einiger Einzelheiten bewusst. »Ich bin viel zu wenig gut gewesen zu ihm«, schluchzte sie. Aber das stimmte nicht, denn sie war ihm immer treu gewesen.

Wie seine Bilder sprachen! Der Bergsee dort, jenes Stillleben, der Feldblumenstrauß, die Kühe auf der Weide, der blausilberne Bach, der ein Mühlenrad trieb, und dann auf der Staffelei, die Farbe noch nicht ganz getrocknet, die »Birken im Sturm«.

Dies letzte Gemälde hatte der Sägewerksbesitzer Anton Antretter in Auftrag gegeben. Es sollte eine ganz ordentliche Summe kosten und mit dem Geld sollte allerlei begonnen werden. So hatten es Sebalds geplant, aber mitten durch diese Rechnung zog sich nun der dicke, schwarze Strich, mit dem der Tod seine eigene Rechnung präsentierte.

So weinte Irene auch um der nun undurchführbaren Pläne willen bitterlich und vergaß dabei die Dinge, die nun zunächst zu tun gewesen wären. Es müsste der Arzt verständigt werden, das Glöcklein müsste läuten im Turm der Kirche und der Sarg müsste bestellt werden. Allerlei wäre noch zu tun. Aber Irene war fassungslos und blickte nur einmal auf die Uhr, ob es nicht bald an der Zeit wäre, dass Adrian käme. Nein, sie war zu gar nichts fähig. Ganz still, den Kopf mit dem aschblonden Haar in die Hände gestützt, saß sie da und schaute in das stille Gesicht, in dem der Mund ein klein wenig offen stand, als wäre Felix Sebald erschrocken, als die kalte Hand des Todes ihn berührt hatte.

So fand Adrian sie, als er nach Hause kam. Ihn traf das Unglück noch viel schwerer, denn seiner Natur nach hatte ihn alles zu diesem vorbildlichen Vater hingezogen. Er konnte einfach nicht fassen, dass die freundlichen Augen ihn niemals mehr beim Heimkommen grüßen sollten.

Achtunddreißig Jahre war Irene alt. Sie sagte Adrian beim Heimgehen vom Postamt, wo sie ein Telegramm an den Bruder des Verstorbenen aufgegeben hatten, dass sie nie mehr heiraten werde.

Sie sagte das nicht, weil es ihr etwa heldenhaft erschienen wäre, dem Felix die Treue über das Grab hinaus halten zu wollen, sondern weil sie in der Trauer den Mut fand, ihr Leben von diesem Zeitpunkt an abzuschließen um in einer neuen Ordnung mit dem Sohn weiterzuleben.

Der Sohn war ihr genaues Ebenbild. Er hatte das blonde Haar von ihr, das schmale Gesicht, die samtdunklen Augen mit den schnurgeraden Brauen darüber und den weichen, schwellenden Mund. Man hätte ihn, da er ziemlich groß war, für einen jüngeren Bruder von Irene halten können.

Und es war dann so, dass die beiden Menschen sich von der Stunde der Einkehr des Todes bis zum Tage des Begräbnisses innerlich so nahe kamen wie nie zuvor. Die gemeinsame Trauer trieb sie zusammen und deckte Wesenszüge auf, die vorher nie ganz zusammengefunden hatten, weil die zwiefache Liebe des Vaters immer dazwischengestanden hatte.

Nun war der Tag der Beisetzung gekommen. Der Himmel hing bleiern über dem Land, in der Nacht hatte es geregnet und die Berge waren von Nebeln verhangen. Dumpf und schwer läuteten die Glocken vom Kirchturm zu Erlwies und ein langer Trauerzug folgte dem Sarg das Sträßlein zum Bergfriedhof hinauf. Es zeigte sich, dass Sebald doch sehr beliebt gewesen war, denn aus jedem Haus gab ihm jemand das letzte Geleit.

Auch am Grab war zu vernehmen, dass er ein braver, grundgütiger Mensch gewesen war. Das Rührendste aber war ein Kranz aus Latschen und gelben Primeln, den die Burschen des Trachtenvereins von Erlwies auf den kiesigen Hügel legten, weil sie ihren Maler auf diese Weise nochmals grüßen wollten. Er hatte immerhin ein

Jahrzehnt unter ihnen gelebt und ihnen immer bereitwillig die Theaterkulissen gemalt. Er hatte sie und sie hatten ihn verstanden und darum bewiesen sie ihm am Grab ihre Verbundenheit.

Hinter Irene und Adrian stand Goliath, der einzige Bruder des Verstorbenen. Er hieß eigentlich Hermann, aber weil er in seinen körperlichen Ausmaßen einem Riesen glich, hatte Felix ihm diesen Spitznamen gegeben. Goliath besaß im Gäuboden einen Hof mit zweihundertfünfzig Tagwerk und war sich seines Reichtums voll bewusst. Das Verhältnis der Brüder war die ganzen Jahre über mehr als locker gewesen. Es bestand zwar keine offene Feindschaft, man schrieb sich zum Jahreswechsel einen nüchternen Glückwunsch und hielt sonst deutlich Abstand voneinander. Wenn er auf die Trauernachricht von Irene hin doch hergekommen war, so hatte er es nicht aus brüderlicher Zuneigung zu dem Verstorbenen getan, auch nicht aus Verehrung für die aschblonde Schwägerin, die er nie anerkannt hatte, sondern weil ja aus dieser Ehe auch ein Sohn da war, über den er vielleicht seine Fittiche ausbreiten müsste, bevor er auch in das abseitige Fahrwasser geriet, in das sein Vater einst gekommen war.

Unbeweglich, wie ein steinernes Denkmal, stand er hinter den beiden Trauernden. Das Kinn quoll lustig über den steifleinenen Kragen, das rote Gesicht zeigte mehr Hochmut als Trauer. Das schüttere Haar hatte er sorgfältig über den breiten Schädel gelegt um die aufkommende Kahlköpfigkeit zu verdecken.

Als alles vorüber war und sie schließlich nur mehr zu dritt vor dem Grab standen, räusperte sich Goliath, trat näher und wendete die Schleife seines Kranzes nach oben, weil der Wind sie umgedreht hatte. Da stand es nun in goldenen Lettern deutlich sichtbar zu lesen: »Letzter Gruß von deinem Bruder«.

Bitte, was wollte man von ihm mehr? Er grüßte seinen Bruder zum letzten Mal, war so weit hergekommen und war bereit zu helfen, wenn es was zu helfen gab. Aber nun hatte er Hunger und meinte darum, dass es an der Zeit sei zu gehen, weil der gute Felix auch mit langem Herumstehen nicht wieder lebendig gemacht werden könnte.

Sie gingen also ins Dorf zurück, wo sie im Schwabenbräu zu Mittag aßen. Goliath ließ es sich nicht nehmen, die Zeche zu begleichen, und rechnte auch das gleich ab, was die vier Feuerwehrleute fürs Tragen zu bekommen hatten. Danach ging er mit hinauf ins Malerhäusl. Er war schließlich Schwager und Onkel und erst nach dem Kaffeetrinken deckte er in schonungsloser Offenheit den eigentlichen Grund seines Kommens auf.

»Also, wie steht es jetzt? Es ist am gescheitesten, denke ich, wir reden gar nicht lange um den heißen Brei herum und packen die Sache gleich von der richtigen Seite an. Am besten wird sein, du verkaufst das Schneckenhäusl hier und ziehst mit dem Buben zu mir ins Rottal.«

Irene erschrak zunächst ein wenig über diesen Plan, der sie unvorbereitet traf. Gleichzeitig wurde sie ganz starr. Wo solcher Stolz und solche Überheblichkeit gezeigt wurden, musste mit Stolz reagiert werden.

»Verkaufen?«, fragte sie. »Ich wüsste gar nicht, wie ich dazu käme.«

»Jetzt weißt du es noch nicht. Aber in einem halben Jahr wirst du anders denken. Ich kann mir nämlich nicht vorstellen, dass der Felix mit seiner Malerei Reichtümer hinterlassen hat.«

»Reichtum in dem Sinne, wie du ihn gewohnt bist, freilich nicht«, entgegnete Irene heftig. »Aber für uns zwei reicht es.«

»Soll das vielleicht ein Vorwurf sein? Gegen meinen Reichtum, meine ich.«

»Nein, ich weiß, dass dir, als dem Älteren, der Hof zustand.«

»Das mein ich auch. Und dass der Felix sein ganzes Erbteil verstudiert hat, ohne dass er was Richtiges geworden ist, dafür kann ich ja nichts.«

»Er ist das geworden, wozu ihn seine Begabung und seine Berufung getrieben haben.«

Eine abwehrende Geste mit der fleischigen Hand. »Wenn ich schon das Wort Berufung höre. Die Mutter, Gott hab sie selig, hat haben wollen, dass er einmal Pfarrer wird. Und als er das schon nicht auf sich nehmen wollte, hätte er sein Studium wenigstens auf etwas verlegen können, das später seinen Mann ernährt hätte. Er könnte heute Landrat sein oder so was. Aber ...«

»Wir haben deswegen auch nicht gehungert«, unterbrach Irene ihn gereizt.

»Ausreden lassen, ausreden lassen, Schwägerin. Aber stattdessen hat der gute Felix sich weiterhin von der Mutter das Geld schicken lassen fürs angebliche Studium. Dabei hat er die verflixte Farbkleckserei angefangen.«

Da stand Adrian auf. »Ich finde es geschmacklos, Onkel, gerade heute am Begräbnistag, so von meinem Vater zu sprechen.«

»Was denn, was denn?«, wunderte sich der Riese. »Man wird doch noch seine Meinung sagen dürfen.«

»Wie sollst aber du auch in deinem Gäuboden erfahren können, was Rücksichtnahme ist«, sagte der Adrian und leichter Spott klang in seiner Stimme.

Goliath riss die schweren Augendeckel auf und schnaubte gewaltig.

»Sag du bloß nichts über das fruchtbare Fleckchen Gäuboden.«

»Sei ruhig jetzt, Adrian«, beschwichtigte Irene und knüpfte wieder an das vorherige Thema an. »Du hast ja von Farbkleckserei gesprochen vorhin, mein lieber Schwager. Ich nehme dir nicht übel, dass du nichts von der Kunst verstehst. Aber du bringst es gerade so heraus, als ob Felix das Geld nutzlos verschwendet hätte. Es hat ihn doch auch die Akademie Geld gekostet. Aber ich weiß, dafür habt ihr ja nie Verständnis gehabt.«

»Verständnis? Hätte mir das vielleicht imponieren sollen, wenn er, anstatt etwas Richtiges zu erlernen, Frauenzimmer malt? Und ausgestellt hat er die Bilder auch noch! Das hat der Mutter den Rest gegeben. Ja, wenn die Frauen wenigstens was angehabt hätten! Erst daraufhin hat die Mutter ihn fallen lassen.«

Irene konnte sich nun nicht mehr enthalten auch ihrerseits offen zu sein. »Dir kam das aber nicht ganz ungelegen, soviel ich mich noch erinnern kann.«

»Was heißt ungelegen? Fehlt nur noch, dass du sagst, ich sei ein Erbschleicher.«

»Soviel ich weiß, hat Felix dich nie für etwas anderes gehalten.«

»Das weiß ich. Und trotzdem habe ich ihm nie etwas nachgetragen. Im Gegenteil, ich bin heute hergekommen um euch zu helfen. Und wenn du für dich schon die Hilfe ausschlägst, so solltest du wenigstens an deinen Buben denken. Es käme mir nicht darauf an, den Adrian auf meine Kosten studieren zu lassen, allerdings unter einer Bedingung.«

»Und die wäre?«

»Dass er das wird, was sein Vater versäumt hat zu werden.«

»Darauf, Schwager, muss ich dir sagen, dass eine weitere Unterredung keinen Zweck hat. Worauf das Ganze hinaus soll, weiß ich längst. Es geht dir darum, mir meinen Buben abspenstig zu machen. Aber gib dir weiter keine Mühe. Ich müsste sonst annehmen, dass dich wirklich ein schlechtes Gewissen zum Wohltäter am Sohn deines Bruders werden lassen möchte.«

Die dicken Brauenbüschel zogen sich nervös zusammen. Die Unterlippe des Großbauern aus dem Rottal zuckte ein wenig; vor Spott oder vor Zorn, das war nicht recht auszumachen.

»Woher hast du denn diesen Stolz?«, fragte er. »Du hast wohl vergessen, dass du auch bloß einmal ein Modell gewesen bist und …«

»Nun ist es aber genug!«, schrie Adrian. »Du beleidigst nicht nur meine Mutter, sondern auch den Toten in seinem Grab.« Er stand auf, riss die Tür weit auf und deutete mit ausgestreckter Hand auf den Fußweg, der durch den Wald führte. »Wenn du der blauen Markierung nachgehst, ist das der kürzeste Weg zum Bahnhof. Es reicht gerade noch für den Zug in einer halben Stunde.«

Hatte der Mann tatsächlich kein Feingefühl oder prallte der ihm so offen gezeigte Zorn an seiner Stiernackigkeit einfach ab? Jedenfalls war er nicht im Mindesten beleidigt und ging ganz langsam hinaus. Im Garten blieb er nochmals stehen und ließ Adrian wissen, dass es gescheiter wäre, statt der vielen Blumen mehr Gemüse zu pflanzen.

Dann ging er hin, der Goliath, trug den schweren Mantel über dem Arm und wandte sich nicht einmal um. Irene wusste zwar nicht recht, ob das offene Feindschaft war, jedenfalls würde sie ihm von sich aus nun auch nicht mehr zum Jahreswechsel schreiben, weil der Schwager mit seinem kurzen Besuch nichts als Lieblosigkeit und Kälte verbreitet hatte.

»Komm her, Adrian, ich muss mit dir reden«, sagte die Mutter.

Die Heftigkeit des Gesprächs zitterte noch in ihr nach. Es war die verletzende Art Goliaths, die ihren Gemützustand auf jenen Grad völliger Erschöpfung herabgedrückt hatte, dass sie vorerst die Worte nicht so zu setzen vermochte, wie sie es gewünscht hätte um dem Sohn auf leichte Art begreiflich zu machen, dass das Ansinnen des Onkels nichts anderes war als ein Glied in der Reihe jener Demütigungen, die seit Jahren von ihm ausgegangen waren. Darum schwieg sie eine Weile, hielt nur seine schmalen Hände in den ihren und fühlte sich getröstet dadurch, dass dieser Sohn nun fortan die Leere in ihrem Leben ausfüllen solle.

Dann sprach sie, ließ Adrian Dinge wissen, die bisher nie vor ihm zur Sprache gekommen waren, und endete da, wo Onkel Goliath den Versuch gemacht hatte den Jungen zu sich hinüberzuziehen.

Bei diesem Gespräch wurde ihr plötzlich klar, dass Adrian kein Kind mehr war. In eindeutiger Weise nahm er Stellung zu den Ansichten des Onkels und deutete auch beiläufig an, dass sich das Leben von nun an wohl etwas ändern würde.«

»Was denkst du, was ich werden soll, Mutter?«

»Bis jetzt waren Vater und ich immer der Meinung, du solltest die Beamtenlaufbahn einschlagen.«

»Das ist ein weiter Begriff, Mutter. Und es wird ja auch von jetzt an davon abhängen, wovon wir leben, bis ich selber etwas verdiene.«

»Wir werden schon durchkommen, Adrian. Wir wollen uns heute nicht das Herz damit beschweren.«

»Wenn alle Stricke reißen, zu einem Bauernknecht reicht es immer noch.«

Das war leichthin, wie im Spaß gesagt, Adrian spann den Gedanken weiter und er dachte, dass diese Arbeit noch lange nicht die schlechteste sei.

Ganz still saßen sie auf der kleinen Terrasse. Der Abend schien tausendfach nachholen zu wollen, was der Tag versäumt hatte. Die Sonne war über die höchsten Gipfel schon hinuntergesunken, nun lachte sie zwischen einem Bergspalt hervor und gab dem ganzen Tal ein glühendes Gepräge. Alles leuchtete noch mal auf. Über dem Park von Siebenzell zitterten rote Schleier. Aus den Fenstern des Schlosses strömte es wie Feuer heraus und gab dem Laub des alten Ulmenparkes schillernden Glanz. Es war schön und tröstlich zugleich, diese Stunde noch zu genießen, bevor aller Glanz erlosch und die Nacht ihren Mantel über das Dorf breitete. Da und dort wurde ein Licht in den Stuben entzündet, Sterne glühten auf, flimmerten ein wenig und brannten dann ruhig als verklärtes Licht.

Irene hatte schweigend dem Übergang von der Dämmerung zur Nacht zugeschaut.

»Wollen wir schlafen gehen, Adrian?«

Sie standen auf. Das Licht im Haus erlosch. Es wurde still, nur das Rauschen der Bäume wurde lauter. Später kam dann wie jeden Abend die Mutter noch an Adrians Bett. Aber heute war etwas anders. Die Verlassenheit gab ihrem Gutenachtkuss eine tiefere Zärtlichkeit. Über dieses Gutenachtsagen blieb ihr Gesicht noch eine Weile neben dem seinen in den Kissen ruhen. Dann ging sie wieder hinaus und griff an den Lichtschalter.

Nun kroch die Nacht über den Jungen und legte sich schwer auf seine Seele. Aus der Dunkelheit heraus sah er den Vater auf sich zukommen, er hörte seine Stimme und wollte, wie so oft, eingehüllt sein von der Geborgenheit des Vaters. Doch nichts mehr geschah. Weder der schwere Schritt auf der Stiege noch das leise Niederdrücken der Türklinke. Es gab keinen Weg zurück aus dem Abgrund der Ewigkeit.

2

Der erste Schmerz war überwunden. Es ist merkwürdig, wie schon wenige Wochen alles lindern können. Irene hatte am Anfang die schwarze Kleidung aus wirklicher Trauer getragen und nun findet sie, dass sie zu ihrem aschblonden Haar gut passt. Das Gesicht des Mannes, das zwanzig Jahre um sie gewesen ist, verblasst ein wenig. Natürlich wusste sie, wie Felix ausgesehen hatte. Aber sein Gesicht und seine Statur hätten auch anders sein können. Schlanker vielleicht und kraftvoller. So wie der Sägewerksbesitzer Anton Antretter, der vor kurzem seine Frau verloren hatten, die jahrelang krank gewesen war.

Auch etwas umsichtiger hätte der gute Felix sein dürfen, nicht so künstlerhaft leichtfertig, dass Irene trotz allen eifrigen Suchens nichts unter den vielen Papieren finden konnte, das der Police einer Lebensversicherung gleichgesehen hätte, die ihr nun eine beträchtliche Geldsumme ausbezahlen müsste.

Nein, es war nicht schön von ihm gewesen, denn Felix hätte ja bedenken müssen, dass nach ihm das Leben für die Seinen weitergeht. Warum hatte der Mann nicht vorgesorgt? Gewiss, er hatte immer so viel verdient, als man brauchte, aber nun war er nicht mehr da und brachte nichts mehr her.

Wenn wenigstens der Sägemüller sein Bild bezahlen würde! Aber gerade vor zwei Tagen hatte er sagen lassen, dass er bereit wäre für das Gemälde Brennholz zu liefern. Und weil Irene aus einer falschen Scham heraus nicht den Mut fand zu sagen, dass ihr damit jetzt nicht gedient sei, sondern dass sie Geld brauche, weil ja die Beerdingung doch allerhand gekostet habe, darum hatte der Sägemüller gestern drei Klafter Scheitholz anfahren lassen.

Drei Tage später kam er selber vorbei und fragte, ob sie mit dem Gelieferten zufrieden sei.

»Ja, sehr«, antwortete Irene. »Und es ist ganz gut, dass Sie da sind, dann können wir das gleich in Ordnung bringen. Das Bild nehmen Sie doch noch?«

»Ja, natürlich. Das Brennholz ist ja weiter nichts als eine kleine Abschlagszahlung.« Das Bild sei ihm immer noch etwas wert. Nein, nein, nur keine falsche Bescheidenheit. Ob sie denn glaube, dass er etwa nichts von Kunst verstünde? Das Bild, er habe schon darüber nachgedacht, sei sicher mehr wert, als der Sebald ihm dafür hatte berechnen wollen.

Das tat gut. Es war ein tröstlicher Nachgesang auf die Kunst des Verstorbenen und es gab durchaus keinen Grund zu zweifeln, dass der Sägemüller über sie etwas anders dachte als der Goliath. Wie er schon dastand, groß und schlank, kein grauer Faden in seinem dunklen Haar, das Gesicht rot und gesund. Er trug statt der üblichen kurzen Lederhose eine lange aus Hirschleder, unter den Knien zusammengebunden, dazu graue Wadenstrümpfe und Schuhe mit Silberschnallen.

Jawohl, Silberschnallen am hellen Werktag! Sonnenumflossen stand er am Gartenzaun, Daumen und Zeigefinger zwischen die oberen Knöpfe seiner Weste geschoben. Am dritten Finger trug er einen schweren Siegelring, auf dessen breiter Platte der heilige Christophorus, mit dem Jesuskind auf der Schulter, eingestanzt war. Freundlichkeit und Entgegenkommen der ganze Mann, von den Silberschnallen der Schuhe bis hinauf zu dem grünen Plüschhut mit der kurzen Spielhahnfeder. Es ließ sich nicht gut umgehen, dass Irene ihn zu einer Tasse Kaffee einlud.

Anton Antretter sah auf seine Uhr, als müsse er nachsehen, ob er dafür Zeit habe. Unnachahmlich seine

Gebärde, wie er den goldenen Deckel aufspringen ließ und dann die Uhr wieder einsteckte!

»Gern, ich habe noch etwas Zeit.« Langsam stieg er die Stufen durch den Blumengarten hinauf, blieb dann noch mal stehen und sagte: »Sie müssten eigentlich hier noch ein paar Zimmer anbauen. Das Bauholz könnte ich Ihnen billig liefern und das andere spielt bei Ihnen sowieso keine Rolle.«

»Wie bitte?«

»Ich meine, das geht in einem hin. Wollten Sie nicht auch einen Wintergarten anbauen? Ich glaube, Ihr Mann hat einmal davon gesprochen. Warum auch nicht? Mit schönen Steinfliesen, das macht sich gut. Wenn schon, denn schon.«

Irene plapperte es mit einem leichten Unterton von Spott nach: »Ja, wenn schon, denn schon.«

Eigentlich war es ja schön, mit einem Ruck auf die Stufe hinaufgehoben zu werden, von der aus man die Nichtigkeit des Lebens ein wenig anders ansah. Es war aber ihre unbedingte Ehrlichkeit, die sie sagen ließ: »So reich sind wir ja nun auch wieder nicht, wie Sie denken.«

»Aber immerhin reich genug um so eine Kleinigkeit wie einen Wintergarten anzubauen. Er wird Ihnen danach unentbehrlich sein. Ihr Mann hat ja mit seinen Bildern, wie man so hört, Heidengelder verdient.«

»Hört man das?«

»Allgemein. Na ja, er konnte ja malen, darüber lässt sich nicht streiten.«

»Es ist nicht immer alles wahr, was die Leute reden.«

Da dreht er das Gesicht zu ihr um und sieht sie an. »Warum denn so bescheiden, Irene?«

Wie kam der Mann dazu, ihren Vornamen zu gebrauchen? Sie trat einen Schritt zur Seite und griff nach der Tür.

»Bitte, nehmen Sie Platz. Ich werde das Kaffeewasser aufstellen.«

Der Sägemüller legte seinen Hut auf das breite Fenstersims und sah sich dann im Atelier um. Er sah die »Birken im Sturm« und verschwendete für den Anblick des Bildes nicht mehr Zeit als bei der Betrachtung des eingelegten Mahagonitischleins in der Ecke. Er wusste, dass es sein Bild war, aber er wusste nicht, ob es gut oder schlecht war. Er hatte es bestellt, weil er glaubte, dass es zum guten Ton gehöre, ein Bild zu kaufen, so wie er sich auch etliche Dutzend Bücher gekauft hatte ohne jemals eines davon gelesen zu haben. Aber es gefiel ihm und es schmeichelte seiner Eitelkeit, wenn jemand in seine gute Stube kam und die Bücher betrachtete.

»Oh, den ganzen Goethe haben Sie gleich hier«, hatte kürzlich ein Holzgroßhändler aus der Stadt gesagt, der geschäftlich bei ihm war. Und der Sägemüller hatte darauf kühn geantwortet: »Ja, wie könnte man ohne Goethe überhaupt leben.«

Ja, er ist nicht ganz so bieder und ehrlich, wie er sich gibt, der Sägemüller. Jetzt, da er so allein saß, war sein Gesicht nicht so sorglos und hell wie vorhin. Er hat die Brauen scharf zusammengezogen, das Kinn ist wie im Krampf vorgestreckt und um seinen Mund liegt ein verbissener Zug. Aber da hörte er Schritte vor der Tür und riss sich zusammen.

Irene brachte den Kaffee und rückte dann seinen Stuhl so, dass er in die Sonne sehen musste. Das gab ihr ein wenig Sicherheit ihm gegenüber.

»Darf ich Ihnen Zucker geben?«

»Ja, zwei Stück, bitt schön.«

Nachdenklich rührte er in seiner Tasse. Wenn er den Kopf so gesenkt hielt, glitten die Sonnenbänder über sein dunkles Haar. Nach einer Weile hob er den Kopf.

»Wollen wir das wegen des Bildes heute ausmachen?«

»Wenn Sie meinen? Sie haben mir bereits Holz geliefert.«

»Drei Klafter, ja. Ich berechne sie mit hundert Mark.«

Überrascht sah Irene auf.

»Soviel ich weiß, kostet ein Klafter schon sechzig.«

Er sah sie an und lächelte.

»Donnerwetter, Sie wissen genau Bescheid und wollen sich von mir nichts schenken lassen. Also gut dann. Zwölfhundert Mark noch für das Bild. Ist es recht so?«

Irene sah nervös zum Schrank hinüber, denn sie konnte Antretters Blick nicht länger standhalten. In seinen Augen spiegelte sich die Sonne. Sie hatte nicht gewusst, dass das Sonnenlicht einen Blick so warm und leuchtend machen konnte.

»Es ist mir recht so«, antwortete sie nach einer Weile, die viel zu lang war um dem Mann nicht aufzufallen.

Er zog eine Brieftasche und zählte zwölf neue Hundertmarkscheine auf den Tisch. Sie blieben zunächst liegen, weil Irene keine Anstalten machte, sie wegzunehmen. Erst nach einer langen Weile fragte sie:

»Wollen Sie eine Quittung?«

»Nein, ich habe bezahlt, und dass Sie es nicht zweimal verlangen, das weiß ich.« Er griff plötzlich über den Tisch hinüber nach ihrer Hand. »Ein Handschlag von Ihnen genügt mir vollkommen.«

In diesem Händedruck aber, den der Mann über das übliche Maß ausgedehnt hatte, erkannte Irene, dass es vielleicht doch verkehrt war, ihn zum Kaffee eingeladen zu haben.

Er hob die Hand und fuhr mit dem Zeigefinger in seinen Hemdkragen, als wäre ihm plötzlich zu heiß geworden. Dabei fiel das Licht auf seinen Siegelring und warf gleißende Reflexe zurück. Dann sah er sie wieder an und in seinen Augen war etwas wie Schwermut.

»Ich kann Ihnen nachfühlen«, fuhr er dann fort, »wie schwer es für Sie gewesen sein mag, einem gesunden Mann ins Grab nachsehen zu müssen. Ich aber habe jahrelang im Schatten einer Frau gelebt, die nicht leben und nicht sterben konnte.«

»Das tut mir wirklich Leid.«

»Wenn ich bedenke, da hat Ihr Leben doch einen anderen Sinn gehabt. Sie haben wenigstens einen Sohn. Und was habe ich? Ach – sprechen wir nicht mehr davon. Haben Sie Dank für den Kaffee, es war eine schöne halbe Stunde.«

Die Hand gab er ihr nicht mehr. Er griff nach seinem Hut, nickte ihr zu und wollte gehen. Da fragte sie noch:

»Lassen Sie das Bild abholen?«

»Ja, gelegentlich. Und – wenn ich wieder einmal vorbeischauen darf?«

»Ja, gerne«, antwortete Irene schnell und wusste sogleich, dass sie es anders hätte ausdrücken sollen.

Von der Schwelle des Hauses aus sah sie ihm nach, wie er mit raschen, federnden Schritten dahinging. Felix war schwerfälliger gegangen und hatte die Schultern immer ein wenig eingezogen. Felix war ja auch älter. Er war bei seinem Tod fünfundfünfzig.

Die erste Not schien gebannt, weil der Sägemüller Antretter das Bild bezahlt hatte.

Als sich aber Irene in der Kreisstadt erkundigte, was ein Grabstein aus carrarischem Marmor koste, und ihr der Preis genannt wurde, erschrak sie doch sehr.

Tief bedrückt fuhr sie wieder nach Hause. Ach ja, das Leben war gar nicht so einfach. Sollte sie vielleicht ein hölzernes Grabkreuz beim Zimmermann bestellen? So ähnlich, wie wirklich arme Leute es haben?

Das Beste wird wohl sein, wenn sie sich zuerst mit Adrian darüber besprach. Vielleicht hatte der Junge irgendeine Idee oder Verbindungen, wie man die Bilder an den Mann bringen könnte.

Ach ja, was sollte nun überhaupt aus dem Jungen werden?

Adrian hatte sich in dieser Zeit auch so seine Gedanken gemacht. Den Plan, irgendwo auf einem Einödhof als Knecht zu arbeiten, hatte er längst wieder verworfen.

Am Sonntagnachmittag saßen Irene und Adrian auf der Terrasse und tranken Kaffee. Die Sonne schien warm und Adrian rückte den Sonnenschirm, dass seine Mutter komplett im Schatten war.

Irene sagte plötzlich: »Habe ich dir schon gesagt, dass der Sägemüller hier war?«

»Nein. Was wollte er?«

»Eigentlich nichts. Das Bild hat er bezahlt.«

»Welches Bild?«

»›Birken im Sturm‹. Er hatte es noch bei Vater bestellt. Und es ist gut so, so haben wir wenigstens ein klein wenig Geld.«

»Aber was machen wir dann?«

»Das – weiß ich wirklich nicht, Adrian.«

»Steht es denn so schlimm um uns, Mutter?«

»Schlimm? Soll ich denn wirklich die Notflagge aufsetzen, damit es jeder sieht, wie es um uns steht? Trotz aller Redlichkeit und aller Fürsorge hat Vater doch vergessen für uns auch nach seinem möglichen Ableben zu sorgen.«

»Bist du ihm böse deswegen?«

»Ach, böse. Man spricht eben davon. Aber es ist die Zeit abzusehen, wo ich mich nach einer Arbeit werde umsehen müssen.«

Adrian schaute über die Terrasse hinaus in den Blumengarten, dessen Wege von niederen Rosenbüschen umsäumt waren. Seine Brauen bewegten sich nachdenklich. Dann sah er seine Mutter an.

»Das kommt gar nicht in Frage. Ich habe meinen Entschluss schon gefasst und werde in den nächsten Tagen in Siebenzell fragen, ob man mich nicht in den Forstdienst aufnehmen will.«

»Jäger willst du werden?«

»Du sollst darüber nicht lachen, Mutter. Ich bereue es heute, mit Vater nicht schon früher darüber gesprochen zu haben. Eigentlich habe ich mir nie vorstellen können einmal in irgendeinem Büro sitzen zu müssen. In einer Sparkasse vielleicht oder im Bezirksamt. Es würde mein Leben nicht ausfüllen.«

»Und die Jahre auf dem Gymnasium?«

»Im Leben kann nichts umsonst gewesen sein, Mutter. Meine Kenntnisse werden mir auch in dieser Laufbahn nur zugute kommen.«

Da senkte Irene den Kopf. Sie hatte nämlich außer ihrem Volksschulwissen nichts mehr gelernt, hatte sich nur von dem überreichen Wissen ihres Mannes so manches angeeignet. Es war ihr immer ein wunderbarer Trost gewesen, dass der Mann sie aus wirklicher Liebe geheiratet hatte. Wie hatte doch der Sägemüller gleich gesagt? Sie habe immer nur im Licht und in der Sonne leben dürfen.

»Eigentlich könnten wir ein wenig spazieren gehen«, meinte sie nach einer Weile, »und auf den Friedhof schauen.«

»Ja, Mutter, gerne.«

Adrian sprang auf und schnitt im Garten einige von den herrlichen Donald-Prior-Rosen ab, tat noch ein paar von den lachsfarbigen Climbing Testuot dazu.

Dann gingen sie.

Der Weg führte am Sägewerk Antretter vorbei. Heute war dort alles still und wie ausgestorben. Nur ein elektrischer Motor surrte irgendwo leise. Im Hof lagerten neben Bretterstapeln riesige Baumstämme, die den Weg durch die Sägegatter noch zu gehen hatten. Das Wohnhaus lag etwas abseits, ein mächtiger Bau aus Quadersteinen, mit einem weiten, vorspringenden Dach und großen Fenstern. Es sah aus wie ein prachtvolles Gutshaus. In breiten Strömen lag das Sonnenlicht über dem marmorgepflasterten Vorplatz des Hauses. Aber niemand war zu sehen. Nur ein Hund lag faul in der Sonne und rekelte sich träge, als er die Schritte auf der Straße hörte.

Hinter dem Sägewerk führte die Straße ein ganzes Stück an dem Bach entlang, der dann von einer hölzernen Brücke überquert wurde. Und da waren sie bereits in der Gemarkung des Schlossgutes, dem sie immer näher kamen. Hinter einem mächtigen Park mit rauschenden Ulmen verbargen sich das Schloss und die Verwaltungsgebäude. Früher war es der Stammsitz eines Grafengeschlechtes gewesen. Es ging dann durch mehrere Hände, bis es vor etwa einem Vierteljahrhundert von den Aschlebens gekauft worden war.

Früher war Adrian öfter hierher gekommen, denn er war mit Isabella, der Tochter des Freiherrn, befreundet gewesen. Erst als Isabella zu ihrer Mutter in die Stadt gezogen war, hatte sich dieses Verhältnis gelockert.

»Eigentlich wundert es mich«, meinte Adrian, »dass im Leben alles so sang- und klanglos aufhören kann. Früher, du weißt es ja, war ich fast unzertrennlich mit Isabella.«

»Du vergisst, dass sie mittlerweile eine junge Dame geworden ist. Ihre Eltern werden ihr wohl gesagt haben, dass sich der Umgang mit Leuten aus dem Dorf für sie nicht mehr schickt.«

»Dame? Isabella ist ein Jahr jünger als ich.«

»Ja, aber dort wird mit einem anderen Maß gerechnet. Wer weiß, ob sie überhaupt noch daran denkt, dass sie einmal mit dir in unserem Garten gesessen und mit Farben gekleckst hat, die ihr dem Vater gestohlen hattet.«

Adrian lächelte in der Erinnerung an diese herrlich gelebte Kinderzeit. Wie oft waren sie ungebärdig durch die weiten Gänge des Schlosses gestürmt. Sie hatten Forellen gefangen und über offenem Feuer gebraten. Isabella war für jeden Streich zu haben gewesen. Und nun hatte er sie schon fünf Jahre überhaupt nicht mehr gesehen.

In einem weiten Bogen kamen sie wieder auf das Dorf zu. Glasklar standen die Berge über dem dunklen Fichtenwald. In herrlicher Bläue spannte sich der Himmel über dem Land. Einmal war der helle Ruf eines Hühnerhabichts zu hören, der seine weiten Kreise über einer blühenden Wiese zog.

Danach standen sie vor dem Grab, auf dem der Stein noch fehlte. Und hier verlor Irene die Haltung, die sie vorhin beim Gang durch das Dorf noch gezeigt hatte. Ihre sonst so lebendigen Züge erschienen wie verflacht. Es war das Gesicht einer müden Arbeiterfrau, die sich Sorgen macht, woher sie das Geld für einen anständigen Grabstein nehmen soll.

Gerade um diese Zeit, als die beiden vor dem Grabhügel standen und Adrian seine Blumen niederlegte, schob der Kammerdiener Siegmund Eberlein auf Schloss Siebenzell den gummibereiften Teewagen auf die Terrasse der Südseite.

Freiherr von Aschleben legte die Zeitung weg und rückte seinen Stuhl näher an den Tisch. Er hatte ein schmales, scharf geschnittenes Gesicht, das durch die schweren Augenlider etwas schläfrig wirkte. Während Eberlein ihm den Tee einschenkte, fragte Aschleben:

»Na, Siegmund, was gibt es Neues?«

Sofort zog Siegmund das Notizbüchlein aus der schwarzen Lüsterjacke und begann vorzulesen.

»Am Donnerstag sechzigster Geburtstag des Gutsinspektors Huber. Am Freitag –«

»Ist gut, Siegmund. Was am Freitag ist, weiß ich schon. Ankunft der Herren vom Aufsichtsrat. Bleiben wir also beim Huber. Es würde mich wundern, wenn Sie noch nicht darüber nachgedacht hätten, was man dem Inspektor zu seinem Fest schenken könnte. Er ist nun dreißig Jahre hier.«

»Zweiunddreißig Jahre, Exzellenz.«

Aschleben blickte überrascht auf. Wenn Eberlein ihn so betitelte, dann hatte der sicher etwas auf dem Herzen.

»Na, sehen Sie, Siegmund«, lachte Aschleben. »Sie wissen alles viel besser als ich. Sie sind tatsächlich ein wandelnder Kalender. Also, was denken Sie?«

»Wenn ich mir erlauben darf, Exzellenz, ich habe an ein Bild gedacht. Ein schönes Ölgemälde vielleicht.«

»Gut, ausgezeichnet. Übrigens – Bild? Könnte man das nicht vielleicht aus der Hinterlassenschaft des verstorbenen Malers erwerben? Meinen Sie, dass man dort was Richtiges bekommen kann?«

»Davon bin ich fest überzeugt, gnädiger Herr.«

»Gut, dann gehen Sie morgen hin. Ich bin sicher, dass Sie den Geschmack unseres Inspektors erraten werden.«

»Jawohl! Es ist nur, wenn ich noch wissen dürfte – wegen des Preises. Wie weit darf ich im Höchstfall gehen?«

»Tja, ich denke, dass man unter zweitausend nichts Besonderes bekommt. Herr Sebald hatte doch einen Namen und den muss man bei einem guten Bild immer mitbezahlen«, sagte Aschleben.

»Sehr richtig«, pflichtete Siegmund voller Eifer bei.

»Erinnern Sie mich morgen früh noch mal, dann gebe ich Ihnen einen Blankoscheck. Die Summe können Sie selbst einsetzen. Übrigens – was ist denn mit Ihnen, Siegmund? Wollen Sie immer noch einspännig durchs Leben gehen?«

Siegmund wurde ein wenig rot. »Es wäre immerhin möglich, Exzellenz, dass sich in nächster Zeit etwas ändern könnte.

»Jawohl, heiraten Sie nur. Allein ist's im Himmel nicht schön«, lachte der Freiherr und griff wieder nach der Zeitung.

So machte sich also Siegmund Eberlein am Nachmittag des folgenden Tages auf den Weg zum Malerhäusl. Er zog zu diesem Zweck einen dunklen Anzug an und stand dann dürr und hager vor Irene, voller Hochmut und Herablassung. Diese Haltung war ihm keineswegs aufgetragen worden, aber Irene sollte den Eindruck haben, dass es einzig von ihm, vom Kammerdiener Siegmund Eberlein, abhinge, ob ein Bild gekauft würde oder nicht.

»Tja«, sagte er. »Dann wollen wir mal sehen, ob für meinen Geschmack das Richtige dabei ist.«

Für Irene war es im ersten Augenblick klar, dass das richtige Bild gefunden werden musste. Der Grabstein fiel ihr ein und anderes mehr. Sie bot ihre ganze Überredungskunst auf. Siegmund aber spitzte dazu nur den Mund, als ob er pfeifen wolle, und klappte die Augendeckel herunter.

»Ich bitte, gnädige Frau, meinen Geschmack nicht beeinflussen zu wollen.« Er zog seine Brille mit dem goldenen Gestell aus seinem Rock, hob sie vor die Augen und ging neben Irene mit hölzernen Schritten durchs Atelier. Zuweilen blieb er stehen und machte mit schief geneigtem Kopf kurze Bemerkungen über die Entwicklung der Malkunst im Laufe der Jahrhunderte um dann einen gedrechselten Vortrag über die Umwälzungen in der Kunst des zwanzigsten Jahrhunderts zu halten.

An Irene schwirrten Worte vorbei, die sie bisher nie gehört hatte. Sie musste verzweifelt gähnen und hob erschrocken die Hand vor den Mund.

»Sie gähnen, gnädige Frau? Soll ich das als Zeichen gänzlicher Interessenlosigkeit deuten?«

»Nein, ich bedaure in diesem Moment nur, dass mein Mann nicht mehr lebt. Ihre kunstsinnigen Betrachtungen würden für ihn zweifellos von großem Interesse sein und …«

»… würden ihn befruchten«, unterbrach Herr Eberlein. »Würden ihn ohne Zweifel außerordentlich befruchten. Ein Künstler braucht ja immer wieder Antrieb von außen her. Aber, um zur Sache zu kommen. Dieses Bild dort, ›Birken im Sturm‹, würde mir für meine Zwecke am besten geeignet erscheinen.«

Irene erschrak heftig, hatte aber unverständlicherweise nicht den Mut, zu sagen, dass das Bild bereits verkauft sei, sondern versuchte vielmehr Herrn Siegmund Eberlein zu beschwatzen.

»Birken im Sturm«, sagte sie und neigte den Kopf zur Seite, als wolle sie das Bild auf etwaige Fehler mustern. »Es ist nicht gerade schlecht. Aber der Bergsee ist besser. Auch der Feldblumenstrauß dort. Diese beiden Bilder hängen nur etwas ungünstig im Licht. Auf alle Fälle würde ich eines davon den Birken unbedingt vorziehen.«

»Sie vielleicht. Aber ich nicht«, antwortete Siegmund Eberlein mit hoch gezogenen Brauen. »So handeln Bauern, gnädige Frau, wenn sie eine schlechte Milchkuh an den Mann bringen wollen. Ich habe gesagt: die Birken; und dabei bleibt es. Wenn Sie das Geschäft nicht machen wollen, tut es mir Leid. Was soll es kosten?«

Da verlangte Irene in kalter Entschlossenheit einen

hohen Preis und dachte, dass der Verkauf daran sicher scheitern würde. Sie verlangte sechzehnhundert Mark.

Herr Siegmund setzte wieder seine Brille auf, trat ganz nahe an das Bild heran und dann zurück bis zur anderen Wand, hielt den Kopf eine Weile nach rechts und dann nach links. Dann zog er seine Brieftasche und fragte, ob er einen Augenblick Platz nehmen dürfe, zückte seinen Füllfederhalter und sagte:

»Sie sollten den Nachlass nicht verschleudern, gnädige Frau. Ich bezahle zweitausend Mark. Das Bild wird morgen abgeholt.« Er reichte ihr den Scheck hin.

Einen Augenblick war Irene zumute, als verbrenne sie sich die Finger daran. »Herzlichen Dank.«

Siegmund Eberlein sah sie groß an. »Nichts zu danken. Man tut was für die Kunst. Es war mir eine große Freude, Ihnen ein wenig helfen zu können.«

»Zu nett von Ihnen. Wenn ich Sie zu einer Tasse Kaffee einladen darf? Oder wollen Sie lieber Tee?«

»Kaffee, wenn ich bitten darf.«

Als Irene draußen war, verlor sein Gesicht allen Hochmut und sein Mund wurde wieder so spitz, als ob er pfeifen wolle. »Donnerwetter«, sagte er vor sich hin. »Eine gut aussehende Frau!«

Dann kam Irene mit dem Kaffee und Herr Siegmund hatte inzwischen den Kammerdiener vollständig abgelegt und war Mensch, nur mehr Mensch und Mann in den besten Jahren. Und er hatte Umgangsformen, darüber war kein Zweifel. Irene bewunderte geradezu, wie er die Kaffeetasse an den Mund führte und wie korrekt der Scheitel seines Haares wie mit einem Metermaß gelegt war. Jetzt zog er ein silbernes Etui hervor und bot Irene eine Zigarette an.

»Danke, ich rauche eigentlich nicht.«

»Rauchen Sie nur. Es ist eine gute Sorte. Der Freiherr von Aschleben raucht sie auch.« Schon knipste sein

Feuerzeug, eine kleine, bläuliche Flamme schlug hoch und beleuchtete Irenes Gesicht für einen Augenblick.

Dann sagt der Siegmund: »Dieses Schwarz steht Ihnen ausgezeichnet zu Ihrem blonden Haar. Ich habe Sie schon ein paar Mal bewundert, gnädige Frau.«

»Mich? Bewundert? Ich wüsste nicht ...«

»Nein, das wissen Sie natürlich nicht. Und ich weiß nicht, ob Sie besonderen Wert darauf legen, von mir zu hören, dass Sie eine schöne Frau sind.«

»Danke für das Kompliment. Aber Sie dürfen mir glauben, dass es mir lieber wäre, ich brauchte nicht in Schwarz zu gehen.«

»Das glaube ich Ihnen aufs Wort, gnädige Frau, war doch Ihr Verstorbener ein grundgütiger Mensch, soweit ich ihn gekannt habe. Eine Säule der Zuverlässigkeit und der Fürsorge für die Seinen, wenn ich so sagen darf.«

»Ja, und es ist sehr schwer, wenn man plötzlich mit einem halb erwachsenen Sohn allein dasteht.«

»Schwer insbesondere dann, wenn man nicht weiß, dass einem gute Freunde zur Seite stehen würden.«

Irene wurde ein wenig unsicher. Was wollte er denn eigentlich?

»Ich stelle mir das so vor«, sprach er weiter, indem er seine Fingerspitzen gegeneinander stemmte, »dass man sich im ersten Augenblick wünscht auch sterben zu können. Aber dann mildert es sich mit der Zeit, wie sich alle Schmerzen mildern. Man beginnt wieder an das Leben zu glauben – und dass es auch über ein Grab hinweg so etwas geben kann wie ein Aufblühen eines neuen Glückes.«

»Eines neuen Glückes?«

»Ja, ja, gnädige Frau. Glauben Sie, mir ist die menschliche Seele vollständig vertraut. In meinem Beruf erlebt man so vieles. Und gerade Sie, gnädige Frau, Sie sind viel zu jung und – wenn ich mir erlauben darf, es soll beileibe keine Schmeichelei sein – viel zu schön um das Leben schon als abgeschlossen zu betrachten.«

Irene lächelte müde und strich sich mit der Hand über die Stirn. »Wohin verirrt sich unser Gespräch?«

»Ich bitte um Verzeihung, wenn ich Sie verwirrt haben sollte. Das lag nicht in meiner Absicht. Es ist nur manchmal so, dass einem das Herz durchgeht. Es ist mitunter ein ganz eigensinniges Ding«, sprach Siegmund Eberlein voller Eifer weiter. »Es gaukelt uns oft Sachen vor, die wir zuerst nicht glauben wollen und dann doch glauben müssen, weil das Herz sich nicht irrt.«

»Glauben Sie das wirklich, Herr –?«

»Eberlein«, half er ihr aus. »Siegmund Eberlein. Ja, das glaube ich wirklich, weil ich es an mir selbst erleben darf. Erschrecken Sie bitte nicht, gnädige Frau, wenn ich Ihnen sage, dass sich meine Gedanken in letzter Zeit dauernd mit Ihnen beschäftigen. Ich bedenke meine eigene Einsamkeit. Sehen Sie, was bin ich denn? Ich habe eine gute Stellung und mir stünde eine Sechszimmerwohnung im Schloss zur Verfügung, wenn ich –«

Da stand Irene auf. »Herr Eberlein! Sie vergessen, dass mein Mann erst knapp drei Wochen tot ist.«

Siegmund Eberlein schlug die Augendeckel nieder. »Entschuldigung. Das weiß ich natürlich. Aber das Herz, das Herz. Bitte, seien Sie mir nicht böse.«

»Nein, aber ich finde doch alles ein wenig verfrüht. Wie soll ich wissen, ob ich jemals wieder heiraten werde! Vorerst ist das andere noch viel zu neu.«

»Ja, natürlich, selbstverständlich. Nur wenn Sie jemals wieder daran denken sollten, ich brauche wohl nicht besonders zu betonen, dass ich Sie auf Händen tragen würde.« Er stand auf und knöpfte seine Jacke zu. »Vielen herzlichen Dank für die Bewirtung. Und das Bild, ja das wird morgen abgeholt.«

Siegmund Eberlein neigte sich über Irenes Hand. Das hätte ein Prinz nicht formvollendeter tun können. O ja, er war ohne Zweifel ein Mann von Welt. Als er schon beim Gartentürchen draußen war, drehte er sich nochmals um: »Ich werde mir erlauben mich von Zeit zu Zeit in Erinnerung zu bringen, wenn Sie gestatten.«

Irene sah ihm nach, wie er mit leicht tänzelnden Schritten die Straße entlangging, und lächelte um gleich darauf erschrocken zusammenzufahren. Das Bild fiel ihr wieder ein, die »Birken im Sturm«, die eigentlich bereits dem Sägemüller gehörten. Sie hätte es unter gar keinen Umständen zweimal verkaufen dürfen. Die Hände an die hämmernden Schläfen gepresst ging sie langsam ins Haus zurück und setzte sich ins Atelier.

Zu dumm, dass sie sich hatte überrumpeln lassen. Unter Brüdern gesagt, war es einfach ein Betrug. Sie hätte auf ihrer Weigerung bestehen und ehrlich bekennen müssen, dass das Bild bereits verkauft sei. Woher hatte sie plötzlich diese Geldgier?

Sie überlegte hin und her und fand keinen Ausweg. So traf Adrian sie an, als er heimkam. Er merkte sofort ihre Bedrücktheit und fragte, was los sei. Da erzählte sie es ihm. Und Irene sah, wie die Stirn des Knaben rot anlief, wie seine Augen sich umschatteten und sein Mund immer trauriger wurde.

Sie sah ihn an und musste erleben, dass sie zum ersten Mal den Blicken ihres Sohnes ausweichen wollte.

»Warum hast du das getan, Mutter?«, fragte er leise.

»Ich weiß es nicht«, meinte sie. »Das Geld, Adrian. Wir brauchen es notwendig.«

»Nein, das ist nicht wahr«, schrie Adrian auf. »Ich habe dir gesagt, dass ich nicht mehr zur Schule gehen werde, sondern Geld verdienen will.«

»Aber was soll ich jetzt tun?«

»Zur Wahrheit stehen. Dem Sägemüller reinen Wein

einschenken und ihm das Geld zurückgeben. Anders ist es Betrug. Und ich will mich nicht für meine Mutter schämen müssen!«

Da senkte sie den Kopf. Innerlich gab sie ihm Recht. Ob sie aber den Mut haben würde dem Sägemüller die Wahrheit zu bekennen? Was sich dann daraus ergab, das musste sie eben auf sich nehmen.

3

Zu Hubers Geburtstagsfeier fand sich als Gast außer dem Kammerdiener Eberlein, dem Oberförster Rucker und dessen Frau auch der Sägemüller ein. Als man ihm unter den vielen Geschenken die »Birken im Sturm« zeigte, wusste er sofort, dass es sich dabei um das rechtmäßig ihm gehörende Gemälde handele, und es hätte keineswegs der Erläuterung Eberleins bedurft, das Bild stamme von dem Maler Sebald.

»So, so, vom Sebald«, sagte er und biss einer Zigarre die Spitze ab. »Ein gutes Bild, soweit ich mich darauf verstehe.«

»Das beste jedenfalls in seiner hinterlassenen Sammlung.«

»Ich möchte mir auch einmal so ein Bild zulegen. Darf man fragen, wie da ungefähr die Preise sind?«

»Ganz gesalzen«, plapperte Siegmund. »Die Frau weiß schon, was sie verlangen muss. Zweitausend zum Beispiel für dieses Bild.«

»Wenn Ihnen der Siegmund vielleicht etwas besorgen sollte«, meinte der Inspektor, »er versteht sich darauf.«

»Ja, herzlich gerne«, antwortete Siegmund eilig, in dem Gedanken, dann bald wieder im Malerhäusl vorsprechen zu können. »Übrigens eine charmante Frau.«

Kaum merklich zog der Sägemüller die Brauen zusammen. »Wer?«

»Na, die Irene halt.«

»Ach so. Möglich. Ich habe noch nicht darauf geachtet.« Der Sägemüller brach dieses Gespräch ab und wandte sich an Rucker. »Was machen die Wildschützen?«

Der Oberförster strich sich seinen grau gesprenkelten Bart. »Augenblicklich ist es etwas ruhiger. Aber es wird nicht lange dauern, dann wird es wieder an allen Ecken und Enden krachen. Wir haben einfach zu wenig Personal und das Revier ist zu groß, stößt auch an zwei Stellen an die Grenze, was sich besonders ungünstig auswirkt.«

»Merkwürdig, dass man niemals einen erwischt.«

»Sie sind zu gut organisiert. Seit der Mirisgleich den Tobler Hartl niedergestreckt hat, ist uns keiner mehr in die Hände gelaufen. – Wie werden die Holzpreise im Herbst, Antretter?«

»Ich denke, dass sie sich halten, zumal, wenn sich die Regierung entschließen könnte die Einfuhr etwas zu stoppen.«

Bald jedoch war man über diese fachlichen Gespräche hinweg. Es wurde noch recht gemütlich, aber um elf Uhr brach der Sägemüller dennoch auf.

Es war eine helle Mondnacht. Eilfertig plätscherte der Bach neben der Straße. Auf der Brücke blieb Antretter stehen und schaute zum Sternenhimmel auf. Seine Gedanken waren heute Abend, wo er wieder einmal in einem Familienkreis gewesen war, mehr als es gut tat, zu der schönen Witwe gewandert, er wurde nicht fertig damit, dass sie das Bild zum zweiten Mal verkauft hatte.

Das war doch Betrug? Trotzdem versuchte er ihr Verhalten zu entschuldigen, weil er von Irene nur Gutes denken wollte. Oft war er in den Wochen seit dem Tod des Malers zu ihr gegangen, aber noch nie hatte er eine entscheidende Aussprache herbeizuführen gewagt, obwohl er doch sonst gar nicht so vorsichtig war. Ja, eigentlich konnte ihr Schwindel mit dem Gemälde ihm doch nur recht sein, denn dadurch hatte sie sich doch irgendwie in seine Hand gegeben, sodass er aus der Situation letzten Endes sogar noch etwas herausschlagen konnte!

Mit diesem Gedanken legte er das letzte Stück Weges bis zum Sägewerk zurück und wollte gerade den Schlüssel in die Haustür stecken, als er einen leisen Pfiff vernahm. Er ging nochmals auf den Hof zurück, wo sich hinter einem Bretterstapel eine Gestalt löste und auf ihn zuging.

Anton Antretter zerrte diese Gestalt sofort wieder in den Schatten.

»Bist du verrückt – bei dem hellen Mondlicht? Was gibt's?«

»Zwei Hirsche und drei Rehböcke müssen morgen Nacht weggebracht werden.«

»Ja – und?«

»Der Gschwendner Martl macht nicht weiter mit, wenn nicht mehr bezahlt wird, sagt er.«

»Der Gschwendner soll den Mund nicht so voll nehmen, sagst du ihm. Am Sonntagnachmittag komm ich gegen drei Uhr zur Grandlalm, dann sprechen wir weiter. Sonst noch was?«

»Auf der letzten Fahrt, sagt der Martl, ist er kontrolliert worden und da hätten ihn die Polizisten scharf ins Verhör genommen, woher das Blut im Wagen käm.«

»So ein Hornochs. Kann er nicht Stroh genug mitnehmen? Wie Anfänger stellt ihr euch manchmal an. Aber es ist gut, dass ich Bescheid weiß.«

Die Gestalt verschwand jetzt hinter der Sägehalle und Anton Antretter betrat sein Haus.

Als Adrian Sebald am nächsten Sonntag kurz nach zehn Uhr vor dem schmiedeeisernen Tor des Schlossparkes stand, klopfte ihm doch das Herz ein wenig. Durch die kleine Seitenpforte trat er ein. Uralte, hohe Bäume säumten den Weg, bis er zu einem weiten, fein besandeten Platz kam, den Blumenbeete und zwei plätschernde Fontänen zierten. Das feine Geriesel ihrer Tropfen fiel wie silberner Staub in die Kronen der Büsche.

Wie oft hatte er hier als Kind mit Isabella gespielt! Ob sie wohl hier war? Wie mochte sie jetzt nach den Jahren aussehen, die sie beide sich nicht gesehen hatten?

Nachdenklich betrachtete er das Schloss. Warum konnte er jetzt nicht mehr wie einst unbekümmert hineingehen und nach Isabella fragen? Was hatte sich geändert?

Nun, zunächst einmal, dass er heute als Bittsteller kam, nicht als Spielgefährte. Er wandte sich zu dem Eingang im rechten Seitenflügel, wo sich die Kanzlei des Oberförsters befand.

Als Adrian nach kurzem Klopfen eintrat, hob Rucker den Kopf. Er erkannte den jungen Menschen nicht und fragte darum kurz angebunden:

»Was willst du?«

»Ich wollte fragen, ob die Möglichkeit besteht, dass ich hier in den Forstdienst eintreten könnte.«

Rucker fuhr mit dem Kopf herum und maß den Bittsteller aus zusammengekniffenen Augen.

»Forstdienst? Was heißt hier Forstdienst! Holzfällerarbeiten sind auch Dienst am Forst. Dazu aber sind mir deine Hände zu fein.«

»Ich möchte die Forstlaufbahn einschlagen und Jäger werden.«

»Aha. Jäger werden. Weiter nichts! Wer bist du denn eigentlich?«

»Adrian Sebald ist mein Name. Mein Vater ist der verstorbene Maler Sebald.«

Der Förster schloss ein Fach seines Schreibtisches und raunzte dann: »Warum sagst du das nicht gleich? So, so, der Sebald war dein Vater. Mag ein guter Maler gewesen sein, ich verstehe zu wenig davon. Aber Jäger war er einer, dass Gott erbarm. War einmal zur Treibjagd eingeladen. Wenn du auf diesem Gebiet in seine Fußstapfen trittst, dann lass die Idee vom Jägerwerden nur gleich ins Wasser fallen.«

Adrian lächelte und dachte an seinen Vater.

»Ich glaube, Herr Oberförster, dass man alles erlernen kann, wenn man den guten Willen dazu mitbringt.«

»Sehr richtig. Was hast du bisher gelernt?«

»Ich bin noch zur Schule gegangen, Biologie und Physik waren meine Lieblingsfächer!«

»Biologie ist gut. Wie alt bist du eigentlich?«

»Neunzehn. Im Übrigen war es ja nur eine Frage. Wenn es nicht geht, muss ich mich nach etwas anderem umsehen. Auf alle Fälle kann ich jetzt nicht weiterstudieren, sondern muss verdienen.«

Oberförster Rucker gefiel die offene und gerade Art des jungen Menschen immer mehr. Jetzt erst schob er ihm einen Stuhl hin.

»Setz dich einmal her. Ich will mir die Sache überlegen. Wir brauchen notwendig jungen Nachwuchs. Der alte Holly kann nicht mehr lange arbeiten und der Egger schafft das große Revier nicht allein. Ich selber komme auch nimmer so 'naus wie früher, es gibt immer mehr Schreibarbeiten. Wenn du wirklich Lust und Liebe hast zu diesem Beruf, will ich deine Bewerbung gerne befürworten. Einstellen kann ich dich nicht gleich, das hat sich der Freiherr selber vorbehalten. Reich eine schriftliche Bewerbung mit handgeschriebenem Lebenslauf ein und schau in acht Tagen wieder her.«

Adrian stand beglückt auf.

»Danke schön, Herr Oberförster.«

»Oberförster bin ich zwar, ja, aber ich lege keinen Wert auf Titel. Sag nur Förster zu mir. So – dann hätten wir eigentlich alles. Halt, noch was. Du musst dir nicht einbilden, dass du gleich mit einer Büchse herumlaufen kannst. Zuerst musst du eine Zeit lang so mitgehen. Der Egger ist ein ausgezeichneter Jäger, bei dem du was lernen kannst, auch Holzvermessen und -berechnen, das gehört alles dazu. Und dann musst du auch bei mir ein halbes Jahr in der Kanzlei arbeiten. Das gehört alles zur Laufbahn eines Forstangestellten, es sei denn, du willst es nicht weiter bringen als bis zu einem Jagdgehilfen. Aber dazu hast du schon zu viel Wissen in dich hineingestopft. So – und nun überleg dir alles noch mal, bevor du deine Bewerbung einreichst.«

Rucker reichte ihm die Hand, stand auf und geleitete ihn zur Tür. Im Vorraum wartete niemand mehr.

Es war ganz still im Schlosshof. Nur die Springbrunnen plätscherte leise. Von den Rosenbeeten stieg ein betäubender Duft auf. Und über allem lag die pralle Mittagssonne. Ein schwarzer, schmaler Schatten kam eiligen Schrittes auf einem schmalen Seitenweg daher. Es war Herr Siegmund Eberlein, der in der Gärtnerei gerade Rosen geholt hatte um damit die Mittagstafel zu schmücken. Als er Adrian bemerkte, blieb er sofort stehen und zog witternd die Nasenflügel auf.

»Was wollen Sie hier?«

»Ich war in der Forstkanzlei.«

»Wenn mich nicht alles täuscht, sind – bist du doch der junge Sebald.«

»Ja, Herr Eberlein.«

»Donnerwetter, du hast dich gut herausgewachsen. Früher kamst du so oft zu uns.«

Adrian lächelte beglückt in Erinnerung an diese unbeschwerte Zeit. Und nur weil Herr Eberlein so freundlich zu ihm war, konnte er fragen:

»Ist Isabella zur Zeit hier?«

Sofort zog Herr Eberlein die Brauen schmerzhaft zusammen.

»Es heißt jetzt nicht mehr Isabella, sondern Baroness oder Freiin. Ja, Baroness Isabella weilt augenblicklich hier, reist aber morgen wieder ab. Übrigens, was wolltest du in der Kanzlei?«

»Ich habe mich für eine Anstellung im Forstdienst beworben.«

»So? Im Forstdienst? Warum kommst du da nicht zu mir? Ich hätte es unmittelbar dem Herrn Baron vorgetragen. Reich deine Bewerbung gleich beim Herrn Baron ein, ich werde inzwischen vorarbeiten.«

»Ja, danke, Herr Eberlein. Aber warum tun Sie das?«

Da sah Herr Eberlein den jungen Menschen ganz zärtlich an, so ganz vertraulich, als sei er sein eigener Sohn, dem er nun etwas ganz Gutes sagen müsse.

»Warum? Nun, mein lieber, junger Mann. Weil ich dich schon kannte, als du noch die Hosen voll machtest, und weil – ja, weil deine Frau Mama eine entzückend charmante Frau ist, der du die besten Empfehlungen von mir ausrichten sollst.«

Er nahm drei Rosen aus dem Strauß und reichte sie Adrian.

»Bring sie deiner Frau Mama mit einer Empfehlung von mir. Dein Vater, Gott hab ihn selig, hat auch Rosen gezüchtet, aber er hatte keine glückliche Hand dafür.«

Eiligen Schrittes ging Herr Eberlein nun auf das Hauptportal zu, während Adrian mit drei Rosen in der Hand verloren auf das Geriesel der Fontänen schaute und an die Spielkameradin der Kindheit dachte, die er nun nicht mehr Isabella nennen durfte, sondern Baroness von Siebenzell.

Wie lange hatte er sie eigentlich nicht mehr gesehen? War es wirklich schon fünf Jahre her, dass sie oben im Wald über offenem Feuer Forellen gebraten und dann gegessen hatten? Die Fische waren aus dem Weiher des Sägemüllers gestohlen. Darum hatten sie so gut geschmeckt. Ach ja, eigentlich war Isabella immer ein verwegener Spielkamerad gewesen. Man hätte Pferde stehlen können mit ihr. Ob die Jahre sie nun so gewandelt hatten, dass auch sie ihn mit gerunzelten Brauen ansehen würde, wenn er sie Isabella nennen würde?

Der Sägewerksbesitzer kam jetzt immer öfter ins Malerhäusl. Es gab zwar keine Brennholz mehr zu besorgen, aber man konnte sich auch so unentbehrlich machen. Die Frau war ein wenig unbeholfen in den praktischen Dingen des Lebens, sie brauchte da einen Rat und dort einen. Und der Sägewerksbesitzer wusste ihn zu geben.

Zuerst vermied Irene es, ihn ins Atelier zu führen. Vielleicht hatte sie am Anfang sogar die ernste Absicht, ihm den doppelten Bildverkauf zu beichten. Aber dann unterließ sie es doch wieder aus irgendeinem Grund. Eines Tages jedoch ergab es sich ganz unabsichtlich, dass der Sägewerksbesitzer ins Atelier kam. Irene griff sofort nach einer Lüge und gab vor aus Unachtsamkeit das Bild ein wenig beschädigt zu haben. Darum habe sie es einem Restaurator übergeben.

Anton Antretter ging kaum darauf ein, tat so, als habe er das Bild längst vergessen. Er sprach von ganz was anderem. Sie könne doch ihr Häusl viel besser ausnutzen, meinte er, könne Fremdenzimmer anbauen und vermieten.

Doch, aber es fehlen ihr dazu eben die Mittel.

»Mittel? Wieso Mittel? Haben Sie denn darüber noch nie nachgedacht, wie spottbillig das kommt?«

»Nein, ich habe darüber noch nicht nachgedacht.«

So stieg der Antretter auf den leeren Dachboden hinauf und hantierte mit dem Meterstab.

»Es ist lächerlich«, meinte er, »wie gering die Kosten sind. Hier gibt es mindestens drei Fremdenzimmer. Ich liefere Ihnen Bretter und Balken zum Selbstkostenpreis«.

Am anderen Tag kamen die Bretter und Balken. Oh, er war voller Hilfsbereitschaft, dieser Anton Antretter. Sein Schwung riss Irene mit, sie sah sich bereits als Besitzerin einer gut gehenden Pension. Erst als die drei Zimmer ausgebaut und die Handwerker bezahlt waren, begriff sie, welch ein gewagtes Spiel sie getrieben hatte. Und es wurde ihr immer schwerer, dem Sägewerksbesitzer, wenn er kam, ein lächelndes Gesicht zu zeigen, denn er war es doch schließlich gewesen, der ihr das alles aufgeschwatzt hatte. Aber sie war ihm so willig gefolgt, weil es doch schön war, mit dem Gedanken an die Einnahmen zu spielen.

Nun aber hatte er plötzlich keine Pläne mehr. Er besah sich den Umbau und war zufrieden. Die Rechnung für das Bauholz schrieb er nicht und Irene wagte auch nicht, ihn daran zu erinnern. Sie wagte auch nicht, ihm das Kommen zu verwehren, obwohl sie längst merkte, was ihn eigentlich herzog. Es bedurfte erst eines zufällig im Kramerladen aufgefangenen Wortes, das Irene klarmachte, wie man im Dorf über sie und den Antretter tuschelte.

Nun musste sie dem Unsinn wohl ein Ende machen, denn schließlich war sie noch nicht lange Witwe und hatte einen erwachsenen Sohn.

Als der Sägemüller einige Tage darauf wieder einmal vorsprach, sagte sie ihm geradeheraus, dass es besser sei, wenn er nicht mehr käme.

»Ich weiß nicht, Antretter, ob Sie auch gehört haben, dass man über uns beide spricht.«

Seine Mundwinkel zuckten kaum merklich. »Auf das Gerede der Leute habe ich noch nie etwas gegeben.«

»Sie sind ein Mann, der nimmt die Sache eben leichter als eine Frau.«

»Zunächst wäre einmal zu fragen, ob es über uns beide wirklich etwas zu reden gibt.«

»Bis jetzt noch nicht«, plapperte Irene unbedacht heraus.

»Noch nicht, ist gut«, meinte er lächelnd. »Dann bist du also der Meinung, dass es über kurz oder lang etwas zu reden gäbe über uns.«

Irene wurde nervös. »So habe ich das nicht gemeint, Antretter. Und – Sie sollen mich nicht duzen.«

»Hm ...«, er strich mit einer wirschen Handbewegung durch die Luft. »Lass doch diese Förmlichkeiten. Aber wenn ich recht verstanden habe, dann soll ich jetzt umkehren und gehen.«

»Um ganz recht zu verstehen: Es wäre besser gewesen, Sie wären nie gekommen. Weil Sie nun doch schon da sind, können Sie auch mit mir Kaffee trinken. Dabei wollen wir die Sache einmal ganz ruhig besprechen.«

Zweifellos, Irene beherrschte die Situation wieder. Sie ging ein paar Mal hin und her, brachte Tassen, Weißbrot, Butter, Marmelade und schließlich den Kaffee.

»Wir wollen uns gar nichts vormachen, Antretter«, begann sie dann das Gespräch. »Sie sind ein gesetzter Mann, und ich bin nicht mehr jung genug um auf eine Art Werben hereinzufallen, das nach Gefühl und gutem Willen aussieht und doch von Anfang an nur Berechnung war. So ist es doch?!«

Wo ist der Mann, der sofort unumwunden zugibt, wenn seine Schwächen aufgedeckt werden?

»Du hast eine sonderbare Art die Dinge beim Namen zu nennen.«

Irene merkte jetzt, dass sie von seinem Du nicht

mehr bestürzt war wie vorher, sondern dass sie es gerne hörte.

»Sie meinen die Wahrheit auszusprechen?«

Um seine Verlegenheit zu verbergen und um eine Pause zu gewinnen nahm er langsam ein Stück Zucker aus der Dose, legte es auf seinen Löffel und sah zu, wie das Stückchen auf der Oberfläche des Kaffees in seiner Tasse langsam zerfloss. Plötzlich nahm er den Kopf zurück.

»Ich will dir einmal was sagen, Irene. Zum Teil magst du Recht haben. Am Anfang wollte ich dir wirklich nur gefällig sein. Aber dann bekam ich heraus, dass du nicht so wohlhabend bist, wie man es allgemein angenommen hat. Ich warf dir sozusagen die Karte hin und du schobst den Stich ein ohne einen rechten Trumpf zu haben. Und dann – ich gebe es zu – wollte ich dich in eine gewisse Abhängigkeit bringen. Da kam mir aber zunächst der Kammermops vom Schloss mit seinem Bilderkauf dazwischen.«

Irene erblasste. Ihre Hand zitterte so heftig, dass sie die Tasse niederstellen musste.

»Welchen Bilderkauf?«, fragte sie sinnloserweise. Aber der Antretter war großzügig und machte eine abwehrende Handbewegung.

»Denk bloß nicht, dass ich mir aus dem Bild etwas mache. Ich nehme eben ein anderes dafür.«

Lange schwieg Irene. Die Rücksichtsnahme des Mannes war doch echt. Er schonte sie, sagte nichts von Betrug. Endlich fand sie die Kraft und die Ruhe ihn voll anzusehen.

»Warum tun Sie das alles, Antretter?«

»Muss ich dir das wirklich erst sagen? Ich dachte, dass eine Frau doch fühlen müsse, wenn sie – einem Mann nicht ganz gleichgültig ist.«

»Ja, doch, das freilich schon«, gestand sie ehrlich.

»Aber überlegen Sie doch, Antretter, ich bin erst seit kurzem Witwe – und ich habe einen erwachsenen Sohn«.

Erregt stand er auf, ging ein paar Mal im Raum auf und ab, die Hände hinter dem Rücken verkrampft. Schließlich blieb er vor dem Fenster stehen und starrte hinaus. Dann drehte er sich heftig um und stieß hervor. »Irene, ich kann und will nicht mehr länger warten. Lass uns heiraten, bald. Dein Sohn wird vernünftig genug sein einzusehen, dass wir nicht länger warten wollen. Was soll aus dem Burschen übrigens werden?«

»Adrian hat sich auf Siebenzell als Forsteleve beworben.«

Kaum merklich zuckte der Sägewerksbesitzer zusammen. In seine Augen war ein harter, kalter Glanz gekommen.

»Dann soll das ganze Geld zum Fenster hinausgeworfen sein, das ihr für seine Schulbildung ausgegeben habt?«

»Adrian meint, dass nichts im Leben umsonst gelernt sei.«

Anton Antretter starrte wieder eine Weile zum Fenster hinaus. Dann meinte er: »Kann man ihm das mit der Jägerei nicht ausreden?«

»Ich glaube kaum. Wenn sich Adrian einmal etwas in den Kopf setzt, kann man ihn nur schwer davon abbringen. Und wenn er Lust und Liebe zu diesem Beruf in sich fühlt –«

»Lust und Liebe«, sprach der Antretter spöttisch nach. Dann griff er nach seinem Hut.

Irene reichte ihm die Hand. Allerdings sagte sie nicht: »Auf Wiedersehen«, sondern: »Leben Sie wohl, Antretter.«

Dann ging er und er hatte es sehr eilig auf die Straße hinauszukommen.

4

Drei Tage später fühlte Irene ein wunderliches Erschrecken, als sie Schritte auf dem Kies des Gartens hörte. Der Sägemüller hatte sich in der ganzen Zeit nicht mehr sehen lassen und ihr wurde erst jetzt klar, wie sehr ihre Gedanken immer bei ihm gewesen waren.

Sie stand auf, ordnete schnell vor dem Spiegel ihr Haar. Da klopfte es bereits. Auf ihr »Herein« trat der Kammerdiener Siegmund Eberlein über die Schwelle. Er sah so feierlich aus, dass Irene unwillkürlich lächeln musste. Heute trug er einen dunkelgrauen Zweireiher und die Rosen in seiner Hand dufteten betäubend.

Eine Verbeugung in vollendeter Form, ein Zutänzeln auf die Frau vor dem Spiegel. Er küsste ihr die Hand und sagte: »Gnä' Frau, gestatten ein paar Blumen.«

Diese paar Blumen hätten ein Vermögen gekostet, wenn Herr Eberlein nicht wieder einen Griff in die Rosenbeete der Schlossgärtnerei gemacht hätte.

Irene suchte eine Vase und stellte die Rosen dann auf den Tisch.

»Bitte, nehmen Sie Platz. Was verschafft mir die Ehre Ihres Besuchs?«

Eberlein saß bolzengerade im Lehnstuhl und hatte seine schmalen Hände auf den Knien liegen. Seine Augen waren unverwandt auf das Gesicht der Frau gerichtet. Aber Irene wurde nicht nervös dabei, sie dachte merkwürdigerweise in diesen Minuten an den Antretter. Dagegen wirkte Eberlein fast wie ein Knabe, mit seinen schmalen Schultern, mit seinem spitzen Gesicht und dem viel zu kleinen Mund.

»Zunächst habe ich Ihnen«, begann Eberlein, »eine, wie ich annehme, freudige Nachricht zu überbringen. Das heißt, eigentlich sind es zwei freudige Nachrichten. Aber bleiben wir zunächst bei der ersten.«

Irene war der Meinung, dass Herr Eberlein wieder ein Bild kaufen wolle, und wandte sich daher voller Freude gegen den Glasschrank hin, wo eine halb geleerte Flasche Kirschgeist stand.

»Ich darf Ihnen doch ein Gläschen anbieten, Herr Eberlein?«

»Nur, wenn Sie auch mittrinken.«

Irene tat es nur widerwillig, denn der Schnaps war scharf und von den Bauern im Karst gebrannt. Aber sie sah bereits wieder zweitausend Mark für ein Bild vor ihrem geistigen Auge und so schluckte sie diesen Feuertrank tapfer hinunter.

»Wie fühlen Sie sich eigentlich so allein?«, begann Herr Eberlein.

»Man hat ja schließlich seine Aufgaben«, meinte Irene. »Ich habe auch umgebaut und war eigentlich seit dem Tod meines Mannes nie ganz einsam.«

»Ja, ich habe von dem Umbau gehört. Fand ihn überflüssig und verstand so manches nicht. Wollen Sie eine Pension aufmachen?«

»Das habe ich vor.«

»Schade, Sie könnten ein besseres Leben haben«, antwortete Eberlein und sah sie abermals lange an.

»Sie wollten mir doch eine freudige Nachricht überbringen«, lenkte Irene das Gespräch in eine andere Richtung.

»Tja, richtig. Zunächst also einmal: Der Herr Baron hat das Anstellungsgesuch Ihres Sohnes auf meine eindringliche Befürwortung hin genehmigt.«

»Wirklich?«

»Ja, natürlich. Könnte ich es sonst sagen? Ich habe mich wärmstens für Ihren Sohn eingesetzt, habe sozusagen all meinen Einfluss aufgeboten.«

»Dann – danke ich Ihnen aufrichtig, auch im Namen meines Sohnes.«

»Bitte, bitte, ich habe es gerne getan. Hat er Ihnen am letzten Sonntag meine Grüße bestellt?«

»Ich glaube – ja.«

»Jedenfalls habe ich ihm welche aufgetragen.« Herr Eberlein schloss die Augen. »Habe sie ihm aufgetragen in der stillen Hoffnung, dass Sie sich darüber freuen würden.«

Irene antwortete nicht, sondern betrachtete das schmale Gesicht mit den geschlossenen Augen. Es wirkte jetzt ein wenig hochmütig, ähnlich wie damals, als Eberlein das Bild kaufte. Es sah aus wie eine Maske aus gelblichem Marmor.

»Und haben Sie sich darüber gefreut?«, fragte Eberlein ohne die Augen zu öffnen.

»Natürlich«, antwortete Irene abwesend. »Aber, darf ich neugierig sein und nach der zweiten Nachricht fragen?«

»Sie dürfen, Sie dürfen«, sagte Siegmund Eberlein und öffnete seine Augen. Er öffnete sie weit und sein Blick wurde dadurch groß und leuchtend.

Dann beugte er sich vor, verschränkte seine Hände und sah auf den schmalen Ring mit dem roten Rubin nieder, den ihm der Baron einmal geschenkt hatte.

»Sie werden ja sicher schon bemerkt haben, dass Sie mir nicht ganz gleichgültig sind«, begann er.

»Nein, das habe ich nicht bemerkt«, antwortete Irene ein wenig enttäuscht, weil sie einen neuen Bildverkauf in ungeahnten Fernen entschwinden sah.

»Das ist höchst bedauerlich, liebe, gnädige Frau. Die Rosen, die ich Ihnen schon ein paar Mal schickte, sollten der Ausdruck meiner grenzenlosen Verehrung für Sie sein. Ja, ja, meiner Verehrung und meiner stillen Liebe. Schon Rilke sagt, dass die Rosen –«

»Ich bitte Sie, Herr Eberlein, das hat doch alles keinen Zweck«, unterbrach Irene ihn.

Eberlein warf den Kopf zurück. »Warum soll das keinen Zweck haben? Sie sind Witwe und noch viel zu jung um mit dem Leben schon abzuschließen.«

Irene Sebald wurde zornig. »Und da meinen Sie, dass ich ausgerechnet auf Sie warte?«

Siegmund Eberlein erschrak heftig. Seine Augen wurden ganz traurig, wie bei einem alten Hofhund, dem das harte Herz seines Herrn die Tür verschlossen hat bei bitterer Winterkälte.

»Das habe ich nicht erwartet«, antwortete er nach einer Weile zaghaft. »Sie sollten aber auch nicht rundheraus Nein sagen. Ich meine, zu überlegen wäre es immerhin. Vielleicht bin ich äußerlich nicht ganz das, was Ihren Vorstellungen entspricht. Wenn Sie etwa ...«

»Aber das ist es doch nicht, Herr Eberlein«, unterbrach Irene. Sie war nun nicht mehr zornig, nein, ihr Herz war eher von Mitleid mit Eberlein bewegt, der seine Worte so ungeschickt setzte, dass ihm seine bisherigen Misserfolge bei Frauen ohne weiteres zu glauben waren. »Ich habe bisher überhaupt noch nicht daran gedacht, noch mal zu heiraten.«

»Gut, gut, dann bin ich zufrieden. Aber wenn Sie jemals daran denken sollten, so lassen Sie mich es bitte wissen. Und was Ihren Sohn betrifft, ich würde ihn lieben wie ein eigenes Kind. Das wollte ich Ihnen noch ganz besonders –« Herr Eberlein fand plötzlich, dass »ans Herz legen« doch nicht tief genug ginge, und so vollendete er seinen Satz: »besonders auf die Seele binden.«

Impulsiv stand Irene auf. Das Mitleid war größer geworden, der ganze Mensch stand ihrem Innern nicht mehr so fern wie am Anfang seines Hierseins.

Aber da stand plötzlich wieder der Antretter vor ihrem geistigen Auge und hatte ein spöttisches Lächeln um seine Mundwinkel. In der vergangenen Nacht erst hatte sie geträumt, dass er sie in die Arme genommen habe, ganz behutsam und völlig anders, als es nach seinem sonstigen Auftreten zu erwarten gewesen wäre.

Hier aber stand der Kammerdiener Eberlein, ein schmaler Strich zwar nur gegen den Sägewerksbesitzer, aber mit einem Herzen voller Liebe, das er gutmütig wie ein träumender Jüngling ihr auf offenen Händen hinhielt, damit sie es nehmen möge.

Was sollte sie tun? Was sollte sie antworten?

Sie stand auf und streckte sich.

»Ich danke Ihnen für Ihren Besuch, Herr Eberlein, und ganz besonders für Ihre Rosen. Es tut mir Leid, wenn sich Sie durch meine Antwort enttäuschen musste. Wehtun wollte ich Ihnen nicht, das dürfen Sie mir glauben. Es kam nur alles so überraschend und Sie müssen verstehen, dass ich mir alles erst einmal genau überlegen will.«

»Selbstverständlich, natürlich«, beeilte Eberlein sich zu sagen.

»Und wie schon gesagt, ich weiß nicht, ob ich überhaupt noch einmal heiraten werde.«

»Das wäre schade. Sie sind wie eine Rose in vollster Blüte und Ihr Herbst ist noch weit, liebe gnädige Frau.«

Lächelnd reichte sie ihm die Hand. »Sie hätten ein Dichter werden sollen, Herr Eberlein. Behüte Sie Gott und haben Sie herzlichen Dank für alles, was Sie für meinen Sohn getan haben.«

»O bitte, bitte.« Eberlein griff nach seinem Hut. »Ich werde weiterhin für ihn tun, was ich kann.«

Er küsste ihr die Hand und ging. Seine schmalen Schultern waren ein wenig eingezogen. Er sah genau auf den Weg, den er ging, und dachte angestrengt darüber nach, ob das, was er soeben erlebt hatte, wieder eine Niederlage war oder ein kleiner Ansatz zu neuer Hoffnung sein könnte.

Adrian Sebald war also in die Dienste des Freiherrn von Siebenzell getreten um Förster zu werden. Zunächst behagte ihm die Tätigkeit gar nicht, denn Rucker, der die Geschicklichkeit des jungen Menschen, seine Fingerfertigkeit auf der Schreibmaschine sofort erkannte, spannte ihn zunächst einmal für seine Dienste in der Kanzlei ein. Die gesamte, seit Monaten angehäufte Post wurde jetzt erledigt.

Darüber verging der Sommer. Es wurde tiefer Herbst und in den Gärten verblühten die Rosen. Nur im Treibhaus der Schlossgärtnerei dufteten sie nach wie vor und jedes Wochenende gab Eberlein dem jungen Sebald einen Strauß für Irene mit. Ja, auch sonst war Eberlein um den Jungen recht bemüht. Er steckte ihm die besten Leckerbissen zu, die er in der Küche erwischen konnte, und sprach ihm Trost zu, wenn Adrian manchmal recht traurig war, weil er sich den Dienst ganz anders vorgestellt hatte.

Aber eines Tages nahm ihn Förster Rucker mit hinauf in die Jagdhütte und stellte ihn den beiden anderen Jägern vor.

»So, da kommt jetzt endlich der Nachwuchs«, sagte er. »Schaut, dass ein tüchtiger Weidmann aus ihm wird. Und vertragt euch.«

Matthias Egger streckte dem Adrian die Hand hin. Er war etwa dreißig Jahre alt, verheiratet und Vater von zwei Kindern. Seine ganze Gestalt schien beim ersten Hinschauen nur aus Knochen und Sehnen zu bestehen. Scharf hob sich die ein wenig gekrümmte Nase aus dem hageren, sonnenverbrannten Gesicht ab und unter dem kleinen, rötlichen Schnurrbart zeigte sich ein energischer Mund mit zwei Reihen fester, gelblich schimmernder Zähne.

Der andere Jäger war ein grauer, verwitterter Junggeselle, einige Jahre über sechzig, schon früh vom Hexenschuss geplagt und richtig zusammengeschunden. Der graue, ungepflegte Bart, der sein Gesicht umrahmte, ließ ihn noch älter und mürrischer erscheinen. In Wirklichkeit aber hatte Ferdinand Holly das Gemüt eines Kindes und Adrian fühlte sich zu dem Alten sofort hingezogen. Sein Spitzname lautete: »Mirisgleich«, weil er jeden Vorschlag, den man ihm machte, mit »Mir is gleich« beantwortete.

Die Treibjagden begannen. Der Baron erschien mit vielen Gästen, nur seine Frau und Isabella blieben diesen Herbst aus. Die Baronin hatte eine Bronchitis auszuheilen und hielt sich im Süden auf.

Adrian durfte die Treiberketten anführen, durfte Handlangerdienste tun, durfte die Jagdgewehre der Gäste putzen und Trinkgeld dafür einstecken, aber selber mit einem Gewehr durch das Revier gehen, nein, das durfte er noch lange nicht. Der Mirisgleich tröstete ihn zwar, dass es im nächsten Jahr so weit sein würde. Aber das war im Augenblick ein recht schlechter Trost, wenn ihn sein Jugendfreund Kaspar Jödl, der Sohn des Kurzenhofbauern, immer aufzog, was er denn überhaupt sei, ein Jäger oder ein Spaziergänger in den Wäldern des Freiherrn.

Die Monate hatten es eilig hintereinander herzukommen. Es dünkte Adrian, als sei es schon eine Ewigkeit her, dass er seinen Dienst als Jäger angetreten habe, obwohl es doch erst vor einem halben Jahr gewesen war.

Dieser strenge Winter hatte ihm hart zugesetzt. Er sah nun wie ein erwachsener Mann aus. Die Weichheit um seinen Mund hatte sich verloren, der Blick seiner Augen war schärfer geworden und sein Gesicht schmaler.

Daran war aber nicht der strenge Dienst allein

schuld. Nein, es gab ihm sehr zu denken, dass der Antretter so viel im Haus seiner Mutter verkehrte. Es kam ihm so manches zu Ohren und er hatte dabei das Gefühl, dass die Leute es ihm mit einer gewissen Absicht sagten.

Ja, das quälte den jungen Jäger, der immer noch kein Gewehr tragen durfte und mit einem derben Eichenstock in den Wäldern umherging.

Im März hatte der Förster unter einer schweren Bronchitis zu leiden und holte sich den Eleven vom Wald wieder in die Kanzlei herunter. Adrian war es ganz wehmütig ums Herz, denn er hatte sich schon so an das freie Leben am Berg gewöhnt, dass es ihm hier unten vorkam wie in einem Gefängnis. Unglücklicherweise war der März in diesem Jahr fast maienhaft schön. Kurz nach Josefi brach das Eis, die Tage wurden hell und am Monatsende lächelte die Sonne von einem heiteren Himmel wie manchmal im August.

Wenn Adrian abends nach dem Dienst durch das Dorf ging, geschah es oft, dass da und dort ein Mädchen hinterm Zaun stand, und zwar ganz zufällig, und Adrians Gruß wurde erwidert und so kam man ins Gespräch miteinander. Wenn der Adrian dann weiterging, folgten seiner schlanken, sehnigen Gestalt in dem grünen Jägerrock sehnsüchtige Augen.

Adrian wohnte wieder bei seiner Mutter. Und doch wog kein noch so schönes Leben im Tal das auf, was es da oben in den Bergen an Herrlichkeiten gab vom ersten Sonnenstrahl bis zu den bestirnten Nächen. Oder wenn das Unwetter für Tage herrschte und der Sturm um das Jagdhaus tobte, wie wohlig warm war es dann in der Hütte beim scharfen Tarock mit dem schweigsamen Matthias und dem grauen Mirisgleich. Dort oben, nein, da standen keine törichten Mädchen am Zaun, wenn er heimging so zwischen Dämmerung und Nacht.

Adrian fühlte, dass zwischen ihm und seiner Mutter etwas anders geworden war. Sie saß oft ganz geistesabwesend, tat manchmal so, als lese sie, und wenn Adrian hinsah, merkte er, dass immer die gleiche Seite aufgeschlagen war. Wenn er dann aufstand um in sein Zimmer zu gehen, hatte sie längst darauf gewartet. Nein, sie war nicht mehr die Frau und Mutter der vergangenen Tage. War doch etwas an dem Gerücht mit dem Antretter? Adrian traute sich nicht, seine Mutter danach zu fragen, ob das wahr sei mit dem Sägemüller und ob der es sei, der sie ihm entfremde.

Einmal musste Adrian mit einer wichtigen Botschaft für Matthias Egger zur Jagdhütte. Bevor er aufstieg, sagte er seiner Mutter, dass er wahrscheinlich oben bleiben würde. Aber es ergab sich anders. Auf dem Rückweg traf er den Kaspar, der ihn mitnahm in seinen elterlichen Hof, weil seine ältere Schwester mit ihrem Mann aus der Stadt zu Besuch gekommen war. Es wurde ein recht gemütlicher Abend auf dem Kurzenhof und es war bereits Mitternacht, als Adrian zu Hause ankam.

Im Wohnhimmer brannte noch Licht und Irene war verlegen, als Adrian plötzlich kam.

»Ich dachte, du bliebest oben?«, fragte sie.

»Nein, ich bin wieder hier. Habe mich nur auf dem Kurzenhof so lange aufgehalten. Dass ich es nicht vergesse, Mutter, ich habe mit dem Kurzenhofer gesprochen. Er fährt morgen ein paar Fuder Tannenäste zu uns her. Es ist billiges Brennholz. Du müsstest es nur noch klein hacken, weißt du.«

»Ich klein hacken?«, fragte sie verblüfft.

»Es ist wirklich keine schwere Arbeit, Mutter. Ein paar Stunden bloß. Schau, wir sparen dann viel Geld und du brauchst dem Antretter nicht die teuren Schwartlinge abzukaufen.«

Hier hätte Irene nun ihrem Sohn reinen Wein einschenken sollen. Der Sägemüller hatte nämlich nie eine Rechnung mitgebracht. Sie hatte den ganzen Winter über das Haus warm gehabt, aber keinen Pfennig dafür zu bezahlen brauchen.

»Rauchst du, Mutter?«, fragte Adrian plötzlich.

»Wie kommst du darauf?«

»Wegen der Zigarettenstummel hier. Hast du Besuch gehabt?«

»Nein – ja – das heißt, ein Herr war da und fragte wegen eines Bildes nach«, antwortete sie schnell und räumte den Aschenbecher fort.

Adrian wurde rot über das ganze Gesicht. Er fühlte, dass die Mutter ihn angelogen hatte, und das konnte er nun nicht mehr schlucken.

»Warum sagst du nicht die Wahrheit, Mutter? Warum sagst du nicht, dass der Antretter hier gewesen ist?«

Irene fuhr herum. Nun wusste sie, was ihn heimgetrieben hatte. Nun galt es Farbe zu bekennen.

»Und wenn es so wäre?«

Da saß nun Adrian ganz armselig und verstand nicht, warum die Mutter ihn angelogen hatte.

»Dann ist es also doch wahr, was die Leute reden?«

»Die Leute reden viel, wenn der Tag lang ist.«

»Das war früher nicht deine Meinung, Mutter.«

Irene setzte sich jetzt wieder. »Wollen wir nicht in aller Ruhe über die Sache sprechen?«

»In Ruhe, ja. Aber zuerst sag mir einmal, ob es wahr ist, dass der Antretter früh morgens von dir heimgegangen sein soll.«

»Nein, das ist nicht wahr.«

»Und dass du mit ihm im Winter einmal zwei Tage weggefahren bist in die Stadt.«

»Ja, das ist wahr.«

»So – und du schämst dich nicht, wo doch der Vater erst ein halbes Jahr tot ist?«

»Adrian!«, schrie Irene auf. »Was erlaubst du dir?«

»Dann sag mir, dass alles Gerede nicht wahr ist.«

»Ich weiß nicht, was die Leute reden, kümmere mich auch nicht darum. Ich weiß nur, dass der Antretter uns schon viel geholfen hat und dass er es ehrlich meint.«

»So? Ehrlich? Ist das ehrlich, Mutter, wenn er heimlich zu dir schleicht? Warum kam er nie an den Abenden, an denen ich daheim war? Heute, weil ihr annahmt, ich käme nicht heim, ist er wieder hier gewesen. Also musst du ihm Bescheid gegeben haben. Warum sagst du nicht, dass du ihn liebst?«

Adrian stützte sein Gesicht in beide Hände. Seit dem Tod des Vaters war ihm nicht mehr so weh ums Herz. Was musste dieser Sägemüller für eine Gewalt über die Mutter haben, wenn er sie in der kurzen Zeit so hatte verwandeln können!

»Ich begreife dich einfach nicht mehr, Mutter.«

Kaum merklich zuckte sie zusammen. Dann aber versuchte sie Adrian versöhnlicher und zugänglicher zu stimmen.

»Du solltest bedenken, Adrian, dass bei allem, was geschehen wird, auch die Vernunft eine Rolle spielt. Du hast dir einen Beruf gewählt, der dir für die nächsten Jahre nur das Notwendigste sichert. Vielleicht könnte ich das Haus noch ein paar Jahre halten, wenn du mehr verdienen würdest. Sonst müsste es halt doch eines Tages verkauft werden.«

Adrian wurde blaß bis in die Mundwinkel hinein.

»Was? Unser Haus – verkaufen? Und dafür hat Vater sein Leben lang gearbeitet und gesorgt! Und dass ich dann kein Zuhause mehr haben soll – Mutter, das darf doch nicht sein!«

Bekümmert neigte sie sich über ihn und wollte ihm über das Haar streicheln. Er aber bog seinen Kopf weg, als friere ihn bei dieser Berührung. Sie merkte es wohl und sah einen Augenblick in verzweifeltem Trotz auf ihn nieder.

»Es hat keinen Zweck, Adrian, vor den Tatsachen die Augen zu verschließen. Ein Barvermögen hat Vater nicht hinterlassen, eine Versicherung hat er nicht abgeschlossen, wovon soll ich leben?«

Wie von einer Natter gebissen fuhr er auf. »Um Gottes willen, lässt du dich denn vom Antretter unterhalten?«

»Bis jetzt war es nicht nötig. Aber wenn das letzte Geld aufgebraucht ist, womit soll ich dann bezahlen? Soll ich als Tagelöhnerin arbeiten?«

Da sah Adrian sie lange an. In seinen Augen glänzte es feucht von verhaltenen Tränen. Dann nickte er: »Ja, Mutter, lieber das!«

Darüber erschrak nun Irene wieder sehr heftig, denn zwischen ihren Zukunftsträumen und dem, was der Sohn von ihr verlangte, war wirklich ein so großer Riss, dass er nicht zusammenzufügen war. Nie in ihrem Leben hatte sie kennen gelernt, was körperliche Arbeit war. Und jetzt sollte sie es kennen lernen, mit achtunddreißig Jahren, nur weil ein unvernünftiger Bursche seine Augen vor der Wirklichkeit verschloss.

»Du meinst, dass es schlimm wäre, wenn ich den Antretter heiraten würde?«

»Ich weiß es nicht. Aber jeder andere wäre mir lieber.«

»Wieso?«, fragte Irene verwundert. »Was hast du gegen ihn?«

»Nichts und alles. Der Mann ist mir irgendwie unsympathisch.«

»Das verstehe ich nicht. Niemand hat sich um mich gekümmert. Er allein hat mir seine Hilfe angeboten.«

»Ja, aus Berechnung. Mir graut vor dem Gedanken, dass er mein Stiefvater werden könnte!«

»Weil du ihn nicht kennst, weil du voreingenommen bist. Das steht dir aber in deinem Alter noch gar nicht zu.«

Adrian zog schmerzhaft die Brauen zusammen und antwortete heftig: »Betrachte mich nicht mehr als Kind. Ich bin alt genug um mir selber ein Urteil zu bilden in einer Sache, die auch mich angeht.«

»Dann verlange ich aber, dass du den Antretter so kennen lernst, wie er wirklich ist. Was weißt du von diesem Mann, von den Jahren, die er neben einer kranken Frau herlebte? Wenn du meinst, dass du schon erwachsen genug bist um alles zu verstehen, dann will ich dir sagen, dass er mir bisher noch nie nahe getreten ist und dass ich keinen Grund habe, weder vor dir noch vor anderen, die Augen niederzuschlagen.«

Adrian wurde nun doch ein wenig unsicher in seiner Meinung. Er betrachtete nachdenklich seine Hände, die ein paar tiefe Schrunden aufzuweisen hatten. Fast war es so, als wollte eine Welle der Versöhnlichkeit über sein Herz gehen. Aber nur ganz kurz, dann überkam ihn wieder das Gefühl der Bitterkeit. Oder war es vielleicht Eifersucht? Die Eifersucht des Sohnes, der die Liebe der Mutter nicht mit einem anderen Mann teilen will.

»Du hast noch nichts getan. Aber du wirst etwas tun. Du wirst den Antretter heiraten und den Vater darüber vergessen.«

»Wer sagt dir denn das?«

»Mein Gefühl.«

»Dann will ich dir jetzt einmal etwas anderes sagen. Vater hat sicher nie daran gedacht, dass er so schnell sterben müsste. Aber wir sprachen doch manchmal davon. ›Sollte mir einmal unverhofft etwas zustoßen‹, sagte er dann, ›so sollst du nicht allein bleiben. Du sollst wieder heiraten, denn du bist ja noch jung‹. Im Übrigen hättest du ruhig einmal genau über alles nachdenken sollen, es wäre dann manches bittere Wort ungesprochen geblieben. Aber ich nehme es dir nicht übel, Adrian. Ich glaube dich auch jetzt zu verstehen. Du hast Angst, dass du mich an einen anderen Mann verlieren würdest, aber, mein Sohn, ich bin doch immer für dich da.«

Lange sah er nun vor sich hin auf den Boden. Dann hob er die Augen. »Ist das wirklich wahr, Mutter?«

Sie glaubte felsenfest daran und darum antwortete sie schnell und bestimmt: »Das ist so wahr, wie dass dir dieses Haus auf alle Fälle erhalten bliebe, sollte ich wirklich heiraten.«

Da überwältigte es ihn und er fing an zu weinen.

»Ach, Mutter, es ist für mich so schwer und es kommt alles so überraschend. In ein paar Jahren bin ich so weit, dass ich dich unterstützen könnte. Der Gedanke ist schrecklich, dass du den Antretter nur heiraten willst, damit du aller Sorgen enthoben bist.«

Darauf gab nun Irene keine Antwort. Und wenn er sie in diesem Augenblick angesehen hätte, so hätte er gesehen, dass eine leichte Röte über ihr Gesicht glitt.

Irene stand neben Adrians Stuhl und ihre Hände lagen nun auf seinem Haar – wie oft in früheren Tagen. Sie sah auf seinen Nacken nieder und war beschämt, dass er die Wahrheit so genau getroffen hatte. Natürlich würde es eine Vernunftehe sein, obwohl der Mann schon Liebe verdient. Aber hatte er selbst jemals von Liebe gesprochen? War er nicht stundenlang hier gesessen in aller Behaglichkeit, die Beine von sich gestreckt und die Arme über der Brust verschränkt? Nur zuweilen hatte er die Augen gehoben und sie mit dunklem Blick angesehen, nachdenklich und abwägend zugleich. Dann hatte ein Lächeln um seinen Mund gespielt, ein Lächeln, in dem vielleicht Zärtlichkeit spielen mochte. Und beim Abschied hielt er manchmal recht lange ihre Hand.

»Es war sehr schön bei Ihnen, Irene«, sagte er dann wohl. »Ich darf doch wiederkommen?«

Sollte sie es ihm verwehren? Das Zuhausesein in ihrem Zuhause? Nein, wenn sie ehrlich war, dann hatte sie auch etwas von seinen Besuchen. Sie war nicht allein, sie fühlte sich nicht so gottverlassen an den langen, kalten Winterabenden.

Plötzlich fiel ihr ein: »Hast du Hunger, Adrian? Es ist schon so lange her, dass wir zusammen Kaffee getrunken haben.«

»Ja, Mutter, eine Tasse Kaffee wäre jetzt genau das Richtige. Mir ist jetzt etwas leichter ums Herz. Nimm es mir nicht übel, dass ich dir so grob hereingeplatzt bin.«

Es wurde dann noch eine recht gemütliche Stunde. Adrian erzählte von seiner Arbeit in den Wäldern. Der Name des Sägewerksbesitzers Antretter aber wurde nicht mehr erwähnt.

5

Adrian Sebald nahm es fast den Atem, als der Förster ihm sagte, dass er zu Ostern nun endlich ein Gewehr bekäme.

»Ist das wirklich wahr, Herr Förster?«

»Ja, weil ich dein trauriges Gesicht nicht mehr länger sehen kann. Ich weiß auch, dass du schießen kannst, weil ich den Mirisgleich kenne wie meine Hosentasche. Der hat dich schießen lassen, wenn es galt ein Wild für die Gutsküche zu erlegen.«

Adrian lächelte still vor sich hin. Der Förster hatte Recht, aber wie nur konnte er es wissen, dass ihn der Mirisgleich hatte schießen lassen? Ach, das war ja alles

Nebensache jetzt. Die Hauptsache war das eigene Gewehr.

Endlich war der Karsamstag da. Förster Rucker überreichte Adrian einen nagelneuen Drilling.

»Du musst wissen«, sagte er dabei, dass du damit auch eine große Verantwortung auf dich nimmst. Es kann der Fall eintreten, dass du damit einmal auf einen Menschen anlegen musst. In Notwehr, versteht sich. Und es kann sein, dass der andere dabei stirbt. Es ist nicht so einfach, wie es sich anhört. Das Gesetz ist so eindeutig, dass dir der andere zuerst eine 'naufbrennen soll, ehe man sich selber rühren darf. Es kann aber auch sein, dass der andere schneller ist und du selber dann den letzten Schnaufer tust. Das alles ging dich bisher kaum etwas an. Von heute an ist es anders. Also, mach es gut, Adrian Sebald. Die beiden Feiertage hast du frei und am Dienstag früh trittst du deinen Dienst im Jagdhaus wieder an. Der Egger will vierzehn Tage Urlaub haben.«

Vom Fenster aus sah der Förster ihm noch lange nach und nickte nach einer Weile zufrieden vor sich hin.

»An dem Burschen kann man seine Freud haben, wenn er so bleibt«, sagte er kurz darauf zum Eberlein.

Wunderbar, wie so ein Gewehr das Selbstbewußtsein steigert! Adrian meinte auf Wolken zu gehen. Warum standen denn heute keine Mädchen am Zaun, damit sie endlich sähen, dass er verstand die Büchse zu tragen!

Nein, heute standen keine Mädchen hinterm Gartenzaun, denn es war Karsamstag und alle hatten noch eine Menge im Hause zu tun.

Seht, so eitel konnte auch ein vernünftiger Mensch werden. Adrian hatte keine Lust heimzugehen und das Gewehr in die Ecke zu stellen, wo es außer der Mutter niemand mehr sah. Und die Mutter hatte gewiss nicht so viel Interesse daran. Sie hatten sich trotz des letzten langen Gespräches etwas auseinander gelebt und Adrian war darum herzlich froh, am Dienstag wieder in die Jagdhütte ziehen zu dürfen.

So machte er jetzt einen Umweg, ging über den Bühel hinauf zum Kurzenhof. Musste man dem Kaspar nicht zeigen, dass es jetzt zu Ende sei mit seinem Spott?

Der Kaspar stand gerade auf dem Vorplatz und putzte seine Feiertagsschuhe. Die Tauben pluderten sich auf dem Schupfendach und die Abendsonne lag wie ein Teppich aus Gold über dem gepflasterten Hof.

»Grüß dich, Kaspar«, rief Adrian laut und fröhlich und tippte dabei an die Krempe seines grünen Filzhütls, auf dem Spielhahnfedern steckten.

Den Kaspar riss es geradezu hoch!

»Hoho, da schau her! Hast am End gleich gar schon eine Büchs?«

»Siehst es doch! Oder meinst du, ich hab sie mir geliehen?«

»Teufel, Teufel! So ein schönes Gewehr! Damit siehst du schon nach was aus! Hoffentlich triffst du auch damit.«

»Das lass nur meine Sorge sein! Was treibst du übrigens während der Feiertage?«

Kaspar schielte zuerst in den Hausflur.

»Allerhand hätt ich im Sinn. Hast du Zeit?«

»Ich habe die Feiertage frei.«

»Dann passt es grad schön. Treffen wir uns am Ostermontag bei uns hier um drei Uhr, dann werden wir schon sehen, wo es uns hintreibt. Lass mich einmal deine Büchs anschaun.«

»Mit den Händen schaut man nichts an, Kaspar.«

»Geh weiter, ich beiß dir doch nichts runter. Wetten wir, dass ich die Querstange bei der Tennbrücke hinten treff?«

»Als ob das schon was ist, die treff ich auch.«

Adrian nahm das Gewehr herunter, schob eine Kugel in den Lauf und legte an. Es waren immerhin an die hundert Meter.

Der Schuss krachte. Sie liefen beide hin um nachzusehen. Die Stange war in der oberen Hälfte durchschossen. Adrian ließ sich nun überreden und gewährte auch dem Freund einen Schuss.

Kaspar durchschoss die Stange in der unteren Hälfte und vielleicht hätten sie noch mehr Proben ihres Könnens abgelegt, wenn die Großmagd nicht aus dem Stall gekommen wäre und mordsmäßig geschimpft hätte, weil durch das Schießen das Vieh im Stall unruhig wurde.

O ja, sie waren beide großartige Burschen, jeder auf seine Art. Kaspar vielleicht noch etwas großartiger, denn er besaß einen goldenen Ring mit rotem Stein. Er wischte ihn an der Hose ab und hielt ihn gegen das Licht.

»Schau her, wie er glänzt. Ich mache mir aber nichts daraus. Vielleicht schenk ich ihn der Stachhuber Susanne oder der Stöcher Amalie. Das kommt grad darauf an.«

Adrian musste lachen. Kaspar war immer der gleiche Schwerenöter. Als er sich von ihm trennte, begannen im Dorf mit dröhnendem Hall die Glocken feierlich das Osterfest einzuläuten.

Genau wie die Mädchen nach altem Brauch am Stephanitag Kletzenbrot und Schnaps an die Burschen verschenkten, gingen die Burschen auch am Ostermontag über Land um sich ihre Ostereier zu holen und das dazugehörige Gläschen Schnaps.

Adrian hatte das bisher noch nie mitgemacht und war gespannt, wohin der Kaspar ihn heute überall führen würde. Jedenfalls war er um drei Uhr auf dem Kurzenhof, wo der Kaspar schon zum Ausgehen bereitstand.

Beide zusammen boten ein prächtiges Bild. Sie waren ziemlich gleich groß und schlank. Nur hatte der Kaspar, im Gegensatz zu Adrian, fast pechschwarzes Haar.

Sie gingen über einen Feldweg in Richtung der Einöde Stachhub. Als sie in die Nähe des Hofes kamen, sagte der Kaspar:

»Nimmst dich der Regina ein bissl an, damit sie nicht alleweil dabeisteht, wenn ich mit ihrer Schwester, der Susanne, was reden möchte.«

»Willst du ihr den Ring schenken?«, fragte Adrian.

»Kann schon sein!« Der Kaspar zwinkerte viel versprechend.

Ein Hofhund schlug an und hinter den Stubenfenstern wurden ein paar Mädchenköpfe sichtbar. Der Bauer saß auf der Hausbank, rauchte seine lange Pfeife und genoss den schönen Feiertag.

»Geht nur hinein, die Mädl sind drinnen«, sagte er und erinnerte sich wohl an seine eigene Jugendzeit, als er noch am Ostermontag von Hof zu Hof gegangen war.

Ja, sie waren in der Stube. Der Stachhuber hatte sechs Töchter. Susanne war die Jüngste, ein hübsches Mädl mit dunklen Zöpfen. Die Regina war die Älteste und ausgerechnet der sollte Adrian sich widmen. Kaspar musste ihren Besuch schon angekündigt haben, weil Regina sagte:

»Wir dachten schon, ihr kommt nicht mehr.«

Der Kaspar war tatsächlich ein Teufelskerl, weil er gleich fragte, ob sie denn Angst gehabt hätten ihre Eier und den Schnaps nicht loszuwerden.

Schnaps? Sie taten so, als ob sie keinen hätten, holten dann aber doch Flasche und Gläser.

Der Kaspar tat einen kleinen Schluck, ließ ihn auf der

Zunge ein Weilchen spielen und schloss genießerisch die Augen.

»Donnerwetter, ist der gut. Da ist der unsrige daheim gar nichts dagegen. Ich sag's ja: Die Stachhuberdirndl haben immer das Beste vom Besten. Den musst mit Verstand trinken, Adrian, weil einem da direkt das Herz aufgeht.«

Ein Mundwerk hatte dieser Kaspar! Adrian konnte da nicht mithalten. Darum nahm er die Gitarre von der Wand und stimmte die Saiten. Als er ein kleines Lied gesungen hatte, verlangten die Mädchen noch mehr. Selbst die Bäuerin munterte ihn auf. Oh, es war wunderbar ihm zuzuhören. Seine Stimme war ein wenig dunkel und von schöner Klangfülle. Die Stunden vergingen wie im Flug und als es dämmrig wurde, mussten die Mädchen in den Stall und die Bäuerin in die Küche.

Als die beiden Burschen aufbrachen, wussten sie nicht, wohin mit all den bunten Ostereiern. Von jeder zwei Stück und sechs mal zwei ist zwölf!

»Am besten ist es, ihr leiht uns einen Rucksack«, schlug der praktische Kaspar vor, weil er dachte, dass man anderswo auch noch etwas bekommen würde.

Danach musste Adrian unten im Obstanger warten, weil der Kaspar mit der Susanne noch was auszumachen hatte.

Ruhig glänzten die Sterne am Himmel. Ein warmer Wind strich vom Wald herunter und liebkoste die prallen Knospen der Bäume. Irgendwo in der Ferne klang ein lang gezogener Jodler, das Echo schwang eine Weile im warmen Gewölbe der Nacht. Dann wurde es wieder still. Nur den Wildbach hörte man in der Tiefe plätschern.

Endlich kam der Kaspar heran. »Wo gehen wir jetzt hin?«

»Am liebsten ginge ich heim. Den Schnaps, weißt, ich bin ihn nicht gewöhnt. Der steigt mir in den Kopf.«

»Geh, wegen der paar Glasl da!«

»Das sagst du. Ich muss morgen beizeiten raus. Morgen geht es endlich wieder auf die Jagdhütte.«

»So? Um wie viel Uhr denn?«

Das war eine Frage, die nicht zu beantworten war. Ein Jäger kann nie genug schweigen, hatte ihn der Förster gelehrt.

»Darfst du es nicht sagen?«, meinte der Kaspar.

»Ich will es nicht sagen.«

»Aha, da merkt man, dass du schon was gelernt hast bei den Jägern. Das Falschsein gehört zu eurem Beruf, wie das Amen zur Kirche«, lachte der Kaspar. Dann zog er eine Zigarettenschachtel heraus und bot Adrian eine an. Adrian lehnte ab. »Herrschaft, was bist denn du für ein Mannsbild?«, wollte der Kaspar wissen. »Rauchen tust du nicht, Mädel interessieren dich nicht, saufen kannst auch nicht. Aber pass auf, Adrian«, Kaspar zündete sich eine Zigarette an und schaute ein Weilchen das verglimmende Zündholz an, »angenommen, also, bloß angenommen, dass du mich ja nicht falsch verstehst – du würdest mich einmal auf der Pirsch erwischen? Was tätst du dann?«

»Was ich dann tun würde?« In aller Seelenruhe lächelte Adrian Sebald dem Fragenden in die Augen. »Abführen würde ich dich und anzeigen. Und wenn du aber dabei Zicken machtest, würd ich dich zusammenschießen wie eine Katze.«

Kaspar schaute den Kameraden verblüfft an. »Ich glaub, das brächtest du fertig!«

»Warum denn nicht? Das wäre nur meine Pflicht. Und im Dienst, da kenne ich keinen Freund und keinen Bruder.«

»Respekt, Respekt«, lachte Kaspar gedämpft. »An so

einem Jäger kann der Herr Baron seine Freude haben. Aber das ist ja alles bloß dummes Gerede. Ich habe ja gar nicht vor zu wildern.«

Nichts war weiter dabei. Hingeworfene Worte, sinnlose Fragen – klare, eindeutige Antworten. Es war nichts dazu angetan, die Eintracht des Abends zu zerstören. Sie gingen weiter.

Kaspar warf seinen Zigarettenstummel in weitem Bogen von sich. Wie ein Glühwürmchen verglomm er im Gras. Nach einer Weile sagte er: »Wollen wir jetzt wirklich schon heim oder gehn wir noch zum Stöcher nach Moos?«

»Mir ist es gleich«, antwortete Adrian.

»Auf ein Stünderl also!«

Nun gingen sie über den Karst, einen lang gezogenen breiten Hügelrücken mit lauter Viehweiden, denn Getreide wuchs dort oben nicht mehr. Die Umrisse eines großen Hofes tauchten auf, »beim Rösner im Karst« wurde er genannt.

Plötzlich klang Mädchenlachen vom Hof herüber und das gedämpfte Spiel einer Ziehharmonika.

»Da rührt sich was«, sagte der Kaspar. »Gehen wir hinein?«

»Ich weiß nicht, ich kenne die Leute kaum.«

»Ich auch nicht, aber das macht nichts, wir machen uns schon bekannt. Geh nur weiter.«

Es war ein großer, mächtiger Hof, auf den sie nun zugingen. Die Gebäude waren neu, nachdem vor einigen Jahren im Grummetstock Feuer ausgebrochen und alles verbrannt war.

»Ich möchte lieber nicht hinein«, wehrte sich Adrian noch.

»Jetzt, wo wir schon da sind?«

»Also gut, aber bloß auf ein Stündl.«

Da öffnete der Kaspar die Haustür.

Bei ihrem Eintritt in die Stube wurden sie mit lautem Hallo empfangen. Es stellte sich heraus, dass der Kaspar auch hier nicht unbekannt war, obwohl die Rösners vom Karst bereits zu einer anderen Gemeinde gehörten.

Anwesend waren die beiden Rösnermädl, Monika und Afra, ihre Brüder Benno und Matthias, der Bauer und die Bäuerin sowie eine Anzahl Burschen und Mädchen aus der Nachbarschaft, von denen Adrian einige kannte.

Noch ehe Adrian sich umsah, wohin man sich setzen könne, erhob sich der Rösner vom Karst und ging auf die beiden Neuankömmlinge zu.

»Dich kenn ich«, sagte er zum Kaspar. »Du bist vom Kurzenbauern, gelt? Aber dich – er sah Adrian an – »dich kenn ich nicht.«

Adrian nannte seinen Namen und es war, als liefe in dieser Sekunde ein Zucken über das hagere Gesicht des Rösners vom Karst.

»Ach – der Jäger?«

»Jäger ist er erst seit vorgestern, weil er da eine Büchse gekriegt hat«, klärte der Kaspar die Anwesenden voreilig auf.

Nichts mehr veränderte sich im Gesicht des Bauern. Er lud nur mit gewinnender Freundlichkeit zum Hinsetzen ein. Dann ging er wieder an seinen Platz neben dem Ofen, von wo er sich vorher erhoben hatte.

Adrian war sehr angetan von der Erscheinung dieses Mannes. Noch nie war ihm ein Mensch auf Anhieb so sympathisch gewesen. Der Rösner war fast zwei Meter groß und schlank ohne deswegen mager zu wirken. Das dichte, schwarze Haar war nur an den Schläfen ein wenig grau meliert. Und wie seine Stimme klang! Ein dunkler, wohlklingender Bariton, der einen so angenehm berührte. Keines seiner Kinder schlug ihm an Größe und Gestalt nach.

In diesem Augenblick erschien die Monika Rösner bereits mit zwei Gläschen Schnaps. Man stieß gemeinsam an. Dann ließ der Rösner Benno die Ziehharmonika aufrauschen.

Du liebe Zeit, war das eine Stimmung hier! Das Lachen der Mädchen schwang wie Lerchengetriller durch die Stube.

Plötzlich tauchte noch ein Mädchen auf, Eugenie, eine entfernte Verwandte aus der Stadt, die über die Feiertage zu Besuch gekommen war. Sie hatte kupferrotes Haar in gelockter Pracht über ihrer hohen Stirn, die wie Elfenbein schimmerte. Ihr Gesicht war von jener hellen Fröhlichkeit, die bezaubern konnte. Adrian betrachtete ihr Haar und es erinnerte ihn an den Glanz alten Goldes. Er hätte immerzu in ihr Gesicht schauen mögen. Soeben scherzte sie mit dem Prankl Simon in übermütiger Weise und Adrian empfand zum ersten Mal in seinem Leben etwas wie Neid aufsteigen. Warum schenkte ihm kein Mädchen solch betörendes Lachen?

Da stieß der Kaspar ihn heimlich an und raunte ihm zu: »Das wäre ein Mädel für mich!«

»Hättest deinen Ring doch nicht hergeben sollen«, antwortete Adrian mit Spott.

»Da hast du Recht. Reut mich schon lang. Aber wer kann wissen, dass einem ausgerechnet im Karst so ein Dirndl begegnet. Reut es dich jetzt, dass wir reingegangen sind?«

»Nein, jetzt nicht mehr.«

Adrian trank sein Glas leer. Die Monika wollte ihm noch mal einschenken, aber er deckte schnell seine Hand über das Glas.

»Nein, keinen Schnaps mehr, bitte.«

»Ist dir ein Glasl Wein lieber?«

»Das wäre mir recht!«

Hellrot leuchtete der Wein im Glas. Er hob es in die

Höhe, schaute prüfend hindurch, wie Weinkenner es gerne tun, und sah auf der anderen Seite die Augen des Mädchens Eugenie auf sich gerichtet.

Mitten im Lachen hatte sie abgebrochen und fragte leise den Benno: »Wer ist der Blonde dort drüben?«

Die Antwort konnte Adrian nicht verstehen. Es war ihm plötzlich alles Blut ins Gesicht geschossen. Er sah, wie sie nachdenklich die Brauen bewegte und dann wieder zum Benno etwas sagte. Daraufhin griff der Benno erneut in die Tasten der Ziehharmonika.

Kaspar stand auf und ging geradewegs auf Eugenie zu um sie für diesen Walzer zu kapern. Aber gerade als er ihr die Hand hinstrecken wollte, erhob sie sich und ging an ihm vorbei auf Adrian zu.

»Tanz mit mir, Jäger. Ich war schon öfter zu Besuch hier«, sagte sie, »aber dich habe ich hier noch nie gesehen!«

Adrian vermochte nicht zu antworten, und wenn Eugenie meinte, sein Schweigen entspringe einer Verlegenheit, so stimmte das nicht. Es hatte ihm die Sprache verschlagen, dass dieses schöne Mädchen ausgerechnet ihn zum Tänzer ausgewählt hatte! Und wie er plötzlich tanzen konnte, so gut hatte es noch nie geklappt!

In diesem Augenblick betrat Martha die Stube. Adrian sah sie zum ersten Mal; denn mit zwei Jahren hatte man sie aus dem Haus zu einer Cousine gegeben, die in der Hohenlindner Gegend einen großen Hof, aber keine eigenen Kinder hatte. Dort sollte Martha Kind der Cousine und einmal Erbin des Hofes sein. So war es vor sechzehn Jahren durch Handschlag besiegelt worden und hatte auch Gültigkeit bis zu dem Tag, da die nun wirklich nicht mehr junge Cousine nach langer Ehe selber anfing Kinder zu bekommen. Nun hatte plötzlich alles ein anderes Gesicht. Den Hof zu erben war keine Aussicht mehr, und wo es in der kinderlosen Zeit

»Herzchen hin und Herzchen her« geheißen hatte, war diese Frau nun immer mehr bestrebt die Martha allmählich, aber zielstrebig auf den Platz einer untergeordneten Magd zu verweisen.

Das aber hatte eine Rösnertochter nicht nötig und der Bauer rief seine Jüngste kurz nach Weihnachten nach Hause zurück, nicht gerade zum Entzücken der anderen Geschwister, die dadurch unverhofft ihr eigenes Erbteil geschmälert sahen.

Die Martha also hatte die Stube betreten, und als ihre Augen den Jäger trafen, brach der Bann, der über ihm und Eugenie gelegen hatte. Eine hypnotisierende Welle ging von Martha aus. Sie hatte im Gegensatz zu ihren Schwestern, die dunkelblond waren, ganz schwarzes Haar. Im Licht der Lampe schimmerte es fast bläulich. Auch trug sie keine Zöpfe wie ihre Schwestern, sondern hatte ihr Haar im Nacken zu einem Knoten verschlungen. Die Ohren, die dabei zur Hälfte frei blieben, trugen als Schmuck lange, goldene Ohrringe in der Form einer Weintraube. Die Wangen, rosig angehaucht, leuchteten in scharfem Kontrast zu den dunkelblauen Augen und dem roten Mund mit der etwas stärkeren Unterlippe.

Es war, als rühre das Erscheinen Marthas die Männer auf eigentümliche Weise an. Der Kaspar starrte sie an und brachte vor Staunen den Mund gar nicht mehr zusammen. Dann schaute er den Freund an, als wolle er ihn fragen: »Hast du in deinem Leben schon so was Schönes gesehen?«

In Adrian ging eine merkwürdige Veränderung vor. Mit Martha war plötzlich ein Mensch auf dem Plan erschienen, der unsichtbar die Hand ausstreckte um nach dem Herzen des jungen Jägers zu greifen.

Martha streifte Adrian Sebald mit ihren dunklen Augen und es war kaum wahrzunehmen, dass sich dabei unwillkürlich ihre fein geschwungenen Brauen ein wenig bewegten. Wenn sie schnurstracks auf ihn zugegangen wäre um zu sagen: »Du und ich ...«, so hätte das auch nicht bindender sein können als dieses schweigende Zueinandertasten auf seidenem Faden, das die Menschen in solch entscheidenden Augenblicken in sich fühlen wie ein Zeichen Gottes.

Zum ersten Mal in seinem Leben berührte den Adrian das Wunder der Liebe und er war starr darüber, dass die so schön und zugleich schmerzhaft war.

Und Eugenie? Nun, Eugenie war durchaus kein dummes Mädchen, dem die plötzliche Veränderung des jungen Menschen entgangen wäre. Instinktiv ahnte sie, was in ihm vorging und wo die Gefahr für sie lag.

Zunächst fühlte sie sich noch überlegen. Aber gerade, als sie ihn fragen wollte, was mit ihm auf einmal los sei, stand er auf und ging auf Martha zu.

»Darf ich dich um einen Tanz bitten?«

Sie legte beim Tanz beide Hände auf seine Schultern. Ja, auch im Tanz war sie anders als die übrigen. Die Augen hatte sie niedergeschlagen, obwohl sie merken musste, wie heiß sein Blick auf ihr brannte.

Adrian spürte in diesem Augenblick, dass er diesem Mädchen mit Herz und Seele verfallen war. Ihr dies zu sagen, war hier nicht der rechte Platz und es war auch nicht genügend Zeit, zumal der Tanz nun zu Ende ging. Martha löste ihre Hände von seinen Schultern, nickte ihm lächelnd zu, trat an den Tisch und trank aus dem Glas, das man ihr reichte.

Adrian setzte sich allein in den Winkel zwischen Ofen und Gläserkasten. Da schlängelte sich der Kaspar an seine Seite.

»Herrschaftszeiten, was sagst du da, Adrian? Diese Martha, so ein Prachtdirndl und ich Rindvieh geb meinen Ring her.«

Adrian zog wie unter einem starken Schmerz die Brauen zusammen. Immer wieder dieser Kaspar, der da glaubte, alles, was er sah und was ihm gefiel, könne er an sich reißen. Aber diesmal sollte er sich verrechnet haben!

»Du hättest halt gleich ein halbes Dutzend Ringe kaufen sollen«, antwortete er mit einem Ton der Verachtung, den Kaspar aber nicht wahrnahm.

»Ja, das wär gescheit gewesen. Wenn mein Alter mich nur mit dem Geld nicht so knapp halten würde. Der Ring hat immerhin achtzehn Mark gekostet.«

»Das will ich dir jetzt gleich sagen, Kaspar«, mit der rechten Hand fasste Adrian den Freund am Jackenaufschlag und zwang sein Gesicht zu sich her, »bis jetzt habe ich gelacht über deine Mädelgeschichten. Aber bei – bei der Martha, da lass sie Finger weg, sonst ist es mit unserer Freundschaft aus.«

Der Kaspar rührte unbehaglich die Schultern und machte sich frei.

»Ich glaube gleich gar, jetzt hat es bei dir eingeschlagen. Weißt du denn auch schon, ob sie dich mag?«

»Das lass nur meine Sorge sein. Denk lieber daran, was ich dir gesagt habe. Das ist mein Revier und da lass ich niemanden rein, verstanden? So – und jetzt geh ich heim. Gute Nacht, Kaspar.«

Seine Schritte verloren sich über dem Anger und hallten dann unten auf der Straße kraftvoll auf.

6

Etwa drei viertel Stunden Fußmarsch von Erlwies südwärts lag ein altes Wirtshaus. In früheren Jahren war es einmal ein beliebtes Ausflugsziel für die Dörfler, dann hatten die Besitzer mehrere Male gewechselt, die Wirtschaft kam immer weiter herunter und der augenblickliche Kreuzwirt, Peter Lamberger, bekam von der Brauerei schon seit Monaten kein Bier mehr geliefert, weil die alten Rechnungen noch nicht bezahlt waren.

Bei diesem Kreuzwirt saßen in einer regnerischen Maiennacht ein halbes Dutzend Männer im Hinterstübchen, dessen Fensterläden dicht geschlossen waren. Der Wirt selber aber stand draußen unter dem Vordach und passte auf, dass kein unerwünschter Gast sich näherte.

Auf der Stirnseite des wurmstichigen Tisches saß der Sägewerksbesitzer Antretter. Ihm zur Seite der Rösner vom Karst, dann der Gschwendner Martin, der Höllerer Andreas, der Adamer Gori und der Heimerer Sepp, der erst seit Anfang Mai wieder in der Gegend war, weil er gerade ein halbes Jahr wegen Wilderns abgesessen hatte.

»Also –«, begann der Antretter wieder, nachdem alle eine lange Zeit geschwiegen hatten, »wir müssen uns mit der neuen Lage befassen, ob wir wollen oder nicht. Den Kurzenhofer Kaspar hab ich absichtlich nicht eingeladen, weil er noch zu jung und außerdem der Freund vom Sebald ist.«

»Das kann uns ja nur ein Vorteil sein«, meinte der Adamer Gori.

»Erst einmal abwarten. Fest steht auf alle Fälle, dass uns dieser Adrian grad noch gefehlt hat. Gestern hat er den Plocherer Simon geschnappt. Der Kerl ist wie ein Wiesel. Bald ist er da und bald dort.«

»Musst ihn halt du ein bissl an die Ketten legen. Du wirst doch jetzt sein Stiefvater«, spöttelte der Heimerer Sepp.

»Das gehört nicht hierher«, antwortete der Antretter scharf. Es war ohne weiteres zu erkennen, dass er in diesem Kreis das Sagen hatte. »Ihr bringt also den Hirschen und die zwei Rehböcke morgen Nacht zu mir ins Sägewerk. Gori, du weißt doch Bescheid. Der dritte Baumstamm von rechts ist hohl.«

Der Gori nickte. »Aber zahlen darfst mehr in Zukunft. Das Risiko wird auch immer größer.«

»Reichen euch zwanzig Prozent nicht mehr?«, fragte Antretter mit steigendem Unwillen. Und sofort wurde ihm von allen geantwortet, dass sie in Zukunft ein Viertel vom Erlös der Beute möchten. Nur der Rösner vom Karst schwieg beharrlich, zog bedächtig an seiner Virginia und betrachtete die Umsitzenden mit halb zugekniffenen Augen.

Der Sägemüller wehrte sich gegen die Erhöhung mit aller Entschiedenheit. Aber in die anderen musste der Teufel gefahren sein. Sie spurten nicht mehr so nach seinem Willen, sie waren aufsässig.

Der Höllerer Andreas wurde sogar ganz deutlich: »Was hast denn du schon für ein Risiko bei der ganzen Sache? Du gehst ja nicht raus, du spielst den feinen Herrn, der überall gut angeschrieben sein möcht.«

Der Sägemüller maß den Andreas mit einem wütenden Blick.

»Das sagst du mir? Ausgerechnet du? Wer ist denn damals zu mir gekommen und hat gebettelt, dass ich wieder mitmachen soll, nachdem ihr gemeint habt, es ginge ohne mich auch. Wer hat euch denn das Wild abgekauft? Wo hättet ihr einen Lastwagen hergehabt um das Wild in die Stadt zu bringen? Bitte, macht, was ihr wollt! Ob ich dabei ein Risiko eingehe oder nicht, darüber möcht ich mit dir nicht streiten.«

Nach diesen Worten wurden die anderen wieder nachgiebiger. Nur der Adamer Gori warf noch spöttisch ein:

»Bei deinen guten Beziehungen zu der Witwe Sebald

hättest du es leicht verhindern können, dass sie ihren Buben Jäger werden lässt!«

»So dumm kann auch bloß einer wie du daherreden«, fauchte der Antretter ihn an. »Hast du vielleicht gar Angst vor dem Buben?«

Da gab der Gori nach. Angst wollte er sich nicht nachsagen lassen. Immerhin war es jetzt weit gefährlicher als im Vorjahr noch. Bis der Mirisgleich mit seinen alten Knochen irgendwo auftauchte, war man mit der Beute längst über alle Berge und der Egger konnte auch nicht überall sein, aber dieser Adrian Sebald war überall. Nur gut, dass jetzt bald die Almen bezogen wurden. Dann wurde manches wieder leichter.

Etwa eine Stunde lang noch verhandelten und berieten die Männer. Dann stand der Antretter auf und ging. Ihm folgte sogleich der Rösner vom Karst.

Der Regen hatte etwas nachgelassen, es nieselte leicht. Die Nacht war rabenschwarz, und nur wenn der Rösner an seiner Virginia zog, sah man für Sekunden sein Gesicht.

»Warum hast du überhaupt nichts gesagt?«, fragte der Sägemüller.

»Weil mich euer Feilschen ankotzt. Ihr habt ja nur noch das Geld im Kopf.«

»Du nicht?«

»Nein, ich geh raus, weil es mir im Blut liegt. Ich schieß, weil ich Lust hab, und nicht, weil ich Geld will. Aber was anderes: Ist der junge Dingsda – wie heißt er wieder?«

»Den Sebald Adrian meinst du?«

»Ja, ist der wirklich so ein Draufgänger?«

»Es scheint so.«

»Es ist bloß, dass man weiß, wie man sich verhalten muss. Heiratest du wirklich seine Mutter?«

»In drei Wochen.«

»Zieht der Bub zu dir ins Sägewerk, oder …«

»Das fehlte grad noch! Nein, der bleibt im Malerhäusl.«

Der Rösner vom Karst blieb stehen und zündete seine erloschene Zigarre wieder an.

»Du musst mir Bescheid sagen, wann er frei hat und unten im Malerhäusl ist.«

»Durch wen?«

»Durch den Brotfahrer Hias. Brauchst ihm bloß einen Zettel mitgeben und draufschreiben, die Bretter können abgeholt werden.«

Sie schritten noch eine Weile schweigend nebeneinander her, dann musste der Rösner abzweigen. Der Sägemüller aber ging an seinem Sägewerk vorbei ins Malerhäusl, obwohl es schon fast Mitternacht war. Aber Irene hatte ihn schon sehnsüchtig erwartet.

Der Sommer wollte kommen und Adrian Sebald machte den anstrengenden Bergdienst. Seiner Jugend konnten die Strapazen wenig anhaben und doch war auch sein Gesicht schmaler geworden. Die Sehnsucht nach der Martha vom Karst machte ihn unruhig. In den kurzen Nächten lag er oft stundenlang schlaflos und hörte das schwere Gebälk des Jagdhauses vor Hitze knistern. Er hörte den klagenden Ruf der Nachtvögel aus den Wäldern steigen und sah die Sonne am Morgen wie ein helles Wunder aufgehen und er erlebte, wie sie sich am Abend rot und golden an die Nacht verschenkte. Aber er wurde von keinem Bild mehr froh, denn Martha hatte er nicht wieder gesehen. Zwar war er einmal nachts den weiten Weg zum Karst gerannt, war um den Hof geschlichen, in der Hoffnung sie zu erblicken. Aber er sah sie nie. Und so litt er schweigend unter seiner Liebe.

Wenn er sich nur mit jemandem hätte aussprechen

können! In dieser Zeit begriff er erst, wie fremd die Mutter ihm geworden war, dass der herrische Antretter sie völlig in seine Gewalt gebracht hatte. Er fand den Weg nicht mehr zu ihr.

Als er aber einmal einen Rehbock für die Gutsküche hinuntertragen musste, las er in dem Aushängekasten vor dem Hause des Bürgermeisters das Aufgebot des Sägewerksbesitzers Anton Antretter mit der verwitweten Irene Sebald, geborene Schweiger.

Also doch! Ein grenzenloser Schmerz drohte ihn zu überwältigen. Nur ein gutes Jahr hatte sie dem Toten die Treue gehalten um nun den Sägemüller zu heiraten.

Musste es ausgerechnet dieser Antretter sein, der ihm aus unbegreiflichen Gründen so unsympathisch war? Warum nicht der Kammerdiener Eberlein, der ihm immer Grüße aufgetragen und Rosen mitgegeben hatte? Sah die Mutter nur das äußere Bild und erkannte sie nicht, was für ein guter Mensch der Schlossangestellte Eberlein war?

Eigentlich wollte er es nicht, aber als er um die Kirche bog und das Häusl mit den blühenden Rosen im Garten so am Hang liegen sah, da konnte er es doch nicht lassen hinaufzugehen.

Er traf die Mutter im Garten. Zum ersten Mal erblickte er sie wieder ohne die dunkle Trauerkleidung. Sie trug ein helles, geblümtes Dirndlkleid und sah geradezu blendend aus. Aber es war nicht nur das Kleid. Nein, es lag an ihren Augen, an ihrem Mund. Die Frau träumte von einem neuen Glück und war voller Leidenschaft.

»Du kommst, Adrian«, lächelte sie. »Das ist schön.«

Adrian stand vor ihr. Um seinen Mund zuckte es.

»Ich habe gerade gelesen, Mutter, dass du nun doch den Antretter heiratest.«

Sofort veränderte sich ihr Gesicht. Auf ihrer Stirn erschienen ein paar Falten. Eigenwillig schob sie das Kinn vor.

»Ja, daran ist nichts mehr zu ändern. Du musst dich damit abfinden.«

»Nein, das werde ich nie, Mutter.«

»Dann kann ich es nicht ändern.« Mit einem Ruck streckte sie sich.

Adrian senkte den Kopf. Er dachte an seine eigene Sehnsucht, an seine eigene Liebe. Er versuchte gerecht zu sein und die Mutter zu verstehen.

»Du sollst nicht allein bleiben, Mutter. Aber jeder andere wäre mir lieber als der Sägemüller.«

»Ich weiß, ich weiß«, erwiderte sie heftig. »Du magst ihn nicht. Soll ich vielleicht diesen Trottel Eberlein heiraten?«

Nun brauste auch Adrian auf. Sein Gesicht glühte. Die Worte sprangen ihm fast wild aus der Brust.

»Dass du Menschen, die es gut mit dir meinen, Trottel nennst, beweist mir, wie weit dieser Holzkönig dich bereits hineingezerrt hat in seine eiskalte Welt. Du bist nicht mehr die, die du warst. Du bist nicht mehr die Frau, zu der ich um Rat und Hilfe kommen konnte.«

»Doch, Adrian, das kannst du jederzeit.«

»Glaubst du, dass ich jemals einen Schritt in das Haus des Sägemüllers setzen werde?«

»Dann kann ich es auch nicht ändern. Es ist zwar bitter, dass ich meinen Sohn vielleicht im Wald aufsuchen muss, wenn ich ihm etwas zu sagen habe, aber ich muss mich eben auch mit dieser Tatsache abfinden. Im Übrigen – dieses Haus hier bleibt dir, das ist bereits notariell festgelegt.«

»Welches Entgegenkommen!«, antwortete Adrian spöttisch. »Und die Bilder? Vaters Bilder?«

»Teilen wir uns zur Hälfte.« Irene sah ihn dastehen mit dem todtraurigen Gesicht. Sie sah auch, wie schmal seine Wangen geworden waren. Und plötzlich riss sie ihren Sohn mit einer heftigen Bewegung an sich. »Ach, Adrian, sei doch nicht so störrisch. Schau, ich will dich doch nicht verlieren. Du bist doch mein Bub. Du warst immer so verständig. Verstehst du mich denn jetzt nicht mehr? Willst du denn deiner Mutter kein Glück gönnen?« Sie nahm sein Gesicht in ihre Hände und hielt es von sich ab. »Schau mich einmal an, Bub. Ich bleibe doch deine Mutter!«

Tränen rannen ihm plötzlich über die mageren Wangen.

»Ich glaube es dir, Mutter. Aber es wird alles ganz anders kommen. Dieser Mann duldet nichts neben sich. Auch mich nicht. Du bist jetzt blind vor lauter Liebe. Entschuldige, Mutter, dass ich dir das sage.«

»Komm, Bub, setz dich zu mir. Wir trinken Kaffee zusammen. Ich fürchte, dass wir so bald nicht mehr so zusammen sein werden.«

Sie gingen zusammen ins Haus. Die Mutter war sehr bemüht um den Sohn. Sie tischte ihm auf, wie sie ihm tausende Male aufgetischt hatte. Sie strich ihm übers Haar und sah in seine Augen.

»Du bist schmal geworden«, sagte sie voller Sorge. »Und in deinen Augen ist etwas, Adrian, das früher nicht da war. Trägst du etwas mit dir herum?«

Adrian lächelte, sagte aber kein Wort von seiner Sehnsucht, kein Wort von der Martha im Karst kam über seine Lippen. Sie sprachen wohl noch eine Weile zusammen, aber sie redeten jetzt über das Notwendige ohne jede Bitterkeit. Es würden ihm die Schlüssel des Hauses ausgehändigt werden, damit er jederzeit hereinkönne. Den zweiten wollte sie behalten um zuweilen die Wohnung lüften zu können, wenn er lange nicht vom Berg herunterkäme.

Zum Schluss umarmten sie sich und es sah so aus, als

könnte Adrian nun ganz zufrieden den weiten Weg zur Jagdhütte gehen.

Der Tag begann. Goldschön stieg gegen fünf Uhr die Sonne hinter den Bergen herauf, als in Erlwies die Morgenglocke läutete. Eine Stunde später läutete sie wieder und diesmal führte der Sägewerksbesitzer Anton Antretter seine zweite Frau in die Kirche. Er führte sie, um jedes Aufsehen zu vermeiden und um nicht durch das Dorf gehen zu müssen, gleich quer über den Holzplatz, hinter der Sägehalle vorbei und gelangte so mit ihr ungesehen zum Kirchplatz. Es hatte sich aber doch herumgesprochen und es standen Leute vor dem Kirchenportal um mit bösen Blicken das Paar zu betrachten.

»Sie kann sich in das warme Nest setzen«, sagten die einen. »In das warme Nest, das eine andere hergerichtet hatte.« Es sprach viel Neid dabei mit, denn die Wahrheit sah doch so aus, dass der Antretter schon mehrere schriftliche Heiratsanträge bekommen hatte, seit er Witwer war.

Die Trauung war in einer knappen Stunde vorbei. Danach standen noch viel mehr Leute herum und aus jedem Gesicht blickte Neid oder Vorwurf. Der Antretter aber ging aufrecht neben der noch aufrechteren Irene zum Grab seiner ersten Frau und legte, aus dem Brautstrauß einige Rosen nehmend, diese auf den auch noch nicht alten Hügel nieder. Und es streckte sich keine Hand aus dem Grab, weder fluchend noch segnend. Nur eine Lerche hob sich aus dem Hagebuttenstrauch hinter dem Grabstein und schwang sich trillernd in die Lüfte.

Ja, auch Irene machte all dies mit herrischem Mut mit. Nur einmal blickte sie sich um und dann kam etwas wie wehe Trauer in ihre Augen, denn insgeheim hatte sie gehofft, dass Adrian vielleicht doch käme.

Adrian aber saß um diese Zeit oben auf einem Berghang. Das Tal war schon nebelfrei und wie ein Meer voll leuchtender Klarheit spannte sich der Morgenhimmel über die Berge. Die Büchse quer auf dem Schoß, ein Knie aufgezogen, so saß er ganz still. Er hatte die beiden Hirschwechsel beobachtet, von denen der eine unter einer Felswand entlanglief, während der andere am Ende der Lawinengasse sich im dichten Latschengebüsch verlor. Eine leichte Zufriedenheit war in ihm. Man hatte ihn zum ersten Mal beauftragt für den Jagdherrn einen Hirsch auszumachen. Der Baron konnte morgen ruhig kommen um zu schießen.

Die Sonne schien warm auf den Jäger herab. Ein leiser Wind bewegte die Almrosenbüsche zu seinen Füßen. Plötzlich bog er den Kopf weit vor. Seine Augen wurden schmal. In der Tiefe hatte etwas seine Aufmerksamkeit erregt. Schon hatte er den Feldstecher an den Augen.

Dort unten war soeben ein Mädchen um die Wegbiegung gekommen. Sie trug einen Rucksack und in der rechten Hand einen Bergstock. Jetzt blieb sie stehen und wischte sich den Schweiß von der Stirn. Adrian stockte der Atem bei ihrem Anblick, denn dieses Mädchen war Martha Rösner, die jüngste Tochter des Bauern im Karst.

Schon hatte er das Gewehr auf dem Rücken und begann den Abstieg.

Lautlose Stille lag zwischen den Bäumen des Waldes durch den er jetzt schritt. Eine Singdrossel begann ihr betörendes Lied in dem Waldgrund zu schlagen. Vom Stamm einer Föhre halb verborgen stand nun der Jäger und wartete klopfenden Herzens.

Jetzt kam sie. Das helle Tuch, das sie um ihre Schultern gelegt hatte, schimmerte schon zwischen den Stämmen. Dann wurde sie selber im schmalen Hohlweg sichtbar. In diesem Augenblick trat Adrian vor.

Wie sie erschrak! In ihrem Gesicht kam und ging die Farbe. Endlich konnte sie sagen: »Hast du mich erschreckt.«

Dann standen sie sich schweigend gegenüber. Keines fand ein Wort, das diesem Moment gerecht geworden wäre, dem ihre Herzen so lange entgegengewartet hatten.

Endlich fand Adrian den Mut zu sprechen. »Dreimal war ich nachts schon unten im Karst, in der Hoffnung, dich zu sehen.«

»Ja, das habe ich gefühlt. Aber ich kann doch nicht nachts aus dem Fenster steigen?«

Er senkte den Blick zu Boden und wusste nicht recht, was er sagen sollte. So meinte er schließlich zaghaft, dass es nun schon bald ein Vierteljahr her sei, dass sie sich gesehen hatten.

Da lächelte sie ihn an. »Gehört, mein Lieber, hab ich genug von dir.«

»Von mir? Ich komme doch so selten ins Dorf, komme kaum mit Menschen zusammen.«

»Und doch bist du in aller Mund. Man redet zum Beispiel davon, dass du jedem ohne Erbarmen nachspürst, der sich einmal ein Wildbret holen will.«

»Ach so«, lachte Adrian erleichtert. »Wenn sie weiter nichts sagen, ist es nicht schlimm. Darf ich fragen, wohin du gehst?«

»Auf unsere Alm. Die Monika muss heim, weil sie bald heiratet. Und jetzt muss halt ich für den Rest des Sommers herauf.«

In seinen Augen leuchtete es auf. »Du? Martha, weißt du, was das für mich bedeutet, wie mich das freut?«

»Freuen? Warum?«

Er griff nach ihrer Hand, die sie ihm gern überließ. »Ach, was weißt du denn, Martha, wie oft ich mich nach dir sehne. Seit dem Ostermontag habe ich dich keinen Augenblick vergessen können.«

»Warum bist du dann nie gekommen?«

»Ich weiß nicht – ich habe mich nie getraut.«

»Dein Freund, der Kaspar, ist nicht so schüchtern.«

Erschrocken starrte er sie an, so, als ob er ergründen wolle, wie viel ihr der Kaspar bedeuten mochte. Es war eine leise Trauer in seiner Stimme, als er fragte: »Kommt er oft?«

»Ja, fast jeden Sonntag war er da. Aber wenn er noch hundert Sonntage käme, mich kümmert der nicht.«

Adrian meinte, in diesem Augenblick wälze sich ein schwerer Stein von seiner Seele. Fester umschloss er ihre Hand. »Und ich, Martha? Darf ich zu dir kommen?«

»Du bist aber nie gekommen.«

»Hätte es dich gefreut, Martha?«

Da lächelten ihre Augen noch mehr und sie wehrte sich nicht, als er sie zaghaft an seine Brust zog. Erst nahe bei ihm, als sie ihr Gesicht an seinem Hals verbergen konnte, flüsterte sie: »Was weißt denn du, wie oft ich mir gewünscht habe, du möchtest kommen.«

»Ist das wahr, Martha?«

»Ich lüge nicht, Jäger. Und es ist auch wahr, wenn ich sage, dass ich manchmal Angst um dich habe.«

»Angst um mich?«

Sie hätte genauso gut sagen können: Ich liebe dich doch! Fühlst du denn das nicht?

Immerhin, sie hatte Angst um ihn und man ängstigt sich doch nur um einen Menschen, der dem Herzen nahe steht. Das war deutlich genug gesagt und er fand nun auch den Mut sie fester zu umarmen. Zum ersten Mal in ihrem Leben küsste Martha einen Mann. Sie sahen sich in die Augen und aus ihren Zärtlichkeiten wuchs ihnen die Kraft zu dem Willen zu einander nie mehr zu verlieren.

Ach – und so verging eine lange Zeit. Die Meisen zirpten hoch im Geäst und zwischen den Baumlücken sah man wie silberne Säulen die flirrenden Mücken stehen. Plötzlich machte Martha sich erschrocken los.

»Ich sollte ja schon längst auf der Alm sein. Die Schwester wird warten.«

»Und wann sehen wir uns wieder?«, wollte er wissen.

»Das liegt bei dir, Adrian, wie lange du mich warten lassen willst.«

»Morgen bin ich bei dir.«

Noch einmal küssten sie sich, dann fielen ihre Hände auseinander und sie trennten sich.

Schnell ging sie jetzt den Weg hinauf. Der Jäger sah ihr nach, bis sie um eine Wegbiegung verschwand. Alle Herrlichkeit der Welt schien ihm jetzt zugefallen zu sein. Auf dem Rückweg durch den Bergwald fing er in seiner Herzensfreude an leise zu singen.

Plötzlich blieb er stehen. Seine Augen wurden schmal und blickten scharf auf die Fußspur, die ihm schon ein paar Mal begegnet war. Da war er nun wieder, dieser breite, schwere Abdruck, die Spitzen ein wenig nach innen gebogen. Vor einem Monat hatte er diese Spur bei einer zusammengeschossenen Hirschkuh entdeckt und sich eingeprägt.

Über eine Stunde konnte er die Spur verfolgen, dann verlor sie sich im Fels und es wäre ein ansichtsloses Unternehmen gewesen, noch weiterzusuchen.

Ja, Monika wartete bereits ungeduldig auf Martha. Sie stand schon fertig angezogen vor der Almhütte und rief der Schwester von weitem entgegen: »Geh weiter, mach doch ein bissl schneller.«

Martha aber war sowieso schon so schnell gerannt und atmete heftig, als sie oben ankam.

»Wo bleibst du denn so lange?«, fragte die Monika. »Du hättest bereits um neun Uhr hier sein sollen und jetzt ist's gleich Mittag.«

»Ich bin daheim erst später weggekommen«, antwortete Martha ohne die Schwester anzusehen.

Warum hatte sie gelogen? Warum sagte sie nicht, dass sie den Adrian unterwegs getroffen hatte? Sie wusste selber nicht, warum sie es verschwieg. Vielleicht einfach, weil ja die Schwester ihr auch nie etwas sagte.

»Also, pass auf«, berichtete jetzt die Monika. »Die Scheck hat ein entzündetes Euter. Auf der Schüsselrahm drinnen steht eine Dose mit einer Salbe. Damit musst du die Scheck jeden Abend einreiben. Und das Kälberl von der Muckl nimmst in drei Tagen weg und gibst ihm ein Trankerl. Die Weizenkleiben sind in der Kiste neben dem Ofen. So – das wär alles. Mach's gut, Martha. Zu meiner Hochzeit kommst du hinunter. Da schicken wir dann die Stieglerin zur Aushilfe rauf, gelt?«

Die Schwester ging. Bevor sie aber das erste Almgatter wieder hinter sich schloss, rief sie nochmals zurück: »Und was ich noch sagen will: Lass dich mit den Jägern nicht ein.«

Erschrocken fragte Martha zurück: »Mit welchem meinst du?«

»Mit jedem. Vor allem aber nicht mit dem Blonden – ich weiß nicht, wie er heißt.«

Adrian, dachte Martha. Sie meint Adrian.

»Und warum nicht?«, fragte sie törichterweise.

»Frag nicht so viel. Wirst es schon noch erfahren«, antwortete Monika, hängte die Kette des Gatters an den Pfosten und eilte rasch abwärts.

Martha stand noch eine lange Zeit auf demselben Platz vor der Hütte. Nur den Rucksack streifte sie ab und den Bergstock lehnte sie an die Wand. Aber sie dachte nicht lange über die Worte der Schwester nach. Das andere beschäftigte sie viel stärker. Was sie da unten im Wald erlebt hatte, verwandelte ihr Inneres in ein Klingen. Seit jenem Ostermontag hatte auch sie so oft an den jungen Jäger gedacht und sich nach ihm gesehnt. Manchmal war sie schon nahe daran gewesen, den Weg zur Jagdhütte zu suchen in der Hoffnung, ihm zu begegnen. Aber das ließ dann ihr Stolz nicht zu. Und nun haben sich in dieser sonnigen Mittagsstunde all ihre Wünsche erfüllt.

Alle Wünsche? Nein, es standen noch so viele offen. Aber es würde ja nun alles seinen Weg gehen. Er wird kommen, morgen schon. Er wird den ganzen Sommer lang kommen. Ach, wenn es nur schon morgen wäre.

7

Die Schrottalm lag in einem Taleinschnitt so versteckt, dass sie auf den ersten Blick gar nicht sichtbar war. Sie gehörte dem Bauern Schrott von Iglau und wurde von der Sennerin Mariandl und ihrem Bruder Gidi bewirtschaftet. Von den Jägern kam selten einmal einer dorthin, weil die Hütte eben so abseitig lag und nicht den Ruf einer besonderen Gastfreundschaft genoss.

Die Mariandl war ein großes, kräftig gewachsenes Mädl, ging auf die dreißig zu und war ungemein tüchtig. Nicht nur der Schrott schätzte ihre Arbeitskraft, nein, so gar mancher wäre schon bereit gewesen die Mariandl zu heiraten, aber es gab für sie nur einen Mann und das war der Heimerer Sepp.

Auf einmal aber interessierten sich die Jäger lebhaft für die Schrottalm. Adrian hatte einen Verdacht geschöpft und ließ ihn sich nicht mehr ausreden. Hatte dieser Heimerer nicht schon einmal wegen Wilddieberei ein halbes Jahr gesessen? Jetzt arbeitete er im nahen Staatsforst als Holzfäller. Kürzlich hatte Adrian ihn aus einem Jungwald kommen sehen, ein wenig verstört, ein wenig eilig. Dann ist er mit einem scheuen, fast verlegenen Lächeln an Adrian vorbeigegangen und um eine Wegbiegung verschwunden. Adrian war umgekehrt und hatte ihm nachgesehen. Nun hatte es der Heimerer nicht mehr nur eilig, sondern er rannte in jagender Hast über das Almfeld hinunter und verschwand in der Schrotthütte.

Die drei Jäger besprachen diese Beobachtung und eines Tages erschien der alte Holly in der Schrottalm. Er ließ sich nicht dadurch verdrießen, dass die Mariandl in einer Stunde keine zehn Worte mit ihm sprach. Sie unterließ auch die einfachste Regel der Gastfreundschaft und stellte ihm keinen Becher Milch hin, sondern ging mit ihren schweren Dragonerschritten gelassen durch die Hütte und war voller Geschäftigkeit. Der Gidi aber hatte sich gleich am Anfang verzogen, indem er vorgab den Almzaun richten zu müssen.

Nach mehreren Versuchen ein Gespräch anzuknüpfen gab der Holly es schließlich mit seinem üblichen »Na ja, mir is gleich« auf, streckte behaglich die Beine aus, zündete sich eine Pfeife an und besah sich einen alten Bauernkalender. Dabei aber spähten seine Augen in jeden Winkel der sauber gehaltenen Stube. Am meisten interessierte ihn die Falltür, die in den Keller führte. Aber die Mariandl ging keinen Augenblick hinaus oder sie kam sofort wieder herein; es war gerade so, als ob sie Angst hätte den Jäger allein zu lassen.

Als es gegen Mittag ging, erhob der Alte sich, klopfte am Ofen seine Pfeife aus und streckte ächzend den Rücken.

»Dann werd ich halt schön langsam wieder weitergehn. Teufl, mein Kreuz tut mir heut wieder weh und die Füß lassen schon bald ganz aus.«

»Befiehlt dir ja niemand, dass du den weiten Weg bis zur Schrottalm gehst«, sagte die Mariandl schnippisch. Es war der einzige zusammenhängende Satz, den sie überhaupt sprach.

»So schnell wirst du mich hier nicht mehr sehen. Der Weg ist weit und deine Freundlichkeit wenig einladend.«

»Ich hab dich ja nicht gerufen!«

»Nein, gewiss nicht. Na ja, mir is gleich. Pfüat dich, Sennerin.«

Sie gab ihm keine Antwort und der Holly lächelte grimmig vor sich hin. »So ein ungutes Weibsbild.«

Beim Brunnen draußen fesselte plötzlich etwas seinen Blick. Dort wo der Boden ein wenig weich war, sah er die Spur. Er ging näher hin, trank aus der hohlen Hand Wasser und betrachtete dabei unauffällig die Abdrücke. Eine breite Schuhspur, mit einem Nagelkranz in der Mitte und an den Spitzen zwei Eisenkappen. Stammte sie vom Gidi oder vom Heimerer? Konnte es nicht auch die Spur eines Wanderers sein, der hier seinen Durst stillte, weil man ihm drinnen in der Hütte keine Milch gegeben hatte?

Langsam ging er über den Almhang hinauf, und als er ihn überquert hatte, tauchte plötzlich ein lachendes Gesicht aus dem Latschengebüsch.

»Bist schon lang da?«, fragte der Holly.

»Vielleicht eine halbe Stunde.«

»Warst oben auf dem Heuboden?«

Adrian zwängte sich nun vollends aus den Latschen und bog mit dem Alten zum Hochwald hinunter.

»Beinahe hätte der Gidi mich gesehen auf dem Heuboden.«

»Der Gidi? Der ist doch fort, weil er den Almzaun richten wollte.«

»Ja, das hab ich schon von meinem Ausguck aus beobachtet. Aber wie ich grad im schönsten Suchen war, hör ich etwas und kann mich gerade noch im Heu vergraben. Kommt der Gidi tatsächlich durch die Luke vom Stall heraufgestiegen, zerrt aus dem hinteren Winkel eine Rehdecke, reißt ein paar Bretter auf und versteckt sie darunter.«

»Da schau her, das Luder! Hast du sonst auch was entdeckt?«

»Bloß eine Zigarettenschachtel mit leeren Schrothülsen und eine Hand voll Patronen.«

Der Jäger Adrian Sebald saß auf der Rösneralm und war glücklich. Er saß nicht das erste Mal hier mit Martha auf der Bank vor der Hütte und sah zu, wie die Nacht kam und die Sterne aufflimmerten, einer nach dem anderen.

Martha hatte ihren Kopf an seine Schulter gelehnt. Sie fühlte sich so geborgen, war ganz daheim bei ihm. Er war der schicksalhafte Gefährte, von dem sie schon in ihrer Kindheit geträumt hatte.

Ach, sie wurden nicht müde sich immer wieder zu sagen, wie sehr sie sich liebten. Adrian fand Worte für sein Empfinden, wie ein Dichter sie nicht schöner finden könnte.

»Weißt du«, sagte er gerade, »in meinem Herzen, da brennen Lichter für dich. Sie werden nie erlöschen.«

»Meinst du, Adrian?«

»Wenn du sie nicht auslöschst, dann nicht.«

»Ich? Was weißt du, wie lieb ich dich habe! Ich will immer mit dir zusammen sein.«

Dann wollte sie wissen, wie es einmal werden würde mit ihnen beiden. Adrian erzählte von dem Haus, das ihm gehörte, von den Rosen, die der Vater noch gepflanzt hatte, vom Leben, das sie führen würden, wenn sie erst einmal einander für ganz gehören dürften.

»Und du meinst«, fragte sie mit gespanntem Gesicht, »du meinst, dass keine mehr kommen wird, die dir besser gefällt?«

Lächelnd zog er sie an sich. »Nein, Martha. Nach dir werd keine mehr kommen.«

Und so verging eine lange Zeit. Die Sterne wurden immer zahlreicher und auch die Stimmen, die aus der Nacht aufstiegen. Der Wildbach lärmte lauter, der Wind sprach drängender durch die Büsche und aus der Tiefe des Almgrundes läuteten die Herdenglocken. So recht eine Nacht für Verliebte.

»Was wird dein Vater sagen, wenn er es erfährt?«, fragte Adrian in die Stille hinein.

Nachdenklich sah Martha vor sich hin. Dann drückte sie seine Hand fester. »Auch wenn er dagegen wäre, Adrian, es würde nichts ändern.«

»Meinst du – ich weiß ja nicht, wie du darüber denkst –, ich sollte an meinem nächsten freien Tag ins Karst gehen und ganz offiziell fragen?«

Da lachte Martha so belustigt, dass er sie ganz verwundert ansah.

»Ihr seid ja noch Kinder, würde er sagen. Putzt euch zuerst die Rotznasen, würde er spotten. Oh, ich kenne ihn. Es ist ihm sogar bei der Monika noch zu früh, obwohl sie schon fünfundzwanzig ist. Aber du musst nicht meinen, dass er ein Unmensch wäre, der Vater. Nein, das nicht. Aber erst vor kurzem hat er zu mir gesagt: Dich muss ich am längsten behalten. Von dir hab ich eigentlich immer am wenigsten gehabt, weil du nie da warst. – Warum willst du eigentlich, dass es jetzt schon an die große Glocke gehängt wird?«

»Das will ich nicht. Ich meinte nur wegen der Ordnung, und dass ich es ehrlich meine.«

Sie sah ihm tief in die Augen. »Meinst du es ehrlich, Adrian? Nein, nein, bloß kein großes Ehrenwort jetzt. Es gibt Menschen, die der Meinung sind, Ehrenwörter gebe man nur um sie bei passender Gelegenheit zu brechen.«

Ganz erstaunt starrte er sie an. »Woher hast du denn solche Weisheiten?«

Sie lachte wieder. »Nicht von mir selber. Zur Cousine kam öfter ein alter Lehrer und der sagte so wunderliche Sachen von den Menschen und von den Unzulänglichkeiten des Lebens. Ach, was rede ich denn alles! Aber eines musst du wissen, Adrian: alles könnte ich ertragen, nur treulos darfst du mir nicht sein und mich nicht anlügen.«

»Ich lüge dich nicht an, Martha. Dazu habe ich dich zu lieb!«, rief er in trunkenem Jubel und riss sie an sich, küsste sie auf den Mund, auf die Augen, wohin er sie gerade traf. Und niemand sah es, nur die Sterne blinzelten still und friedsam hernieder.

Mit wenig Sternen, unter denen ein frischer Wind hinzog, lag die Nacht über der Schrottalm. Aus dem Latschenfeld oben richtete Adrian Sebald sich auf und pirschte sich an die Hütte heran. Alle Dinge wuchsen wir riesenhafte Ungeheuer aus dem Dunkel auf; die Hütte selbst, die zwei Fichtenbuschen gegenüber dem großen Kreuz in der Mitte, an dessen unterem Sockel eine Blechtafel befestigt war mit der Aufschrift:

»Süßes Herz Jesu, bitte für uns!
Heilige Maria, bitte für uns!«

Die Nägel mussten schon etwas locker sein, denn im Wind schepperte die Tafel von Zeit zu Zeit.

Im Geäst einer dieser Fichtenbuschen war Matthias Egger in der vorigen Nacht gesessen, ohne dass er etwas Verdächtiges beobachtet hatte. Heute wollte Adrian diesen Lauscherposten einnehmen und schlich gerade an der Seitenwand der Hütte, als er beim Brunnen vorn Schritte hörte.

Blitzschnell warf er sich neben der Scheiterbeige, dicht unter dem einen Fenster, zu Boden. Gleich darauf hörte man die Schritte vorn auf der Holzterrasse. Dann wurde an der Tür gerüttelt.

Vorsichtig richtete Adrian sich auf und spähte über die Scheiterbeige durch eine schmale Ritze im Vorhang in das Innere der Hütte. Drinnen schob der Gidi den hölzernen Querbalken vor, nachdem der Heimerer Sepp die Stube betreten hatte.

»Grüß dich, Mariandl!«, sagte er.

»Grüß dich, Sepp. Gleich ist er fertig, dein Schmarren«, antwortete die Sennerin und stocherte eifrig in der Pfanne.

Sie hat also schon auf ihn gewartet, dachte Adrian. Manchmal, wenn sie die Pfanne zurückzog, fiel die Glut des offenen Feuers auf ihr Gesicht und machte es auf eine seltsame Weise schön. Schließlich stellte sie die Pfanne auf den Tisch.

»Lass es dir schmecken, Sepp.«

Der nickte, strich sich mit zwei Fingern den Bart aus den Mundwinkeln und fuhr mit dem Löffel in die Pfanne. Zwischen Schmatzen und Kauen fragte er: »Was gibt's denn Neues?«

»Der Jäger war da.«

Der Sepp riss verwundert seinen Kopf hoch. »Sooo? Welcher denn?«

»Der alte Holly.«

Erleichtert schnaufte der Heimerer auf. »Der alte Krauterer kümmert mich nicht. Ich hab mir schon gedacht, es wäre der andere Windhund, der Sebald, da gewesen. Du wirst ihn doch so behandelt haben, dass er nicht gleich wiederkommt?«

»So wie es ausgemacht ist«, versicherte der Gidi von seinem Herdwinkel her. »Die Mariandl hat ihm nichts gekocht und hat ihm nichts zu trinken gegeben. Und ich habe vorsichtshalber die Rehdecke gut versteckt.«

Der Heimerer nickte, als wäre er mit allem einverstanden. Dann schob er die Pfanne weg und zündete sich seine lange Pfeife aus Weichselbaumholz an.

»Wegen der einen Decke ist es nicht der Mühe wert, dass du sie fortbringst. Musst schon warten, bis ich noch mal zum Schuss komm.«

Der Gidi kicherte. »Wann lässt du es denn schnalln?«

»Das kommt drauf an. Am letzten Sonntag hat der Sebald frei gehabt, vielleicht geht diesen Samstag der Egger heim. Musst halt am Samstag ein bissl spionieren, vielleicht siehst ihn runtergehn, den Egger. Dann hol ich mir am Sonntag früh den Bock, den ich auf dem Wechsel von der Grottenwand zum Selberhölzl hinüber schon die ganze Woche beobachtet hab. Wie ist's, Mariandl? Hast du noch Wildbret im Keller?«

Die Mariandl antwortete etwas, was der Adrian aber nicht verstehen konnte, weil in diesem Augenblick ein Windstoß die Blechtafel am Kreuz heftig scheppern ließ. Danach setzte sich das Mädl mit einer Flickarbeit an den Tisch und es wurde nicht mehr viel gesprochen. Nach kurzer Zeit schon streckte sich der Gidi gähnend und stieg die schmale Treppe zum Heuboden hinauf. Erst nach einer Weile ließ die Mariandl ihre Flickarbeit sinken und hob den Kopf.

»Du Sepp, mir is grad, als ob wieder ein Unheil daherkäm. Ich kann mir nicht helfen, mir ist grad, als wenn die Jäger was ausgeheckt hätten.«

Unwillig stieß der Heimerer den Rauch seiner Pfeife aus.

»Ah geh, weil jetzt der damische Mirisgleich einmal

da gewesen ist! Den hat halt der Zufall hergeführt. Das ist doch kein Grund gleich Gespenster zu sehen!«

»Nein, das ist nicht erst seit dem. Du weißt, dass ich auch das letzte Mal so eine Vorahnung gehabt hab. Du bist halt verdächtig, seit sie dich einmal erwischt haben.«

»Aber nicht hier. Das war drüben im Staatswald.«

»Meinst du, dass unsere Jäger das nicht wissen? Schau sie nicht für dümmer an, als sie sind. Ehrlich gesagt, Sepp, am ruhigsten bin ich das halbe Jahr gewesen, als du eingesperrst warst.«

»Brav, brav! So schaut also deine Liebe aus, dass du mich am liebsten hast, wenn du mich nicht siehst.«

»Nein, Sepp, so kommst du mir heute nicht davon! Es muss einmal im Ernst darüber geredet werden. Jedes Mal versprichst du mir, dass es das letzte Mal ist. Aber wenn du wieder ein Stückl siehst, das dir in die Augen sticht, dann ist es wieder das alte Lied.«

»Die alten Lieder sind immer noch die schönsten«, versuchte der Sepp zu scherzen, wurde aber plötzlich ernst und stand auf. »Du hast Recht, Mariandl. Immer packt es mich wieder. Das liegt mir im Blut. Ich hab meinen Beruf verfehlt. Jäger hätt ich werden sollen, dann wär alles gut.«

»Die Ausrede lasse ich nicht gelten, Sepp. Wenn jeder Holzfäller sagen würde, ich hab den Beruf verfehlt, und macht es wie du, dann läuft bald kein Rehbock mehr herum. Schau, von Jahr zu Jahr versprichst du mir, dass wir heiraten und dass du ein ordentlicher Mensch werden willst.«

»Ijaaa – is ja recht«, unterbrach er sie und rührte in Unbehagen die Schultern.

»Ich möcht doch endlich einmal wissen, wo ich hingehöre«, sprach die Sennerin voller Eifer weiter. »Glaub mir, Sepp, wenn du einmal ein festes Heim hast und jeden Abend deine Füße unter den eigenen Tisch strecken kannst, dann vergisst du die Dummheiten von selber.«

»Sakra, heut predigst aber warm, Mariandl.«

»Schau, Sepp, es müsst dir doch selber gut tun, wenn du am Abend heimkommst vom Wald und hast deine Ordnung. Das Essen steht auf dem Tisch und deine Pfeife ist hergerichtet. Die Kinder kommen dann mit ihren Schulaufgaben zu dir, damit du sie ihnen durchschaust.«

Belustigt schaute er sie an. »Ausgerechnet ich. Du weißt, dass es bei mir mit dem Schreiben nicht weit her ist. Und dann überhaupt – du bist um zehn Jahre zu schnell. Die Kinder müssten ja erst da sein.«

»Die kämen schon, Sepp. Ohne Kinder wär's ja nichts! Und im Sommer, da setzen wir uns aufs Hausbankl oder wir arbeiten ein bissl im Garten, bis die Nacht da ist, und dann –«

Sie schien ihr Wunschbild nicht mehr recht weiterspinnen zu können. Aber der Sepp half ihr eilfertig drauf. Er legte den Arm um ihre Schultern und schmiegte seine Wange in ihr Haar.

»Ja, Mariandl, das wäre alles ganz recht und schön. Wenn es nur schon so weit wär.«

Das Mädl stand auf und sah ihn mit ernstem Blick an.

»Das sagst du jetzt schon jahrelang. Aber dir war noch nie richtig ernst damit. Die Wohnung beim Rottmoser war dir zu groß und die beim Büchler zu klein und so hast du jedes Mal eine andere Ausrede gehabt. Jetzt mag ich aber nicht mehr, Sepp. Sowie ich im Herbst runterkomm, nehm ich die Sach in die Hand. Ich geh auch gleich zum Herrn Pfarrer dann, dass du dich auskennst.«

»Heut bist aber energisch!«

»Ja, wenn ich auch so wär wie du, was sollte denn

dann aus uns beiden noch werden? Was hat denn der Mensch auf der Welt, wenn er Glück, Ruhe und Frieden nicht im Herzen hat? Früher hab ich dich immer entschuldigt. Bist halt ein junges Blut, hab ich gesagt, und ein bissl leichtsinnig. Aber jetzt bist du ein gestandenes Mannsbild, und wenn wir nicht bald was tun, Sepp, dann ist es nicht mehr der Mühe wert.«

»Sei so gut, du mit deinen neunundzwanzig Jahren! Aber meinetwegen, sollst Recht haben, heiraten wir halt im Herbst.«

Was da drinnen noch weiter abgemacht wurde, interessierte Adrian nicht mehr. Er hatte genug gehört, richtete sich langsam auf und verschwand lautlos in der Dunkelheit.

Was im Fall Heimerer geschah, wickelte sich ganz selbstverständlich und ohne große Aufregung ab. Matthias Egger ging am Samstagabend mit voll bepacktem Rucksack ins Dorf wie gewöhnlich, wenn er seinen freien Sonntag hatte. Anstatt aber erst am Montag wieder bergwärts zu steigen verließ er diesmal schon am Sonntagmorgen um ein Uhr sein Haus.

Über den östlichen Bergen begann der Himmel sich schon zu lichten, als Egger das Latschenfeld am Fuß der Grottenwand erreichte. Leichte Nebel zogen träge durch den Schrotttalgrund.

Nachdem er es sich bequem gemacht hatte, zog er die beiden Hähne an seiner Büchse hoch und entsicherte sie. Lautlose Stille ringsum. Einmal hörte man irgendwo im Nebel ein schlürfendes Geräusch. Egger verwünschte den Nebel nach Strich und Faden. Wenn er sich nicht bald verzog, war alles umsonst gewesen. Aber fast im selben Augenblick fuhr ein kräftiger Windstoß den Steilhang herunter und riss die Schleier auseinander. Die Sonne fiel in breitem Strom ins Schrotttal herein.

Eine weitere halbe Stunde saß Egger noch unbeweglich, als sich plötzlich das Knirschen von kleinen Steinen vernehmen ließ. Gleich darauf hörte man das leise Knacken von Ästen und ein Bock mit herrlichem Geweih trat aus den Latschen, blieb einen Augenblick stehen und wollte über den Steig hinunterwechseln.

Hatte der Jäger in der Aufregung eine unrechte Bewegung gemacht oder war es sonst ein Geräusch gewesen? Jedenfalls wandte sich der Bock mit einem Satz zur Flucht. Im selben Augenblick krachte ein Schuss. Der Hall war kurz und dumpf. Unweit von Eggers Standplatz zog sich eine bläuliche Rauchwolke über die Spitzen der Büsche. Dann sah er plötzlich eine Gestalt auftauchen, Matthias Egger schnellte hoch und riss die Büchse an die Wange.

»Halt, oder es kracht!«

Erbleichend taumelte der Heimerer Sepp zurück, war einen Augenblick unschlüssig, blickte mit gehetztem Blick umher und sprang dann mit einem einzigen Satz über den Steig hinunter in die Latschen hinein. Von dort aus versuchte er in rasender Flucht den Hochwald zu erreichen. Der Egger rannte hinter ihm her. Schon verlief sich das Latschenfeld in einer abwärts führenden Geröllhalde, als der Sepp plötzlich erneut in eine Gewehrmündung blickte. Dort stand Adrian Sebald, den Finger schon am Abzug.

»Noch einen Schritt, Heimerer, und es kracht.«

Nun sah der Sepp wohl die Zwecklosigkeit einer weiteren Flucht ein. Mit einem unterdrückten Fluch warf er die Büchse aufs Geröllfeld und ließ die Arme sinken. In dem Augenblick tauchte auch Egger neben ihm auf.

Schnaufend wandte Heimerer ihm das Gesicht zu.

»Das habt ihr schlau angepackt, heut. Kreuzteufel! Ausgerechnet heut, wo es das letzte Mal gewesen wär. Dazu hab ich den Bock auch noch verfehlt!«

»Geh zu, Heimerer. Erzähl das doch deiner Großmutter, aber uns sagst du lieber, das wievielte Mal es gewesen ist.«

Der Sepp fand ein Lächeln auf diese Frage. »Was könnt ihr mir denn beweisen? Gar nichts.«

»Meinst du, Heimerer?«, fragte jetzt Adrian. »Was ist dann mit der Rehdecke auf der Schrottalm unten?«

Der Sepp erschrak ein wenig. Dann nickte er.

»Und die zwei Gamsböcke von der Speckenleiten?«

Der Sepp nickte ergeben.

»Und den Zwölfender vom Schottergraben?«

Hier warf der Sepp mit einem energischen Ruck den Kopf in die Höhe.

»Der geht nicht auf mein Konto. Den Schuss, ja, den hab ich auch gehört damals und hab auch gleich gemerkt, dass es keiner von euch war.«

Plötzlich fiel Adrian etwas ein. »Zeig einmal deine Schuh her.« Er betrachtete die Schuhsohle genau. Dann richtete er sich wieder auf. »Nein, der Hirsch geht nicht auf dein Konto, Sepp. Das war damals eine andere Spur.«

»Sei es, wie es mag«, sagte jetzt der Egger. »Auf alle Fälle musst du jetzt mit mir runter zur Polizei.«

Hier erschrak der Sepp nun wirklich.

»Was? Jetzt, wo wir ausgerechnet unter die Kirchgänger kommen? Was meinst du, wie ich mich geniere?«

Das war so drollig hingesagt, dass beide Jäger lachen mussten. Schließlich versicherte der Egger ihm, dass er kein Unmensch sein wolle, sondern dass er ihm vielmehr Gelegenheit gäbe sich unten am Bach den Ruß aus dem Gesicht zu waschen und ihn dann auf Umwegen zur Polizei brächte, sodass ihnen gewiss niemand begegnen würde.

»Also gut, dann packen wir's«, meinte der Heimerer mit einer Art Galgenhumor.

»Aber gelt, Sepp, wenn du meinst, du kannst mir abschieben, dann täuschst du dich. Bei mir kracht es gleich. Also los jetzt.«

Adrian sah ihnen nach, bis sie zwischen den Bäumen verschwunden waren. Dann wandte er sich um und stieg den Hang abwärts.

Der Heimerer hatte also den Zwölfender nicht geschossen. Wer aber hatte es sonst getan? Diese Frage beschäftigte seine Sinne auf das Lebhafteste, bis er vor dem ersten Almgitter der Rösneralm stand.

Von Sonne überflutet lag die Hütte da. Die Kühe weideten weiter unten im Grund und der ganze Raum war weithin erfüllt vom melodischen Klingen der Herdenglocken.

Martha musste ihn gesehen haben, denn sie kam aus der Hütte, rannte ihm mit flatternden Röcken den Hang herauf entgegen und warf sich in seine ausgebreiteten Arme. So hielten sie sich innig umschlungen und das Glück einander wiederzuhaben war so schwer, dass sie sich niedersetzen mussten auf den weichen Almboden.

Das Hochamt war noch nicht zu Ende und der Jäger Matthias Egger hätte den Heimerer ungesehen ins Polizeigebäude bringen können, auch wenn er nicht die Seitenwege dazu gewählt hätte. Aber gerade auf so einem Seitenweg begegnete ihnen der Kurzenhofer Kaspar.

Im ersten Augenblick riss der Kaspar erschrocken die Augen auf. Aber dann nahm er sich zusammen, tippte mit zwei Fingern an den Rand seines Hütls und grüßte freundlich: »Guten Morgen beieinander. Auch schon so weit?«

Der Sepp mied seinen Blick und gab auch keine Antwort. Nur der Jäger erwiderte den Gruß. Im nächsten Augenblick waren beide um die Ecke der Kirchhofmauer verschwunden.

Der Kaspar nahm jetzt seinen Hut ab und kratzte sich verlegen am Hinterkopf. Teufl, Teufl, jetzt hat's ihn schon wieder erwischt, den Sepp. Wie er sich auch nur so blöd anstellen kann.

Er war eigentlich schon auf dem Heimweg, der Kaspar, weil er bereits in der Messe vor dem Hochamt gewesen war. Aber nun musste er wohl oder übel umkehren. Diese Neuigkeit war doch zu groß um sie allein für sich herumzutragen.

Vom Kirchturm läutete die Wandlungsglocke. Dazwischen schrie beim Windlechner erbärmlich eine Kuh. Der Kaspar drückte sich in der Nähe vom Hasenwirt herum, von wo aus man das Polizeigebäude im Auge behalten konnte. Er sah und hörte aber nichts. Dann stellte er sich beim Kramer Weber auf die breite Steintreppe und wartete.

Nach etwa zwanzig Minuten kamen die ersten Leute aus der Kirche. Mitten unter ihnen sah er sofort den Rösner vom Karst, der alle um einen Kopf überragte. Er wollte ihm mit den Augen zuzwinkern, aber der Rösner beachtete ihn nicht und ging auf das Wirtshaus zu. Dort holte Kaspar ihn gerade noch ein, bevor er die Gaststube betrat. Unauffällig zupfte er ihn am Ärmel.

»Den Sepp haben sie geschnappt.«

Um die Stirn des Karstbauern lief ein Zucken.

»Wart vorm Dorf draußen auf mich. Ich trink bloß schnell eine Halbe, sonst fällt es auf, wenn ich jetzt umkehr.«

Wie friedvoll doch dieser Sonntagvormittag war. Von den Essen der Bauernhöfe und Häuser kräuselte sich der Rauch senkrecht in die Luft, ein Zeichen, dass das schöne Wetter anhielt. Das Gegacker der Hühner tönte über die Dächer hin. Mit leisem Geplätscher floss der Bach dahin, an dessen Rand der Kaspar sich niedergelassen hatte. Den Hut weit zurückgeschoben, einen

Grashalm zwischen den Zähnen wippend, so saß er mit gefurchter Stirn da, als denke er über ein Problem nach, das unlösbar schien. Dabei war aber eher ein Gefühl der Befriedigung in ihm, weil man den Heimerer erwischt hatte. Ganz recht geschieht ihm, warum ist er nicht vorsichtiger! Und ganz recht geschieht den anderen, die mit im Bunde sind. Warum ließ man ihn nie heran? Er durfte immer nur auskundschaften, wann dieser oder jener Jäger frei hatte und sich im Dorf aufhielt. Er durfte dem Sägemüller Bescheid sagen, wann am Wegkreuz oben, das hinter dem Kurzenhof stand, ein kleiner Zettel hinterlegt worden war, dass er mit seinem Lastwagen um die und die Zeit dort warten solle. Er wurde noch nicht für voll genommen im Bund der »Schwarzen Waldgänger«. Vielleicht traute man ihm noch nicht über den Weg. Hatte man Zweifel an seiner Verschwiegenheit? Ob aber der Heimerer dichthielt, nachdem sie ihn nun schon zum zweiten Mal erwischt hatten?

Da stand plötzlich der Rösner vom Karst vor ihm. Mit schmalen Augen sah er auf ihn nieder.

»Bleib noch sitzen, bis ich im Wald drüben bin. Es könnte uns jemand beobachten«, sagte er und ging über die schmale Bachbrücke den Wiesenweg hinauf. Kaspar wartete noch etwa zehn Minuten, dann folgte er ihm und traf ihn auf einem Baumstamm sitzend, den der Wintersturm gerissen hatte und der von niemandem bisher aufgearbeitet worden war.

»Also, was ist los?«, fragte der Rösner und lud den Kaspar ein sich neben ihn zu setzen.

»Den Heimerer haben sie erwischt«, flüsterte der Kaspar gedämpft.

»Von wem weißt du es?«

»Ich hab sie ja selber gesehen, den Heimerer und den Egger.«

Der Rösner blickte lange auf seine Hände nieder.

»Das ist bitter. Und der Egger, sagst du, war es? Nicht der Sebald?«

»Ich werd doch den Egger kennen.«

Immer wieder schüttelte der Rösner den Kopf. »Dass er sich von dem fangen lässt! Wenn der Sebald ihn erwischt hätt, tät ich mich weniger wundern.«

Da wurde der Kaspar zornig. »Ich weiß gar nicht, was ihr mit dem immer habt. Der kocht auch nur mit Wasser.«

»Aber ein Spürhund ist er, wie der Baron noch keinen gehabt hat in seinem Forst. Wann der schläft, weiß ich nicht, er ist immer überall! Zu keiner Tag- und Nachtzeit ist man vor ihm sicher.«

Der Kaspar bückte sich nach einem Tannenzapfen und begann ihn zu entblättern. »Fragst halt einmal deine Martha, die weiß vielleicht, wann er schläft.«

Weil der Kaspar den Rösner dabei nicht anblickte, konnte er nicht sehen, welch ein Schrecken über dessen Gesicht lief. Plötzlich aber wurde er hart an der Brust gepackt und hochgerissen. Die Augen des Karstbauern sahen zum Fürchten aus.

»Was hast du grad gesagt? Meine Martha und der ...?«

So schwach war ja nun der Kaspar auch nicht, dass er sich derart behandeln lassen musste. Mit einem wilden Ruck befreite er sich und ordnete seine Jacke.

»Rühr mich nicht an, Rösner. Das vertrag ich nicht!«

»Du sollst mir die Wahrheit sagen. Meine Martha und der Sebald?«

Kaspar nickte mit bekümmerter Miene. »Mich mag sie ja nicht.«

»Aber den? Sag, mag sie den?«

»Freilich! Und wie! Alles, was ich ihr sag, gilt nichts. Und dabei mein ich es ehrlich. Und unser Hof – Rösner, das musst doch selber sagen–, unser Hof steht dem deinen nicht weit nach. Und ich tät sie heiraten, ganz bestimmt.«

»Ach, darum geht es ja nicht.«

Der Bauer presste beide Fäuste an die hämmernden Schläfen.

»Einen Jäger! Mein liebstes Dirndl – einen Jäger! Das gibt noch ein Unglück.«

»Ah geh, warum denn, wer sagt denn das? Je verliebter sie ihn macht, desto weniger ist er im Revier. Bloß heiraten kann sie ihn natürlich nicht, das musst du doch zugeben.«

Da sah ihn der Rösner mit müden Augen an. »Du bist schlechter, als ich gemeint hab, und du kennst meine Martha weniger als jeder andere. Wenn die einmal einen gern hat, dann sitzt es tief bei ihr. Das weiß ich.«

»Wofür bist denn du ihr Vater? Macht sie nicht, was du willst?«

»Ja, keine so wie die Martha, weil sie an mir hängt. Aber wenn das Gefühl in ihr redet, was soll ich dann mit meinem Willen? Vielleicht alles zertrampeln und zerschlagen in ihr, was blüht? Ach, was verstehst denn du davon?«

Heftig wandte der Rösner sich ab und ging davon.

»Was ist denn jetzt«, schrie ihm der Kaspar noch nach. Aber er bekam keine Antwort mehr. Der Rösner ging mit zügigen Schritten bergwärts und wandte sich nicht einmal um.

8

Die Mittagsstille lag über dem Dorf. In der Kegelbahn war es ruhig geworden. Nirgends sah man Menschen, weil sie um diese Zeit gerade beim Mittagessen saßen.

Der Garten beim Ochsenwirt war besetzt mit Fremden, die der schöne Tag aufs Land gelockt hatte. Eine Menge Autos standen im Hof und der Duft von Gewürz und Bratensoße schwebte zwischen den alten Kastanienbäumen bis zur Straße heraus.

Matthias Egger ging vorbei, obwohl es ihn nach einer Halben Bier gelüstete. Aber er musste aufs Schloss um Meldung zu machen. Er hatte sich sowieso schon zu lange daheim aufgehalten.

Seine Sohlenbeschläge klapperten laut auf der harten Straße und der Antretter, der mit seiner Frau im Sommerhäuschen saß und das Mittagsmahl einnahm, hob den Kopf.

»Wer kommt denn da?«

Nun sah auch Irena auf die Straße hinaus.

»Der Egger ist es. Der wird heut frei haben.«

»Und da geht er mit dem Gewehr spazieren, meinst du? Ausgerechnet um die Mittagszeit?«

In diesem Augenblick hatte der Jäger die beiden bemerkt. Er lüftete sein grünes Hütl und wünschte: »Gesegnete Mahlzeit.«

»Ah, Egger, grüß dich Gott«, rief der Sägemüller freundlich. »Wohin denn heute am Sonntag?«

Der Jäger blieb stehen. »Aufs Schloss muss ich.«

»Komm her, trink einen Schluck Bier mit. Bei der Hitze wirst du es vertragen können.«

So einem angesehenen Mann darf auch ein Jäger keinen Korb geben. Er trat näher und ergriff den Krug, den man ihm reichte.

»Pressiert es denn schon so?«, fragte der Antretter. »Setz dich halt ein bissl nieder.«

»Na ja, ein paar Minuten geht's schon. Dann brauch ich den Förster nicht beim Essen zu stören.«

In dem Sommerhäuschen, um das wilde Rosen wucherten, war es schön schattig. Mithalten, nein, mithalten wollte der Jäger nicht, weil er daheim schon gegessen hatte. Nur Durst hatte er und den durfte er stillen.

Der Antretter stach sich einen zweiten Kartoffelknödl heraus und zerlegte ihn mit der Gabel. Irene gab ihm Soße darüber.

»Musst du dienstlich aufs Schloss?«, fragte dann der Antretter.

»Ja, den Heimerer Sepp hab ich grad eingeliefert.«

»Den Hei –« Der Sägemüller verschluckte sich und begann zu husten.

Irene legte Messer und Gabel weg und sah den Jäger forschend an.

»Es ist doch alles gut abgegangen?«

»Ja, genau nach Recht und Brauch.«

»Und es ist nichts dabei passiert?«

»Nein, gar nichts.«

»Gott sei Dank«, sagte Irene und seufzte glücklich dabei.

Der Jäger lächelte sie unbeschwert an. »Ich weiß, Sie denken an Adrian. Adrian ist pumperlgesund. Ihm ist es auch zu verdanken, dass wir den Heimerer so schnell schnappen konnten.«

Der Sägemüller hatte zu Ende gegessen und wischte sich mit der Serviette den Mund ab.

»Dass die es aber auch nicht lassen können! Hat dieser Heimerer nicht schon einmal wegen Wilderns gesessen?«

»Ja, ein halbes Jahr. Aber kaum war er draußen, hat er wieder angefangen. Na ja, jeder Krug geht so lange zum Brunnen, bis er bricht. Und jetzt muss ich weiter. Recht schönen Dank für den guten Trunk.«

Die Schritte des Jägers klapperten noch eine Weile auf der Straße, dann verloren sie sich auf dem Kiesweg, der zum Schloss führte.

Die Köchin kam und holte das Geschirr ab. Der

Sägemüller saß auf einmal mit einem nachdenklichen Gesicht da. Seine Finger spielten nervös auf der Tischplatte.

»Was hast du denn?«, fragte Irene, die ihn beobachtet hatte.

»Ich? Nichts, wieso?«

»Na, dann ist es schon recht. Ich dachte schon, du hättest Mitleid mit den Wilderern. Adrian sagt immer, dass es Lumpen seien.«

Der Sägemüller lächelte spöttisch vor sich hin. Seine Hand zitterte wieder.

»Er urteilt eben von seinem Standpunkt aus. Ich weiß nicht, ob du ihm nicht gut zureden sollst, dass er sich besser zurückhält. Man hört allgemein, dass er ein arger Draufgänger ist. Einmal kommt er vielleicht an einen, dessen Kugel schneller ist und dann –«

Irene wechselte die Farbe. »Ich denke oft daran. Aber wann soll ich ihm denn zureden? Er geht mir ja aus dem Weg.«

»Ich weiß schon, weil du mich geheiratet hast. Er ist ein Dummkopf. Auch in seinem Dienst. Für wen opfert er sich denn auf? Gut, er ist Jäger und hat seine Pflichten. Aber für wen setzt er tagtäglich sein Leben aufs Spiel? Für den Geldsack des Herrn Baron! Da jagt und hetzt er so einen armen Teufel, der einmal hinausgeht um sich vielleicht einen Hasen zu holen, weil er eine Stube voll Kinder hat. Ist das christlich? Lumpen, Lumpen, schreit man immer. Hat der Herrgott das Wild nur für die wachsen lassen, die das Geld haben sich eine Jagd zu pachten?«

»Ich weiß nicht, Anton, es gibt doch Gesetze!«

»Ja, natürlich gibt es die. Die schaffen einfach ein Recht, auch wenn es einseitig ist. Dein Sohn meint nun, er sei im Recht.«

»Ist er es denn nicht?«

»Ja, schon, aber es soll keiner so ungeschickt sein und nur auf das Recht allein pochen, das Mitleid verachtet. Ich weiß nicht, warum du ihm damals nicht ausgeredet hast Jäger zu werden. Mit seinen Kenntnissen hätte er auch bei mir in der Buchhaltung anfangen können um sie später einmal ganz zu übernehmen.«

Irene saß eine Weile nachdenklich da. Warum sagte er das jetzt erst? Damals hatte er dieses Thema nie ernsthaft angeschnitten. Sie dachte daran, wie schön es wäre, mit Adrian noch beisammen zu sein, denn es war doch so, dass sie sich oft namenlos nach ihm sehnte, besonders aber, wenn Anton sich herrisch zeigte und dann Seiten aufdeckte, die sie vorher an ihm nicht gekannt hatte. Er verbat sich zum Beispiel, dass sie ihn fragte, wenn er so manche Nacht weg war und am Morgen erst heimkam. Auf Holzhandel sei er eben gewesen. Aus!

In so einer Stunde hatte er ihr auch einmal den zweifachen Bilderverkauf vorgeworfen. Und dazu hatte sie schweigen müssen, denn es war, bei Licht besehen, doch ein Betrug gewesen.

Ja, zuweilen dachte jetzt Irene nach, ob sie nicht bei Herrn Eberlein in besseren Händen gewesen wäre. Wohl war sie hier Herrin über einen großen Besitz, aber nicht über das Herz ihres Mannes. Er hatte ihr seinen Willen aufgezwungen, ohne dass sie es im Rausch der ersten Wochen gemerkt hätte. Nun stand sie unter der Gewalt dieses Willens, nicht klein und demütig, aber doch irgendwie bedrückt und nicht mehr so frei wie bei Felix Sebald, ihrem ersten Mann.

Gegen drei Uhr hielt vor dem Sägewerk ein Mercedes mit offenem Verdeck. Am Steuer saß Herr Siegmund Eberlein in grauer Korduniform, im Rücksitz der Freiherr von Siebenzell mit seiner Tochter Isabella.

Die Sägemüllers waren immer noch im Sommerhäusl, und als der Baron mit seiner Tochter ausstieg, sprang Anton Antretter auf und ging ihnen entgegen. Auch Irene war gefolgt, nickte Herrn Eberlein freundlich zu, aber der übersah die Freundlichkeit der Frau, der er vergebens die Rosen geschickt hatte.

Der Freiherr sagte zu Eberlein: »Sie brauchen nicht zu warten, wir gehen zu Fuß zurück.« Dann wandte er sich an den Sägemüller. »Mein lieber Antretter, heute wollen wir nun mal über den nächsten Holzeinschlag sprechen.«

»Aber gern! Wollen wir ins Haus oder –?« Der Sägemüller deutete auf die Sommerlaube.

»Wenn wir draußen bleiben können bei diesem herrlichen Wetter?«

»Lass Kaffee bringen«, wandte sich der Sägemüller an seine Frau, die sich gerade mit Isabella unterhielt.

Der Förster hatte dem Freiherrn angeraten, am Hügelberg einen Kahlschlag vorzunehmen um der auftretenden Gefahr des Borkenkäfers rechtzeitig zu begegnen. An die zehntausend Festmeter sollten gefällt werden und der Freiherr wollte nun wissen, wie viel davon der Sägemüller übernehmen könne.

Bis der Kaffee kam, war das Geschäftliche erledigt und der Freiherr wandte sich nun an Irene.

»Übrigens möchte ich Ihnen bei dieser Gelegenheit versichern, dass ich mit Ihrem Sohn Adrian sehr zufrieden bin. Wenn er so weitermacht, wird er in späteren Jahren einmal mein Oberförster sein.«

»Das freut mich«, sagte Irene. Sie war begeistert über dieses Lob, dann sah sie zu Isabella hinüber, wie sie es vorhin schon einige Male verstohlen getan hatte, weil ihr der Übergang vom Kind zum Mädchen noch in keinem Fall in so krasser Form begegnet war.

»Ja«, schaltete der Sägemüller sich in das Gespräch

ein, »man hört allgemein, was für ein Draufgänger er ist. Auch mit Recht. Erste Pflicht des Jägers ist es, das Revier sauber zu halten von den Lumpen, die da meinen, sie brauchen nur rauszugehen um zusammenzuschießen, was ihnen vor den Lauf kommt.«

Irene sah ihren Mann erschrocken an. War das derselbe Mund, der vor zwei Stunden gerade das Gegenteil behauptet hatte? Schlug Anton Antretter wieder eine neue Seite seines wirklichen Seins auf? Wie viele Gesichter hatte dieser Mann denn?

»Tja«, meinte der Freiherr, »ich habe in den letzten Jahren schon manchen Ärger gehabt. Mir ist viel Wild gestohlen worden und der Förster meinte immer, dass da eine gut organisierte Bande am Werk sei. Es ist ganz gut, dass meine Jäger scharf durchgreifen. Trotzdem lasse ich ihnen immer wieder sagen, dass sie nicht zu weit gehen sollen. Ich will nicht, dass es in meinen Wäldern Tote gibt.«

»Schon, es kann aber trotzdem einmal dazu kommen. Soll der Jäger vielleicht warten, bis er den Toten im Wald spielt?«

Irene sah ihren Mann wiederum verständnislos an. Aber er kümmerte sich nicht darum.

Isabella hatte die ganze Zeit über teilnahmslos dagesessen. Das Gespräch interessierte sie nicht und darum machte sie Irene den Vorschlag sie auf einem kleinen Spaziergang zu begleiten.

Irene hatte das Mädchen seit sieben Jahren nicht mehr gesehen. Damals war sie noch Kind gewesen und öfter ins Malerhaus gekommen. Jetzt schritt eine junge Frau neben ihr, eine Mädchengestalt von herrlichem Wuchs und mit einem Gesicht, das so ebenmäßig war, als sei es von einer Künstlerhand geformt.

Sieben Jahre sind eine lange Zeit, daher war es für Irene ein wunderbarer Augenblick, als Isabella von Siebenzell die sieben Jahre nicht rechnen wollte und sich mit der alten Vertraulichkeit an Irenes Arm hing, genauso wie früher, wenn sie ihr für Adrian etwas abbetteln wollte.

»Wissen Sie, Frau Sebald«, begann sie munter plaudernd, »diese Jagdfachsimpelei der Männer interessiert mich nicht. Aber auf Adrian, ich weiß selber nicht, wie das kommt, bin ich doch recht stolz, wenn man ihn überall so lobt. Wie sieht er eigentlich aus? Wie groß ist er? Sind seine Haare noch so blond?«

Irene lächelte.

»Sie sind noch blond und – er ist sehr groß geworden. Die Jahre, seit ihr euch nicht mehr gesehen habt, sind natürlich auch nicht ganz spurlos an ihm vorbeigegangen.«

»Ich bin nur neugierig, Frau Sebald –«

»Ich heiße nicht mehr Sebald, sondern Antretter.«

»Ach ja, natürlich. Aber daran muss ich mich erst gewöhnen. Der Name Sebald und das Malerhäusl sind in meinen Erinnerungen so tief verankert, weil ich so schöne Stunden dort verleben durfte.«

»Und worauf sind Sie neugierig?«

»Wie er aussieht und – ob er vergessen hat, wie sehr wir als Kinder befreundet waren.«

In diesem Augenblick empfand Irene einen kleinen Schrecken. Eine unsinnige Angst umklammerte ihr Herz, dass Adrian sich in dieses schöne Mädchen aus einer ganz anderen Welt verlieben könne und dann schwersten Kummer erleben müsse.

»Die Freiin Isabella von Siebenzell sollte bedenken, dass die Kinderzeit vorbei ist.«

Isabella blieb mit einem Ruck stehen und sah die Frau mit forschenden Augen an. Dann strich sie sich mit der Hand über die Stirn wie um etwas wegzuscheuchen. Endlich sagte sie: »Das ist mir jetzt gerade bewusst geworden, weil Sie mich Freiin Isabella von Siebenzell nennen. Warum nicht mehr Isabella wie früher?«

»Gerne«, lächelte Irene befreit, »wenn ich darf.«

Isabella warf den Kopf mit den herrlichen, kastanienbraunen Locken, die fast bis zur Schulter reichten, zurück. Dann lachte sie. Ihre Zähne blitzten weiß.

»Ich bin gespannt, was er sagt und tut, wenn er mich sieht. Papa will mich in der übernächsten Woche mit auf die Jagdhütte nehmen.«

»Es wird immer darauf ankommen, wie Sie ihm begegnen. Wahrscheinlich wird er sehr scheu sein, denn er ist immerhin nur der Jäger des Herrn Baron.«

»Für micht nicht. Für mich ist er immer noch der Freund aus meiner Kindheit. Ach, ich habe so oft an ihn gedacht und mit Mama über ihn gesprochen. Aber dann wollte sie es nicht mehr, ich weiß nicht, warum.«

Ich weiß schon, warum, dachte Irene und fragte dann: »Ist die Frau Baronin auch hier?«

»Nein, Mama verträgt das Klima nicht. Sie behauptet es wenigstens. Ich habe sie im Verdacht, dass sie für immer unten im Süden bleiben will.«

Sie waren unvermittelt an den Friedhof gekommen und traten ein, standen eine Weile vor dem Grab des Malers Sebald und machten sich dann bald wieder auf den Rückweg.

Der Freiherr wartete bereits auf seine Tochter und sie verabschiedeten sich auch sogleich.

Der Sägemüller war fröhlichster Laune, rieb sich die Hände und steckte sich eine von den guten Zigarren an, die er nur sonntags rauchte.

»Das war ein gutes Geschäft heute. Beim Käferholz kann man den Preis noch etwas drücken.«

Irene räumte das Kaffeegeschirr zusammen. Die Begegnung mit Isabella hatte sie froh gemacht. Jetzt aber fiel ihr wieder ein, wie ihr Mann seine Meinung wechselte gleich einem Handtuch. Ihr Gesicht wurde nachdenklich und ihr Mund ein wenig schmal. Der Sägemüller sah es gleich und fragte:

»Was machst du denn für ein Gesicht? Freust du dich nicht auch über das gute Geschäft? Aber ja, das habe ja nur ich gemacht. Wenn man deinen Herrn Sohn lobt, dann strahlst du übers ganze Gesicht.«

Eine zornige Falte erschien auf Irenes Stirn. »Ist es unrecht, mich an ihm zu freuen? Ich glaube kaum, dass er so wankelmütig in seinen Auffassungen ist wie du.«

»Was soll das heißen?«

»Dass du zweierlei Meinungen hast. Man kann nicht zuerst so sagen und zwei Stunden darauf gerade das Gegenteil. Da stimmt doch irgendetwas nicht ganz. Entweder …«

Da schreit er ihr wütend ins Gesicht: »Entweder ist ein Bild verkauft oder es ist nicht verkauft. Man kann denselben Gegenstand nicht zweimal verkaufen. Im Übrigen verbitte ich mir, dass du meine Äußerungen korrigierst. Ich werde schon wissen, warum ich es so sage.«

Irene war weiß geworden bis in den Hals hinein. Nur ihr Mund leuchtete in ihrem weißen Gesicht wie ein blutiger Strich.

»Das hast du mir jetzt zum zweiten Mal vorgehalten. Warum hast du es damals stillschweigend übergangen? Damals hättest du mir einen Vorwurf machen können. Jetzt nicht mehr, denn in der großen Kammer oben hängen sechs Bilder, für die du mir nichts gegeben hast als deinen Namen.«

»Ist dir mein Name vielleicht nichts wert?«

»Ich weiß nicht. Ich fürchte, wir beginnen aneinander vorbeizuleben. Vorher warst du ein anderer Mensch. Oder warst derselbe Mensch und ich habe dich nur als den einen gesehen, den freundlichen, aufrechten und ehrbaren Mann, dem man Achtung entgegenbringt.«

Sie warf den Kopf in den Nacken und ging hinaus. Mit schmalen Augen starrte er hinter ihr her. So hatte er sie noch nicht gesehen. Aber er musste sich eingestehen, im Stolz war sie noch schöner.

Er bereute nichts, was er gesagt hatte. Er ging nur hinüber ins Haus zu ihr, weil es ihn reizte, wie lange er wohl brauchen würde sie wieder willfährig zu machen, dass sie wie Wachs in seiner Hand war.

Seit Adrian Sebald die Martha liebte, war ihm alles wie verwandelt, die Berge, die Almhänge, ja selbst der Wald, obwohl er sich zu ihm noch am innigsten hingezogen fühlte. Unter den hohen stillen Stämmen konnte er stundenlang sitzen, das Gewehr über den Knien, um durch eine Lichtung hinunterzublicken in das Land, das so schrecklich leer war ohne die Gestalt, die es allein lebendig machen könnte. Wie verzaubert saß er oft da und ließ berauschend schöne Bilder in seiner Seele aufsteigen. Sein Mund formte dann Worte, die er leise vor sich hin sprach, glühende Geständnisse seiner Liebe zu dem Mädchen Martha, die niemand hörte als der Wald, und der nur bis zu den Zweigen, weil sie so leise hingesprochen waren.

Eines Tages saß er wieder an seiner Lieblingsstelle, von wo aus man so schön ins Tal hinaussehen konnte. Ganz nahe tönte das Rauschen des Wildbaches, das jeden anderen Laut in sich aufnahm. So konnte Adrian auch den Hufschlag nicht hören, der immer näher kam. Und er erschrak heftig, als plötzlich der Rappe vor ihm hielt und eine Reiterin aus dem Sattel sprang.

Mit einem Ruck war er aufgestanden und starrte das Mädchen an, das er im ersten Augenblick nicht erkannte, denn sieben Jahre waren eine lange Zeit. Erst als sie lächelte, gab es für ihn keine Ungewissheit mehr, dass es Isabella war.

Und da überkam ihn eine große, sehr große Verlegenheit, die auch dadurch nicht so leicht weggewischt werden konnte, dass das Mädchen ihm ganz freimütig und mit jener unnachahmlichen Gebärde von früher die Hand hinstreckte und ihn dabei ansah, als wollte sie wie damals fragen: Was fangen wir heute an?

Aber das sagte sie gar nicht, sondern: »Grüß dich Gott, Adrian! Bist du groß geworden!«

»Sie dürfen nicht vergessen, dass es eine lange Zeit ...«

Er verstummte, weil er sah, wie sie schmerzhaft die Brauen hochzog.

»Ach soo? Du sagst Sie zu mir? Du hast also alles vergessen?«

»Nein, gar nichts. Es war immer so schön mit uns beiden und ...«

»Na also, du Dummkopf. Entschuldigung, das wollte ich nicht sagen. Ich meine nur, du sollst nicht so tun, als ob ich dir fremd geworden wäre. Komm, wollen wir uns nicht setzen?«

Die Rappstute begann im spärlichen Gras der Lichtung zu grasen. Das Zaumzeug glänzte bei jeder Bewegung des schönen Kopfes wie Silber.

»Weißt du noch, Adrian, wie wir einmal die Forellen gefangen und dann gebraten haben?«

Adrian lächelte. »Ja«, sagte er. »Aber sie waren nicht gut, weil wir sie nicht ausgenommen hatten.«

»Wann immer ich Fisch esse, fällt mir das wieder ein«, lachte Isabella. »Wie geht es dir sonst, Adrian?«

»Danke, gut.«

»Ja, ich hörte es schon. Du sollst ja ein ganz wilder Draufgänger sein.«

»In welcher Hinsicht?«

»Im Dienst natürlich. Oder auch bei Mädchen?«

»Ich weiß nicht. Spricht man darüber auch?«

»Nein, davon habe ich nichts gehört. Aber du bist sicher schon in eine verliebt?«

Da er darauf keine Antwort gab, sondern sich vielmehr nach einem Grashalm bückte um ihn verlegen um den Finger zu wickeln, wusste sie genug.

»Früher, Adrian – als wir noch Kinder waren, da dachte ich immer, dass wir beide einmal heiraten würden«, sprach Isabella unbekümmert weiter. »Wie schön waren doch diese Träume damals. Die Wirklichkeit sieht nüchterner aus. Du bist glücklicher dran als ich. Du kannst nach deinem Gefühl wählen, mir wird man einmal jemanden bestimmen. Das ist nun mal in unseren Kreisen so und ich habe mich damit abgefunden.«

»Hat man es schon bestimmt?«, fragte Adrian und sah sie mitleidig an.

»Nein, das nicht. Papa will mich ja noch gar nicht verlieren. Mama allerdings ist dauernd auf Suche nach einem geeigneten Heiratskandidaten. Aber ich lasse mich noch nicht einfangen. Meine ganzen Interessen gelten der Musik. Ihr bin ich verfallen mit Leib und Seele.«

»Auch schön«, meinte er und erinnerte sich an jenen Sonntagvormittag, als er zum ersten Mal beim Förster vorsprach, dass der Jäger werden möchte. Damals hatte er ihr Spiel gehört und war davon ganz gefangen gewesen.

Isbella ließ sich ins Gras zurückgleiten und verschränkte die Hände hinter dem Kopf.

»Da sehe ich dich nun wieder«, lächelte sie vor sich hin und hatte dabei die Augen geschlossen. »Ich habe manchmal an dich gedacht. Weißt du wann?«

Adrian drehte den Kopf und sah auf sie nieder. Es

wunderte ihn eigentlich nicht, dass sie so schön geworden war. Das war vorauszusehen gewesen.

»Wann zum Beispiel?«

»Wenn ich sehr traurig war. Du hattest immer so eine eigene Art mich zu trösten. Könntest du das heute auch noch?«

»Ich weiß nicht, man müsste es auf den Versuch ankommen lassen.«

Da schlug sie die Augen auf und lachte ihn an. »Soll ich traurig sein, Adrian?«

»Nein, weil das ja nicht echt wäre. Hast du einen Grund traurig zu sein?«

»Nein, in keiner Weise. So wenig wie du, denn du bist mit jemandem sehr glücklich.«

»Woher weißt du das?«

»Deine Augen sagen es mir. Deine Augen konnten nie lügen. Kann es mir dein Mund bestätigen? Aber bitte, nur wenn es geht und – wenn du noch Vertrauen zu mir hast, so wie früher.«

Ja, merkwürdigerweise hatte er es noch. Er nickte in ihre Augen hinein. »Ja, Isabella, ich bin sehr glücklich.«

Sie griff mit ihrer Hand in sein Haar und zog sein Gesicht ein wenig zu dem ihren nieder. Oh, es war die alte, wunderbare Vertrautheit wieder zwischen ihnen. Sieben Jahre waren wie weggewischt und keine Grenze schien mehr vorhanden.

»Ist sie schön, Adrian?«

»Ihre Schönheit ist von anderer Art als deine.«

»Meine? Bin ich schön? Man sagt es mir oft, ja. Aber ich weiß es nicht, finde auch, dass es nicht unbedingt wichtig ist, schön zu sein. Die innere Schönheit eines Menschen ist der bessere Weg zu wirklichem Glück. Ach, Adrian, ich möchte, dass du einmal recht glücklich wirst.«

Ein wundersames Gefühl durchströmte seine Seele

und er hatte das Empfinden, dass er zu Isabella sprechen könne über seine Liebe zu Martha und von allem, was ihn innerlich so bewegte. Er konnte nur den Anfang nicht finden, aber dann war er plötzlich da und es strömte ihm wie eine Quelle aus der Brust. Er hatte sich neben ihr ins Gras gestreckt und sie hielten sich bei den Händen. Isabella hörte ihm aufmerksam zu, sie unterbrach ihn nicht, aber sie teilte ihm ihr Verstehen mit, indem sie manchmal seine Hand fest drückte.

Einmal hielt Adrian erschrocken inne. Irgendein Geräusch hatte ihn aufhorchen lassen. Aber als er sich umsah, konnte er nirgends etwas sehen. Vielleicht war es nur ein Tannenzapfen gewesen, vielleicht war es das Zaumzeug der Rappstute. Zum nahen Gebüsch, aus dem wirklich das Geräusch gekommen war, sah er nicht hinüber. Wenn der Wildbach nicht so laut gerauscht hätte, hätte er die davonhuschenden Schritte hören müssen.

»Sprich weiter«, bat Isabella.

Und er erzählte weiter. Er sprach so wundersam von seiner Liebe zu dem Mädchen Martha, dass Isabella das heftige Verlangen verspürte, auch in einer so klaren und einfachen Welt leben zu dürfen.

Als er endete, richtete Isabella sich auf.

»Ich muss deine Martha unbedingt kennen lernen. Ach, sieh doch, Adrian. Es beginnt schon zu dämmern. Hui, da wird man sich nun schon wieder ängstigen um mich. Wahrscheinlich ist Eberlein schon unterwegs um mich zu suchen.« Sie stand auf und klopfte mit der Reitpeitsche ein paar Moosbüschel von ihren Schaftstiefeln. »Hab herzlichen Dank, Adrian, für dein Vertrauen. Es war ein schöner Nachmittag für mich.«

Adrian hielt ihr die Hand, damit sie leichter in den Sattel kommen konnte. Sie ergriff die Zügel. Das Pferd wieherte hell. Bevor sie wegritt, beugte sie sich noch mal herunter und streichelte mit der Hand über seine Wange.

»Ich freue mich, Adrian, dass du so ein reiner und fester Mensch geblieben bist. Ach, ich möchte dir immer die gute Kameradin bleiben. Versprich mir, Adrian, dass du zu mir kommst, wenn dich irgendetwas einmal bedrückt. Wenn es geht, wirst du mich immer an deiner Seite finden. Ich will dir helfen, wo ich kann.«

»Ja, Isabella. Darüber bin ich sehr froh. Man weiß nie, in welche Lage man kommt. Komm gut heim, Isabella.«

»Du auch Adrian.«

Ein leichter Schenkeldruck und Pferd und Reiterin verschwanden zwischen den Bäumen.

Adrian stand noch, bis der letzte Hufschlag verhallt war. Dann wandte er sich langsam bergwärts.

9

Der Tag war im Versinken. Auf der Rösneralm schloss Martha die Fensterläden wie jeden Abend, als sie vom Steig herauf einen Schritt vernahm. Es war nicht Adrians Schritt, den sie aus tausenden herausgehört hätte, und darum trat sie etwas weiter vor bis zum Brunnen um zu sehen, wer da noch so spät kam. Zuerst zog sie unwillig die Stirn in Falten, weil sie an den Kurzenhofer Kaspar dachte. Aber dann wuchs die Gestalt aus der Dämmerung auf und sie erkannte, dass es der Vater war.

Der Vater? Um diese Zeit noch? War irgendetwas vorgefallen? Sie eilte ihm entgegen und fragte, woher er so spät noch komme. Von daheim käme er. Jawohl, geradenwegs von daheim. Er bremste seinen weiten, zügigen Schritt nicht, sodass Martha es schwer hatte an seiner Seite zu bleiben.

Als sie die Hütte betreten hatten, schloss er von innen ab. Dann warf er seinen Hut auf die Bank und wischte sich über die Stirn. Seine hellgrauen, scharfen Augen wanderten in alle Winkel, blieben zuletzt auf seiner Tochter haften, nicht zornig oder unwillig, nein, eher in einer verborgenen, zärtlichen Liebe.

»Hast du schon was gegessen, Vater?«

»Ja. Aber einen Schluck Wein vielleicht.«

Als ihm Martha den Wein hinstellte, sah er sie wieder so seltsam an, dass sie von seinem Blick unwillkürlich ein wenig Angst bekam.

»Ist etwas los, Vater?«

»Ja, Martha, es ist was los.« Seine Brust hob und senkte sich tief. Dann trank er, setzte das Glas nieder und sah sie wieder an. »Ist da was Wahres dran, dass du dich in den Jäger verliebt hast?«

Im ersten Augenblick erschrak Martha. Dann reckte sie sich in den Schultern. Sie wusste, dass nun der Zeitpunkt gekommen war für ihre Liebe geradezustehen. Dieser Augenblick vertrug keine Lüge.

»Ja, Vater, es ist wahr.«

Der Bauer vom Karst schlug die Augen nieder. Seine Hände umklammerten das Weinglas, dass es leise knirschte.

»Ist das schlimm, Vater?«

»Ja, das ist schlimm, Dirndl. Muss es gerade der sein?«

»Ich werd nie mehr im Leben einen anderen gern haben können, Vater.«

»Das meint man. Später sieht alles anders aus.«

»Ich sehe alles ganz klar, Vater.«

Lauter, als er es eigentlich wollte, schrie er plötzlich: »Weil du jetzt bis über beide Ohren verliebt bist! Weil er dir den Kopf verdreht hat!« Zornig schlug er mit der Hand auf den Tisch. »Alles hätte ich von dir erwartet, bloß dass du dich in einen Jäger verliebst, ausgerechnet eine Tochter von mir …«

Martha fühlte alle Angst schwinden und unterbrach ihn: »Sind Jäger keine Menschen?«

»Ja, aber bloß halbe. Tagdiebe sind es, die herumlaufen, dass der Tag rumgeht. Und wenn sie einen antreffen, der sich einen Hasen holt, der wird unbarmherzig angezeigt.«

»Ich weiß davon nix, Vater. Über solche Sachen redet der Adrian nicht.«

»Nicht?« Nachdenklich sah der Rösner jetzt in sein Weinglas. Er hatte nicht heftig werden wollen. Er war überhaupt nur heraufgekommen um sich zu überzeugen, ob es wahr sei, was ihm der Kurzenhofer Kaspar am letzten Sonntag erzählt hatte. Ja, das wurde ihm nun soeben leidenschaftlich bestätigt. Und das könnte ihn eigentlich froh machen, denn er hatte nicht erwartet, dass sie lügen würde. Seine eigene Lage, die sich ja dadurch mit einem Schlag änderte, kam ihm zum Bewusstsein. Es wurde ihm weh ums Herz und es tat ihm Leid, dass er sie vorhin so angeschrien hatte.

»Sitzt es tief, Martha?«

»Ja, Vater. So tief, dass ich für ihn sterben könnte.«

»Hast ihn lieber als mich?«

»Vater, das ist kein Vergleich. Ich hab dich von Herzen gern, Vater. Aber das ist doch eine ganz andere Liebe.«

»Eine andere Liebe, ja.« Sein Kopf sank tiefer. War nicht heute Abend erst der Kurzenhofer Kaspar bei ihm und hatte ihm zugeraunt: »Hintergehen tut er deine Martha nach Strich und Faden. Mit der Baronesse vom Schloss war er den ganzen Nachmittag im Wald gewesen. Und abbusselt hat er sie!«

Ob das die Wahrheit gewesen war? Ob nicht nur blinde Eifersucht den Kaspar so reden ließ? Aber nein, so ganz aus der Luft konnte er es auch nicht greifen. Wenn es aber die Wahrheit war, dann musste seine Martha durch ein Meer von Leid gehen, weil sie anders geraten war als seine übrigen Kinder. Martha war feinfühlig, empfindsam, wie man es unter Bauersleuten selten findet.

Er sah sie an und sein Herz wurde schwer dabei. Ihm fiel ein, weshalb er hauptsächlich gekommen war. Bei Monika war das alles leicht gewesen. Sie hatte um des Vaters verbotene Wege gewusst. In ihrem Bett hatte er Gewehr und Patronen bewahren können. Dort waren sie sicher.

Nein, Martha konnte er das nicht sagen. Sie war verliebt und er wollte ihr keine Angst machen, er musste schweigen, denn es könnte ja sein, dass sie in ihrer Verliebtheit einmal ein unbedachtes Wort fallen ließ.

»Bist du auch ganz sicher, dass er es ehrlich mit dir meint?«, fragte er plötzlich.

In ihren Augen leuchtete es so schön, dass es ihn seltsam berührte.

»Ja, Vater. Ich weiß, dass er so wenig ohne mich wie ich ohne ihn sein kann.«

»Ich habe aber schon was anderes gehört.«

»Von ihm? Was denn?«

»Er soll mit dem Fräulein vom Schloss gestern Nachmittag im Wald gewesen sein.«

Nur einen Augenblick verdunkelte sich Marthas Blick. Dann glänzte er wieder froh und gläubig. Sie schüttelte den Kopf.

»Das glaube ich nicht. Das müsste ich schon selber sehen.«

»Der Kurzenhofer Kaspar hat sie gesehen.«

»Der Kaspar lügt, wenn er den Mund aufmacht.«

Da gab der Rösner es auf. Dieses Vertrauen wollte und durfte er nicht zerstören. Er stand auf und griff nach seinem Hut.

»Du gehst wieder, Vater? Willst du denn nicht dableiben bis morgen früh?«

Er schüttelte den Kopf. »Die Nacht wird nicht finster, der Mond muss bald kommen.«

»Kommst du bald wieder?«

»So schnell – nein, so schnell werd ich jetzt nicht wieder kommen.«

Er gab ihr die Hand und öffnete die Tür. Fahler Mondschein fiel über die Schwelle.

»Mach's gut, Martha. Ende der Woche schick ich dir den Benno rauf mit Lebensmitteln.«

Sie sah seine Gestalt noch eine Weile durch den Mondschein gehen. Dann verlor sich sein Schritt und es wurde still. Nur die Quelle rieselte leise über das Almfeld.

Das Jagdhaus war voller Gäste und die Jäger mussten im anstoßenden Heuschuppen schlafen, weil jeder Raum und jedes Bett gebraucht wurden. Zwar hatten die Treibjagden noch nicht begonnen, aber die Abschussliste in diesem Revier war so groß, dass der Freiherr von Siebenzell es sich leisten konnte, auch außerhalb der Jagdzeit Gäste einzuladen.

Zum ersten Mal hatte Isabella mit zur Jagd gehen dürfen. Sie war aber bisher noch nicht zum Schuss gekommen, war aber darüber nicht traurig. Sie wäre überhaupt lieber im Jagdhaus geblieben, in dem Siegmund Eberlein seines Amtes als Koch waltete.

Gerade kam sie mit dem alten Holly von einer ergebnislosen Pirsch zurück. Adrian hatte einen Industriellen aus dem Rheinland geführt, der zum Schuss gekommen war. Jetzt saß Adrian auf der Bank vor der Jagdhütte und reinigte das Gewehr des Gastes. Als Isabella mit dem Mirisgleich um die Ecke bog, lachte er ihr zu.

»Wieder nichts?«

»Macht aber nichts, Adrian.«

Sie ging in die Hütte, kam jedoch nach einer Weile wieder heraus.

»Adrian, hast du Zeit? Gehen wir doch noch ein wenig den Hang dort drüben hinauf. Die Sonne scheint noch so schön.«

Auf diesem Hang waren sie gestern schon gesessen. Alpenrosen blühten dort in so reicher Fülle, dass der ganze Hang aussah wie ein hellroter Teppich. Es war zwischen ihnen nun wieder fast so wie früher. Isabella und Adrian, die Unzertrennlichen aus einer fernen Kinderzeit, durften auf einem Almrosenhang sitzen und konnten sich ohne Bedrückung in die Augen sehen. Der Freiherr von Siebenzell lächelte nur gutmütig und nachsichtig dazu. Es kam ihm gar nicht der Gedanke, die schöne Vertraulichkeit zwischen seiner Tochter und seinem Jäger zu zerstören, wie es vielleicht die Baronin getan hätte, in deren Vorstellungswelt das Wort Standesbewusstsein die vorherrschende Rolle spielte. Nein, der Freiherr kannte seine Tochter und – er hatte seinem Jäger in die Augen gesehen und kannte auch ihn.

Niemand außer Isabella selber wusste, dass ihr Herz ein wenig schneller schlug, wenn sie in Adrians Nähe war. Aber sie wusste, dass Adrians Herz bereits einer anderen gehörte, und sie war so stark in sich gefestigt, dass sie jeden Wunsch nach Zärtlichkeiten unterdrückte. Wohl strich sie ihm einmal über die Wange, wohl legte sie manchmal den Arm um seine Schulter, damit sie recht nahe an seiner Wange ins brennende Abendrot sehen konnte. Und es war nichts weiter als eine Kinderei, wenn der Jäger ihr ein Sträußlein Alpenrosen ins Haar flocht und ihr dann seinen Taschenspiegel hinhielt, damit sie sähe, wie wunderschön sie mit dem hellroten Schmuck im Haar, dicht neben der Schläfe, war.

Ja, jeder Mensch hätte die beiden sehen dürfen. Sie saßen frei und offen da, jedem Blick preisgegeben. Der Freiherr konnte mit dem Fernglas herübersehen und lächeln über so viel Unschuld und Kindlichkeit. Der Rösner vom Karst hätte es auch von diesem Gesichtspunkt aus ansehen können, als er unweit im Schutz der Latschen vorüberschlich. Er sah das Spiel des Jägers mit dem Sträußlein Alpenrosen und stand wie eine Salzsäure erstarrt.

Also doch, dachte er und ein Zorn ohnegleichen überfiel ihn. Diese blinde Wut verleitete ihn dazu, in raschem Schritt zur Almhütte zu kommen.

Martha erschrak, als sie sein verzerrtes Gesicht sah. Sie war gerade dabei, die Kühe zu melken, als der Vater plötzlich vor ihr stand.

»Um Gottes willen, Vater, was ist denn los?«

»Komm mit. Komm ganz schnell mit, Martha.«

Er zerrte sie vom Melkstuhl hoch und so, wie sie war, ließ sie sich von ihm über das Almfeld hochschleppen. Unerbittlich zog er sie an seiner Hand mit hinauf, bis nahe an die Kuppe.

»Jetzt vorsichtig, dass sie uns nicht sehen«, flüsterte er und drückte Martha zu Boden. »Heb ganz langsam den Kopf und schau da hinüber.«

Das war gerade in dieser Minute, als Adrian ganz still dasaß und das Mädchen Isabella neben ihm der Länge nach in den Almrosenbüschen lag.

»Weißt du noch, Adrian«, sagte Isabella, »du gabst mir ein einziges Mal einen Kuss. Weißt du noch, wann das war?«

»Ja, an einem Pfingstsonntag.«

»Weißt du auch noch, warum du ihn mir gabst?«

Er lächelte erinnerungsselig vor sich hin.

»Ich hatte Hausarrest, weil ich ohne Erlaubnis Rosen abgeschnitten und verschenkt hatte. Da kamst du und betteltest so lange, bis der Vater mich aus der Kammer herausließ.«

»Ja, so war es«, antwortete Isabella und daraufhin wurde sie ganz still. Sie lag mit geschlossenen Augen da. Die Ranke eines Almrosenstrauches beschattete ihr Gesicht zur Hälfte. »Du, Adrian ...« flüsterte sie nach einer Weile. »Weißt du, was ich möchte? Nur einmal noch einen Kuss von dir. Oder darfst du das nicht?«

Adrian zuckte ein wenig zusammen. Er dachte an Martha, an ihre brennenden Küsse, an ihr Vertrauen und an ihren unbeugsamen Glauben. Durfte er es tun? War es auch dann Untreue, wenn er es ihr aufrichtig sagte? So und so war es, Martha ...

Er wandte den Kopf und sah auf Isabella nieder. Ihr Mund war halb offen. Er sah die kleine Ader an ihrem Hals klopfen. Das ist ihr Herz, dachte er, der Schlag ihres Herzens ...

Langsam beugte er sich nieder und dann lagen seine Lippen auf ihrem Mund, ganz leicht nur, und es wurde auch nichts Drängendes, als Isabella die Arme um seinen Hals legte.

Aber es sah vom anderen Hang her so aus, als ob etwas Großes geschehen wäre in diesem Moment. Einer hatte die Treue gebrochen und Martha Rösner stand mit aschfahlem Gesicht da, nicht fähig sich zu rühren.

»Glaubst du es jetzt?«, fragte der Rösner.

Sie lächelte schmerzhaft an ihm vorbei.

»Ja, jetzt muss ich es wohl glauben«. Ihre Schultern sanken ein wenig nach vorn. Langsam begann sie bergab zu gehen. Schritt für Schritt setzte sie, als sei sie gerade nach schwerer Krankheit aufgestanden. Auf einmal aber begann sie zu laufen, als wären Gespenster hinter ihr her, die sie zu Tal hetzten.

Die Sonne war tiefer gesunken. Der Almrosenhang wurde purpurrot und violett. Isabella hatte ihre Arme von Adrians Hals genommen und ihn wehmütig angelächelt.

»Nun weiß ich, wie sehr du die andere liebst. Das war kein Kuss, Adrian.« Sie lachte dabei und erhob sich. »Trotzdem, du gefällst mir. Wären nur alle jungen Männer so wie du. Vergiss diesen Moment, Adrian. Wir wollen nun fortan als vernünftige Menschen nebeneinander leben, aber – gute Kameraden bleiben. Willst du?«

»Gerne, Isabella.«

»Gehen wir.«

Langsam wanderten sie den Hang hinunter.

»Du darfst nur nie vergessen, Adrian, was ich dir gesagt habe. Dass du immer zu mir kommen sollst, wenn du etwas auf dem Herzen hast. Wenn ich dir helfen kann, will ich es tun.«

»Und wenn ich jetzt schon etwas auf dem Herzen hätte, Isabella?«

»Ich bitte dich, dass du es mir ehrlich sagst.«

»Ich weiß zwar nicht, ob du mich verstehen wirst. Es handelt sich auch nicht um mich, sondern um einen anderen.«

»Du weißt ja, wenn ich dir helfen kann, tue ich es. Um wen geht es denn?«

»Um den Heimerer. Wir haben ihn kürzlich wegen Wilderns eingeliefert. Sechs Monate hat er diesmal bekommen. Aber wenn er herauskommt, wird er wieder wildern. Ich weiß, dass er es nicht lassen kann. Es liegt ihm einfach im Blut. Dabei ist er sonst ein tüchtiger Kerl.«

»Ja und? Wie wäre dem abzuhelfen?«

»Wenn dein Vater ihn als Jagdgehilfen einstellen

würde, ich glaube, es wäre uns allen geholfen. Der Mirisgleich in allen Ehren, aber wie lange kann er es noch machen? Dann brauchen wir eine neue Kraft. Und da habe ich seit längerer Zeit immer an den Heimerer gedacht.«

»Und was soll ich dabei tun?«

»Gar nichts weiter als bei deinem Vater ein gutes Wort für ihn einlegen. Mit dem Förster werde ich selber sprechen.«

»Das will ich gerne tun. Bist du dir aber auch sicher, dass dieser Mann deine und meine Fürsprache verdient?«

»Ja, Isabella. Sonst würde ich es dir gar nicht gesagt haben.«

»Gut, ich werde es bei nächster Gelegenheit tun. Komm, gehen wir schneller. Man wartet bereits auf uns.«

Siegmund Eberlein stand in der Tür der Jagdhütte und winkte ihnen, dass sie sich etwas beeilen möchten.

Das Abendessen, Rehbraten in Rahmsoße mit Bandnudeln, von Eberlein vortrefflich zubereitet, war bereits aufgetragen. Vorn im Erker saßen um den großen Tisch der Freiherr von Siebenzell, seine Tochter Isabella und die Jagdgäste Thomsen, Engelhardt und Mayberger, Herren, die der Baron seit Jahren regelmäßig einlud.

Bei dem kleinen Tischchen am Ofen hinten aßen die drei Jäger. Lautlos hantierte Herr Eberlein und wusste genau, wie er es machen musste um sich nach unten hin nichts zu vergeben. Den Herrschaften vorn legte er vor und schenkte Wein ein. Den Jägern stellte er nur die Schüssel hin. Sie sollten sich selber raustun. Dass er sich herabließ dem Jüngsten der Jäger eigenhändig ein Glas Wein einzuschenken, mochte wohl ein Beweis der Zuneigung zu dem Jüngling sein, dessen Mutter er einmal glühend verehrt hatte und der er auch heute noch in Erinnerung an jene Zeit heimlich nachseufzte, zumal es auch bereits über die Mauern des Schlosses gedrungen war, dass es im Sägewerk kein so großes Glück geworden war, wie Irene es sich erhofft hatte.

»Bist du heute wieder nicht zum Schuss gekommen, Isabella?«, fragte der Freiherr.

»Leider nein, Papa.«

Da konnte sich der Mirisgleich nicht mehr zurückhalten und platzte heraus: »Uns stellt man ja allweil dorthin, wo nix kommt. Und wo nix ist, kann der beste Schütze nix treffen.«

Alle brachen in Gelächter aus über die trockene Weisheit des Alten.

»Na, Isabella, dann kann morgen der Adrian einmal mit dir gehen. Vielleicht hast du dann etwas mehr Glück. Was ist Ihnen vor den Lauf gekommen, Thomsen?«

Der Angesprochene, ein kleiner, dicker Herr mit sympathischen Zügen, sah verwundert auf. »Leider nichts.«

»Was? Fehlgeschossen, Thomsen? Das bin ich von Ihnen allerdings nicht gewöhnt.«

»Ich habe überhaupt nicht geschossen.«

»Aber wir haben doch vom Tallerjoch her einen Schuss gehört, nicht wahr, Egger?«

»Ja, es hat jemand in meiner Nähe geschossen, aber ich dachte, das wäre vielleicht Mayberger.«

»Der Mayberger war doch mit Adrian im Schaufelgraben.«

Adrian horchte auf. Auch er hatte den Schuss gehört und sich über den trockenen, harten Knall gewundert. Er warf einen Blick auf Egger, der nickte ihm zu. Sie waren sich einig, dass da einer die Frechheit besessen hatte ein Stück Wild abzuknallen, in der Meinung, dass dies in der allgemeinen Schießerei gar nicht auffallen würde.

»Egger, Ihre Meinung?«, fragte der Freiherr scharf von der Fensternische her.

»Dann kann es nur ein Fremder gewesen sein«, antwortete Egger ganz ruhig, denn ihn traf keine Schuld.

»Adrian, was meinst du?«

»Dasselbe wie der Egger.«

»Also, das ist doch der Gipfel der Unverschämtheit«, rief der Freiherr zornig und schlug mit der Faust auf den Tisch. »Während wir uns alle im Revier befinden, schießt mir so ein Lump vielleicht den besten Bock vor der Nase weg. Meine Herren, Sie müssen doch zugeben, das ist ein starkes Stück.«

»Papa, dafür können aber doch deine Jäger nichts!«, mischte sich jetzt Isabella ein.

»Habe ich auch nicht behauptet. Immerhin ist mir so etwas noch nicht passiert. Dabei habe ich immer zur Mäßigung gemahnt. Von heute an aber ist es Schluss. Jeden, den ihr in Zukunft antrefft, den bringt ihr unnachsichtig zur Anzeige.«

»Auch bei einem Hasen?«, fragte der Mirisgleich, der schon ein paar Mal einen Rüffler hatte einstecken müssen, weil er so kleine Jagdvergehen anzeigen wollte.

»Auch bei einem Hasen. Beim Hasen fängt es an und beim Zwölfender hört es auf. Jetzt ist meine Nachsicht zu Ende. Punktum, Schluss!« Der Freiherr ging hinaus und schlug die Tür hinter sich zu. So zornig hatte ihn selbst der Mirisgleich noch nie gesehen.

Ein heller Sonntagnachmittag. Wie ein blaues Wunder standen die Berge unter dem Strahlenkranz der Sonne, als Adrian Sebald mit raschen Schritten über das Almfeld herunterkam. Die ganze Woche, solange die Gäste im Jagdhaus gewesen waren, hatte er nicht wegkönnen.

Nun waren sie gestern Abend abgereist und im Jagdhaus war es wieder still, bis im Spätherbst die großen Treibjagden beginnen würden.

Je näher er der Almhütte kam, desto schneller schlug sein Herz. Er konnte seine Sehnsucht nach Martha kaum mehr bezähmen und war alles andere als entzückt, als er, die letzte Bodenwelle übersteigend, die Hütte mit den vielen Menschen vor sich liegen sah. Es waren größtenteils Wanderer, die es sich im Schatten unter dem weit vorspringenden Dach gemütlich gemacht hatten. Unter ihnen gewahrte er auch den Kurzenhofer Kaspar, der, hemdsärmelig, den Hut aus der Stirn geschoben, mitten unter den Fremden saß und scheinbar wieder einmal in seinem Element war. Martha kam und ging, sie trug Milch auf, Käse und Butter.

Sah sie ihn denn nicht? Doch, jetzt musste sie ihn sehen. Sie stand ganz still und ihre Augen waren auf ihn gerichtet. Er hob die Hand und winkte ihr. Doch sie erwiderte den Gruß nicht, drehte sich plötzlich schnell um und ging in die Hütte.

Adrian legte jetzt noch den Rest des Weges zurück. Als er um die Ecke bog, begrüßte ihn der Kaspar mit lautem Hallo.

»Jetzt kommt einer, Leutl, jetzt kommt einer! Der beste Gamsjäger weit und breit und der Wildschützenschreck.«

Adrian bekam einen roten Kopf.

»Spinn doch nicht«, sagte er unwillig und lehnte sein Gewehr an die Hüttenwand. Es war ihm peinlich, von den Fremden so angegafft zu werden. Sein Blick huschte zur Hüttentür. Ließ denn Martha sich gar nicht sehen?

»Setz dich her zu uns«, forderte der Kaspar ihn auf. Er saß zwischen zwei Mädchen aus der Stadt und wollte gerne dem Freund einen Platz neben sich gönnen.

»Ja, bitte, kommen Sie«, sagte eines der Mädchen

freundlich und rückte ein wenig zur Seite. Sie war ganz hellblond und ihre Augen erinnerten an ein Schmalreh. Vielleicht wären es schöne Augen gewesen, wenn nicht auch die Brauen darüber so hellblond, fast weiß gewesen wären.

In diesem Augenblick kam Martha wieder aus der Hütte, zwei Milchgläser in der Hand, die sie auf den Tisch stellte. Adrian erschrak. Warum war ihr Gesicht so verstört, warum sah sie ihn nicht an?

»Martha, ich bin da«, sagte er.

Da wandte sie ihm das Gesicht zu und sah ihn an, dass es ihn fror.

»So klein bist du nicht, dass man dich übersehen könnt«, sagte sie hart. Ihre Stimme klang wie zersprungenes Glas. Dem Jäger schoss das Blut zu Kopf, weil die ganze Gesellschaft zu lachen begann.

»Mach dir nichts draus«, sagte der Kaspar. »Heut hat sie einen grantigen Tag.«

In Adrian erwachte der Trotz. Wo ihm mit solcher Kälte begegnet wurde, konnte auch er mit Kälte antworten. Er setzte sich neben das Mädchen mit den hellen Brauen. Der Kaspar brachte die Gitarre aus der Hütte und drängte sie Adrian auf.

»Ja, bitte, bitte, ein Lied«, bettelten alle im Chor.

Zunächst gedankenverloren spielten seine Finger über die Saiten. Dann rauschte ein Akkord auf. Seine Stimme erklang:

»Es zog ein Jäger in den Wald,
Dreiviertelstund vor Tag …«

Ein Lied zog das andere nach sich. Adrian sang in einem wilden Trotz und war nicht ganz wählerisch mit seinen Liedern.

»Auf ihre Lieb, da pfeif ich dann
und schau mich um ne andre …«,

hieß der Kehrreim solch eines Liedes, den alle Anwesenden aus voller Kehle, am lautesten der Kaspar, mitsangen. Nur eine stand blass wie der Tod in der Hütte drinnen. Natürlich bezog sie diesen Spottvers auf sich und folgerte die schrecklichsten Sachen daraus, genau wie Adrian es tat. Ich bin ihr nur gut genug, dachte er, wenn uns niemand sieht. In der Öffentlichkeit bin ich ihr zu wenig. Drum gerade nochmals recht laut:

»Auf ihre Lieb, da pfeif ich dann
und schau mich um ne andre …«

In einem schrillen Diskant ließ er die Saiten nochmals aufrauschen, dann legte er die Gitarre weg. Kein Betteln, kein Flehen half, er wollte einfach nicht mehr.

Die ersten begannen zu bezahlen. Mit steinernem Gesicht schob Martha die Münzen ein. Nicht ein einziges Mal schaute sie den Jäger an.

Der Letzte war gegangen und Adrian saß nun ganz allein vor der Hütte. Mit brennenden Augen sah er hinauf zu den Bergen, über denen schon das Abendrot zu leuchten begann. Bald wird die Nacht kommen und alles Leuchten auslöschen. Genauso, wie zu ihm eine Nacht gekommen war, die alles Glück auslöschte.

Plötzlich stand er auf und ging in die Hütte. Martha lehnte am Ofen, die Arme über der Brust gekreuzt, den Blick zu Boden gerichtet. Ganz nahe trat er vor sie hin und wollte nach ihrer Hand fassen.

»Martha, was ist denn los mit dir?«

»Rühr mich nicht an«, sagte sie hart und sah ihn mit einem Blick an, wie er ihn von ihr noch nie gesehen hatte.

»Martha, warum quälst du mich?«

Ein trockenes Auflachen.

»Ich dich? Du mich nicht? Nein, du mich nicht! Wie hast du mich belogen! Und wie hab ich an dich geglaubt!«

Betroffen wich er einen Schritt zurück. »Ich hätte dich belogen? Wann denn?«

Verächtlich lachte sie ihm ins Gesicht. »Tu doch nicht so, als ob du nichts wüsstest. Gib es doch ehrlich zu, dann bliebe mir wenigstens ein kleiner Rest von Achtung für dich.«

»Was soll ich denn zugeben? Ich habe doch nichts Unrechtes getan?«

»Nein, nein, das ist nichts Unrechtes, wenn du da drüben im Almrosenhang mit einer anderen liegst und ...«

»Ach so«, antwortete er gedehnt. »Jetzt kenne ich mich erst aus!« Er begann, die Hände auf dem Rücken, in der kleinen Stube auf und ab zu gehen, bis er wieder vor ihr stehen blieb. »Wer hat mich denn verpetzt bei dir?«

»Zu dem, was ich mit eigenen Augen seh, brauch ich niemanden.«

Verdutzt sah er sie an. Das war jetzt doch ein wenig peinlich für ihn. Aber sie würde sich doch um Himmels willen erklären lassen, wie sich alles in Wirklichkeit verhielt! Er wollte wieder ihre Hand fassen, aber sie entriss sie ihm.

»Hör einmal zu, Martha. Du wirst doch nicht glauben, dass zwischen mir und Isabella etwas ist.«

»Glauben, was heißt glauben? Was ich selber seh, das muss ich einfach glauben.«

»So lass dir doch erklären, Martha ...«

»Du brauchst mir nichts zu erklären. Ist ja doch jedes Wort wieder eine Lüge.«

Traurig ließ er den Kopf sinken.

»Ja, wenn du davon so überzeugt bist, Martha, dann kann ich dir nicht helfen. Vielleicht begreifst du später einmal, was du mir bedeutet hast. Ich hab dich lieb, Martha, wie man nur einen Menschen lieb haben kann.

Vielleicht ist der Anschein jetzt gegen mich und ich bin dir auch nicht bös, wenn du so denkst. Nur sollst du nicht glauben, dass meine Liebe nicht ehrlich gewesen ist. Sieh mich einmal an.« Er griff ihr unters Kinn und zwang ihren Kopf hoch. Nur flüchtig sah sie in seine Augen. Dann schloss sie die ihren. »Du kannst mich also gar nicht mehr ansehen, Martha. Dann habe ich dir auch nichts mehr zu sagen! Leb wohl.«

Mit raschem Schritt verließ er die Stube und zuckte zusammen, als er den Kaspar draußen sitzen sah. Ein rasender Zorn packte ihn. Und zugleich sprang etwas anderes ihn an – wilde Eifersucht.

»Ach so, du hast horchen müssen?«

Der Kaspar lächelte verlegen.

»Horchen war nicht notwendig. Du hast ja laut genug geschrien.«

Mit einem jähen Griff packte Adrian den anderen und riss ihn hoch.

»Du, jetzt mein ich, kenn ich mich aus. Steckst vielleicht gar du hinter der ganzen Sache? Du hast mich ausstechen wollen bei ihr. Na, scheinbar ist es dir gelungen.«

Wie von Ekel ergriffen ließ er den Kaspar wieder los, griff nach seinem Gewehr und schritt davon. Alles um ihn her war wie verschwommen. Das Herz von namenloser Trauer umschnürt ging er durch den Glanz des schönen Abends bergwärts und sah nicht einmal zurück.

Er hätte Martha auch nicht gesehen, denn sie lehnte immer noch wie versteinert am Ofen, mit geschlossenen Augen, aus denen ihr lautlos die Tränen über die Wangen perlten.

Plötzlich war ein huschender Schritt auf den Dielen. Martha riss die Augen auf. Aber es war nur der Kaspar, der sich ihr näherte und eine warme Freundlichkeit in seine Stimme legte.

»Musst doch nicht weinen, Martha. Schau, einen wie den, der dich doch bloß belügt und betrügt, einen solchen findest du immer wieder.«

Aus verschwommenen Augen sah sie ihn an. »Dich vielleicht?« Sie schüttelte müden den Kopf. »Nein, Kaspar, weder dich noch einen anderen. Mir reicht es.«

»Geh, das darfst du nicht sagen. Schau, ich mein es wirklich gut mit dir. Was wärst du denn auch schon beim ihm? Er verdient ja kaum was!«

»Und wenn er fast gar nichts hätte, das würde mir nichts ausmachen. Bloß betrügen hätte er mich nicht dürfen. Darüber komm ich nicht mehr hinweg.«

»Das meinst du bloß jetzt am Anfang.«

»Nein, Kaspar. In ihm hab ich mich getäuscht, ja. Aber in mir selber täusch ich mich nicht. Auch nicht in dir. Drum gib dir keine Müh, Kaspar. Ich glaub dir so wenig wie dem anderen. Und jetzt geh. Ich muss allein sein.«

»Kann ich dir denn gar nicht helfen?«

»Nein, du nicht und niemand. Das muss ich schon mit mir selber ausmachen.«

Sie ließ ihn stehen, ging durch den Stall hinaus ins Freie und rief die Kühe zum Melken aus dem Grund herauf. Als sie wieder zurückkam in die Stube, war der Kaspar verschwunden.

Jetzt erst wurde sie von einem wilden Schmerz übermannt. Ein Gefühl von Alleinsein überkam sie, von dem die Menschen meinen, dass es nur erträglich sei in dem Wissen, dass man bald sterben dürfe.

10

Der Sommer stand jetzt auf seiner vollen Höhe. Die Augustsonne brannte erbarmungslos nieder auf Mensch und Tier. Adrian Sebald rannte in den Bergen umher, er war unruhig und voller Kummer. Zuweilen, wenn die Sehnsucht ihn überwältigte, schlich er sich über den Glockenhang und sah, hinter einem Fichtenbuschen verborgen, hinunter zur Almhütte. Manchmal sah er die Martha auch und verzehrte sich in schmerzhaftem Sehnen nach ihr. Und doch fand er nicht mehr den Mut zu ihr hinunterzugehen. Sie hatte ihn gedemütigt, und wie enttäuschte Verliebte eben sind, suchen und finden sie auch einen Grund zum Beleidigtsein – und hinter diesem Gefühl kann man sich so tröstlich verbergen.

Ach, wäre er doch nur gekommen! Martha hätte ihm gerne verziehen und ihn mit offenen Armen aufgenommen. Nun bestätigte er durch sein Fernbleiben nur, dass er sich also doch in Isabella verliebt und Martha vergessen hatte. Und tat es ihr am Anfang Leid, ihn an jenem Sonntag so mitleidlos behandelt zu haben, jetzt, da er ihr so offensichtlich fernblieb, bereute sie es, ihn nicht noch mehr gedemütigt zu haben.

Und dabei war sie von einer grenzenlosen Liebe zu ihm erfüllt. Vielleicht wird nie ein Mädchen in diesem Hügelland an die hundert Kilometer im Umkreis die Kissen so nass geweint haben, wie die Martha Rösner, die schöne und junge Tochter des Bauern vom Karst. Zumindest hatte sie erwartet, dass er ihr schreiben würde. Aber keine Zeile kam. Natürlich, er hatte ja keine Zeit, musste jede freie Stunde seiner Isabella widmen.

Darum wurde die Martha in dieser Zeit blass und schmal; müde und wie zerschlagen, weil sie nachts nicht schlafen konnte, hatte sie am Tag keine Freude und fühlte sich immer matt.

Dem Jäger ging es nicht anders. Manchmal saß er oben in der Jagdhütte, wenn die anderen auf Dienstgang waren oder schon schliefen, und wickelte ein dünnes Haar, das er einmal von ihrer Schulter genommen hatte, um seinen Finger. Es war ein langes, schwarzes Haar, aber zehnmal um den Finger gewickelt sah es aus wie ein schmaler Totenring. Er wickelte es wieder ab und hielt das Haar in beiden Händen. Wie eine ganz schmale, dünne Brücke sah es aus, eine Brücke von Hand zu Hand, auf der nun seine Gedanken balancierten. Eigentlich ist es lächerlich, als Erinnerung an so eine große Liebe nichts anderes zu haben als ein dünnes Haar, das man bei jeder Gelegenheit verlieren konnte.

Ein törichtes Spiel treibt er, der Jäger, mit dem Mädchenhaar. Aber er konnte es nicht lassen, es war der einzige Gegenstand, der ihn mit ihr noch verband.

Einmal beobachtete der Mirisgleich ihn dabei und pfiff leise durch seinen zahnlosen Mund.

»Auweh, jetzt weiß ich's. Liebeskummer hast du! Da musst saufen, Bub. Das hilft.«

Das half aber nichts. Adrian hatte einmal in einer Nacht eine halbe Flasche Birnenschnaps geleert und war am nächsten Morgen mit wüstem Kopfschmerz erwacht. Martha aber stand wieder vor seinem geistigen Auge, als hätte er nie ihr Bild im Nebelrausch des Armeleuteschnapses verloren gehabt.

Als er wieder einmal so dasaß und und in der Stille nur ein paar Grillen zirpten, hörte er in der Ferne einen Schuss fallen. Wie von einer Natter gebissen fuhr er auf und stürzte vor die Tür. Das Eche des Schusses rann noch durch die Schluchten und Täler. Nach seiner Schätzung konnte der Schuss nicht in großer Entfernung gefallen sein, höchstens im Jungwald drüben beim Siebenstein.

Zuerst wollte er den Egger wecken. Aber der Kamerad war seit zwei Uhr morgens auf den Füßen gewesen und war auf den ersten Anruf hin nicht wach zu kriegen. Und der Mirisgleich? Was wollte er mit dem Alten zur Nachtzeit?

In aller Eile zog er die Schuhe wieder an, nahm das Gewehr an sich und trat in die Nacht hinaus. Die Nacht war vom Dreiviertelmond erhellt. Von den Bergen herab kam ein lauter Wind, so warm wie aus einem Backofen. Um kein Geräusch zu verursachen mied der Jäger die Wege und ging nur über Grasboden. Manchmal blieb er stehen und horchte. Dann waren die Stimmen der Nacht viel lauter als am Tag: das Murmeln der Quellen, das Läuten der Herdenglocken aus fernen Gründen, das Spiel des Windes in den Zweigen.

Immer näher kam er den Ausläufern des Siebensteins. Ein schmaler Steg führte über einen Bach. Wie silbern die Wellen im Mondlicht schimmerten! Adrian ging nicht über den Steg, sondern watete durch den Bach, pirschte sich neben den spärlichen Uferbüschen der Lichtung zu, blieb wieder stehen und lauschte.

Da – war da nicht ein helles, klirrendes Geräusch gewesen, so, als wenn ein Messer gegen einen Stein stößt? Und dort, bei der einsamen Wetterföhre, bewegte sich dort nicht ein Schatten in gebückter Stellung?

Adrian hielt den Atem an. Weit unten im Wald weinte ein verlassener Vogel und wimmerte das Klagelied seiner Einsamkeit in die helle Nacht. Fast auf dem Boden kriechend schob sich Adrian über die Lichtung, musste dabei eine schmale Steinmure überqueren und das war sein Fehler.

War er an einen Stein gestoßen oder hatte er in der Aufregung sein Gewehr aufgestoßen? Auf alle Fälle schnellte der Schatten da drüben blitzschnell hoch und rannte wie besessen über die halbe Lichtung.

Der Jäger kam gar nicht dazu ihn anzurufen, er stand

vielmehr ein paar Sekunden wie gebannt, bevor auch er zu laufen anfing. Er sah gerade noch, dass der Flüchtige als riesenhafte Gestalt ins Mondlicht wuchs, dann verschwand er bereits im Jungwald.

Nur eine Minute stand auch Adrian unschlüssig, ehe er weiterlief. Im Vorbeihasten sah er noch den halb aufgebrochenen Zwölfender und dann nichts weiter als die Schatten des Jungwaldes.

Kein Laut war mehr zu hören, nur von fern wieder der klagende Ruf des Nachtvogels aus den hohen Fichtenwipfeln. Saß der Wildschütz im Dickicht? Hatte er den Jungwald bereits durchquert?

Adrian rannte zurück den Hang hinauf. Hatte sich der Wilderer nicht im Jungwald verborgen, konnte er ihm möglicherweise wohl doch noch den Weg abschneiden. Aber dafür war es bereits zu spät. Als er oben ankam, hörte er schon weit in der Tiefe die jagenden Schritte des Flüchtenden. Die einzige Hoffnung war noch, dass der Verfolgte sich zur Schrottalm wenden könnte. Nur kurz überlegte Adrian, dann hastete er den Hang hinunter, nahm die Almzäune, die ihn aufhalten wollten, mit einem wilden Sprung und stand schließlich schwer atmend vor der Schrottalm.

Ganz still lag sie da. Der geschnitzte Leib des Gekreuzigten schimmerte im Mondlicht, als sei er vom Kerzenlicht beleuchtet. Die Tafel mussten sie in der Zwischenzeit wieder angenagelt haben, denn man hörte kein Klirren mehr wie vor kurzem noch.

Kurzerhand klopfte Adrian an eines der Fenster auf der Ostseite.

Eine schlaftrunkene Stimme gab Antwort und fragte, wer draußen sei. »Ich bin's, der Adrian. Mach auf, Mariandl. Sofort!«

Es dauerte ziemlich lange, bis die Mariandl öffnete. Groß und fast gespenstisch stand sie mit der Petroleumlampe in der Hand in der Tür, sie hatte nur einen alten Wettermantel um die Schultern gehängt. Ihr Haar war offen und rieselte in breiten Wellen über ihre Schultern.

»Ist hier vor zehn Minuten einer hergekommen?«

»Wer soll hergekommen sein?«

Adrian erschrak vor dem brennenden Hass, der ihm aus den Augen der Sennerin entgegensprang. An ihr vorbei schob er sich mit schussfertigem Gewehr in die Stube.

In diesem Augenblick sagte die Mariandl: »Dummkopf. Wer soll denn da sein, wenn der Sepp im Gefängnis sitzt?«

Er drehte das Gesicht über die Schulter und ließ das Gewehr sinken. »Bin ich schuld daran?«

»Das habe ich nicht gesagt.«

»Aber gedacht.«

»Denken ist noch erlaubt, oder?«

»Ach, Mariandl«, sagte Adrian verzweifelt. »Wenn ihr uns doch auch ein kleines bissl begreifen könntet! Glaubst du denn, dass es schön ist, hinter so einem herzurennen, weil es die Pflicht verlangt?«

»Ich weiß es nicht, Jäger.«

»Du weißt es schon. Und vielleicht denkst du einmal anders.« Er warf die Büchse hinter die Schulter. »Ich will gar nicht suchen bei dir, denn heut wäre es vergebens.«

»Ja, Jäger. Und du wirst auch nie mehr bei mir etwas finden.«

»Ich glaub dir, Mariandl. Gute Nacht.«

Er hörte noch, wie sie den Balken wieder vorwarf, dann ging er langsam den Weg zum Jagdhaus zurück, wo die beiden Kameraden noch schliefen.

Aber als er im Morgengrauen mit dem Egger zur Lichtung ging, war der Zwölfender spurlos verschwunden. Und da standen sie nun wirklich vor einem Rätsel.

Zur selben Zeit, als Adrian Sebald die Mariandl von der Schrottalm aus dem Schlaf klopfte, rüttelte der Rösner vom Karst in heller Verzweiflung an der Tür seiner eigenen Almhütte, bis die Martha öffnete.

Keuchend stand er vor ihr, abgehetzt, das Hemd aufgerissen, einen kurzen Stutzen in der Faust. Hastig schob er sie zur Seite und versperrte die Tür wieder. Keuchend lehnte er dann an der Wand.

»Mach das Licht aus.« Und da sie es nicht schnell genug tat, ging er hinüber zum kleinen Tisch und machte es selbst.

Martha war nicht fähig sich zu rühren noch ein Wort zu sagen. Das alles stürzte so überraschend auf sie ein, dass sie es nicht erfassen konnte. Sie starrte in die Dunkelheit.

»Vater, was ist? Was bedeutet das alles?«

»Frag nicht. Sei still. Er ist hinter mir her.«

»Wer denn, Vater?«

Ein gedämpftes, heiseres Lachen in der Dunklheit. »Niederschießen hätte ich ihn können. Aber ich will ja nicht morden. Wild ist Wild und Mensch ist Mensch. Aber verdient hätt er es, schon um deinetwillen. Er hat dir's Herz gebrochen.«

Ein Aufschrei in höchster Not. »Nein, Vater!«

Blitzschnell deckte der Rösner seine Hand auf ihren Mund. »Bist du verrückt? Wer weiß, ob er nicht schon draußen ist!«

Unter seiner Hand hervor stöhnte sie: »Vater, das ist ja furchtbar. Wenn ich denke, dass du und Ad ... du und er –«

»Horch!« – Nein, es war nur die Schelle eines Kälbchens, das nahe vorüberlief.

Wohl eine halbe Stunde verharrten sie so in der Dunkelheit, immer angestrengt lauschend. Dann erst schob der Rösner seine Tochter in die Kammer hinaus.

»Leg dich wieder schlafen und denk nicht nach, Dirndl.«

»Nicht nachdenken? Vater, das ist furchtbar für mich. Ich hab doch von allem nichts gewusst.«

»Und was weißt du jetzt? Gar nichts.«

»Warum tust du das, Vater?«

»Warum? Warum? Deine Schwester Monika hat es gewusst und nie gefragt. Und du sollst auch nicht fragen, Martha. Ich kann nichts dafür. Ich muss einfach, es liegt mir im Blut. Wir Rösners haben bis vor fünfzig Jahren immer eine eigene Jagd gehabt. Unglück und Leichtsinn meines Großvaters haben es gewollt, dass wir Grund abgeben mussten. Mein Vater hat es nicht lassen können und mich hat es auch gepackt.«

»Und die Buben?«

»Nein, die nicht mehr. Aber mich hat es noch und lässt mich nicht los. Du verstehst das nicht, Martha.«

»Nein, ich versteh es nicht«, flüsterte sie angstvoll und schlüpfte wieder unter die warme Decke. »Bleib bei mir, Vater. Ich lass dich nicht mehr in die Nacht hinaus.«

»Rück ein bissl, Martha. Ich bin müd.«

Martha rückte ganz an die Wand. Der Vater nahm mit der Kante der schmalen Bettstatt vorlieb. Er lag kerzengerade und sprach in das Dunkel hinein von seiner Not und von seiner Leidenschaft, die ihn immer wieder hinaustrieb.

Martha hörte ihm zu und erst, als das erste Grau des Morgens schon um die Fenster spielte, überfiel sie eine bleierne Müdigkeit. Aber noch im Hinüberschlummern griff sie verständnisvoll nach des Vaters Hand und drückte sie fest.

Nach vielen Wochen nahm Adrian sich wieder einmal frei. Er musste dabei in der Gutsküche Wildbret abliefern und anschließend beim Förster Rapport erstatten. Danach ging er langsamen Schrittes durch den Ulmenpark, sah wie verloren in die aufsprühenden Fontänen und hörte nicht den nahenden Schritt.

»Grüß dich, Adrian«, sagte plötzlich eine Stimme neben ihm und Isabella streckte ihm die Hand hin.

»Hattest du hier zu tun, Adrian?«

Er sah sie gequält an. Schön wie eine Blume stand sie vor ihm in dem hellen Sommerkleid, das in der Mitte von einem roten Gürtel zusammengehalten war.

Auf ihrer Stirn erschien eine nachdenkliche Falte. »Was ist dir, Adrian? Bist du krank? Du siehst so merkwürdig abgehärmt aus.«

»Krank? Ja, vielleicht bin ich krank, Isabella.« Er fuhr sich mit der Hand über die Stirn. »Ach, es ist doch alles schwerer, als ich gemeint habe, Isabella.«

Entschlossen nahm sie seine Hand. »Komm und trink mit mir Kaffee. Ich bin allein. Papa ist mittags weggefahren und kommt erst am Abend zurück.«

Sie deckte auf der Südterrasse den kleinen Tisch, rückte den Sonnenschirm so, dass sie beide im Schatten saßen. Dann zündete sie sich eine Zigarette an.

»Du rauchst?«, fragte er verwundert.

»Nur hin und wieder. Also, Adrian, was bedrückt dich? Ich habe dir gesagt, dass du immer zu mir kommen kannst, wenn du etwas auf dem Herzen hast. Voraussetzung ist natürlich, dass du zu mir Vertrauen hast. Es handelt sich um deine – wie hieß sie doch gleich?«

Er nickte.

»Ja, um Martha. Sie hat uns letzthin auf dem Hang beobachtet und da meint sie nun …«

»Ach, das tut mir Leid. Und wenn ich es recht bedenke, trage ich die Schuld. Hat sie denn so wenig Vertrauen zu dir?«

»Scheint so. Andererseits muss ich zugeben, die Situation mag für einen, der uns beobachtet hätte, recht eindeutig ausgesehen haben.«

»Hast du ihr denn nicht erklärt, dass …?«

»Sie lässt sich nichts erklären, ist fest überzeugt, dass wir beide sie hintergangen haben.«

Nachdenklich sah Isabella vor sich hin und sagte nach einer Weile. »Und was kann ich in dem Fall tun?«

»Gar nichts, Isabella.«

Bis hierher hatte Isabella sich fest in der Gewalt gehabt. Jetzt aber, als sie sah, wie er der anderen wegen litt, zog sich ihr Herz krampfhaft zusammen, denn es war nicht wahr, dass Adrian ihr ganz gleichgültig gewesen wäre. Es sah eher so aus, dass sie fast unentwegt an ihn dachte und dass ihr Herz sich nach ihm sehnte.

Zwar hatte sie alles tapfer bezwungen bisher, weil sie wusste, dass er eine andere liebte. Aber jetzt? War er denn jetzt nicht frei?

Wofür frei? Für sie, die doch bei aller heimlichen Liebe mit ganz klarer Nüchternheit begriff, dass diese Liebe zu dem Jäger nichts anderes sein konnte als ein schöner Traum für eine Reihe von Wochen oder Monaten. Dann würde die eiskalte Wirklichkeit sie herausreißen aus diesem Traum und ihr klarmachen, dass eine Freiin von Siebenzell sich nicht in einen Angestellten verlieben durfte.

Ach, wenn sie ihm doch helfen könnte! Wenn sie ihm doch sagen dürfte: Komm her, ich tröste dich, Adrian! Ein Mädchen, das so wenig Vertrauen zu dir hat, ist doch nicht wert, dass du wegen ihr so leidest.

»Trägst du es schwer, Adrian?«, fragte sie leise, als ein Mädchen in weißem Häubchen den Kaffee schon aufgetragen hatte.

»Ich wollte, ich wäre anders«, entgegnete er. »Es ist gerade, als ob mir ein Stein auf der Brust läge und mich langsam, aber ganz sicher erdrücken wollte.«

»Und du glaubst nicht, Adrian, dass jemand anders dir diesen Stein wegnehmen könnte?«

Da sah er sie an. Er beugte sich weit vor und nahm das Leuchten ihrer Augen in sich auf. Es war ihm, als sähe er tief hinein in ihre Seele, als höre er ihr Herz schlagen und als flüstere jeder Schlag seinen Namen.

Während sie sich so ansahen, spürte Isabella, dass ihr Herz immer schneller schlug und dass alles nur mehr drängende Erwartung in ihr wurde, eine starke und innige Bereitschaft mit ihrer Liebe die Brücke zu schlagen zu seinem traurigen Herzen, damit es wieder froh werde, damit er wieder lachen könne. Und dann schlang sie die Arme um ihn und zog sein Gesicht zu sich her. Ihr Mund küsste ihn und der Jäger hätte glücklich sein können in diesem Moment, aber der Stein von seiner Brust wälzte sich nicht fort, er wurde schwerer und schwerer, denn er meinte, dass Isabella ihn nur aus Mitleid küsste. Und weil ihn dieses Mitleid so beschämte, darum weinte der Jäger leise in der Umarmung der wunderschönen Isabella.

»Armer Adrian«, sagte sie nur. »Lieber, armer Adrian.«

Wieder Mitleid, nichts als Mitleid in ihren Worten.

Jetzt schlug er die Hände vors Gesicht. Zum letzten Mal hatte er geweint, als sein Vater starb. Stumm ließ Isabelle ihn gewähren, bis er plötzlich aufstand.

»Entschuldige«, stammelte er. »Es hat mich so übermannt.«

»Ist schon gut, Adrian«, antwortete Isabella. Um ihren Mund zuckte es ein wenig, weil sie nicht begreifen konnte, dass sie auf ihre Liebe kein Echo fand. Aber sie wusste in dieser Minute auch, was sie tun muss. Sie hielt ihn nicht auf, als er gehen wollte, begleitete ihn sogar bis zu den Fontänen und gab ihm die Hand.

»Vergiss, was da drinnen gewesen ist«, bat sie leise.

Dann wandte sie sich um und ging zu den Ställen hinüber.

Langsam schritt Adrian auf das Dorf zu. Jetzt erst begriff er ganz, was eben zwischen Isabella und ihm eigentlich passiert war. Und vielleicht war Isabella jetzt enttäuscht. Aber lieber diese erste, kleine Enttäuschung als später eine große, die dann entsetzlich viel Kummer bringen würde, für ihn wie für sie.

Als er am Sägewerk vorbeiging, trat seine Mutter gerade in die Tür. Vielleicht hatte sie ihn längst kommen sehen.

»Guten Tag, Mutter!«, sagte er und wollte weitergehen.

In ihr zog sich alles zusammen. Mit ein paar Schritten war sie auf der Straße und verstellte ihm den Weg. »Adrian, was hast du?«

»Ich habe nichts, Mutter.«

»Bitte, komm mit ins Haus.«

Traurig schüttelte er den Kopf. »Nein, Mutter, das wirst du nie erleben, dass ich dieses Haus betrete.«

»Er ist heute nicht hier, Adrian.«

»Das ändert nichts daran, dass es sein Haus ist.«

»Ach, Bub, so weit hätte es doch nicht kommen dürfen zwischen uns. Haben wir uns nichts mehr zu sagen?«

»Du weißt, wo ich zu finden bin, Mutter, und dass du immer mit mir sprechen kannst. Komm doch zu mir, ich habe heute frei.«

»Gut, ich komme.«

Adrian ging weiter zum Malerhäusl. Als er davor stand, überwältigte es ihn doch irgendwie. Er war so jung und hatte schon ein eigenes Haus. Martha hatte er verlieren können, aber das Haus seiner Kindheit war ihm geblieben. Eigentlich musste er der Mutter dankbar sein, dass sie dieses Stück Heimat für ihn erhalten hatte.

Sogleich riss er alle Fenster auf und ließ die Sonne herein. Er ging von Raum zu Raum und ließ die Erinnerungen an seine Kindheit wach werden. Er sah den Vater wieder in seiner behäbigen Ruhe vor der Staffelei sitzen, sah die Mutter in ihrer jugendlichen Schönheit durchs Haus gehen. Und da fiel ihm ein, dass die Mutter sich auch irgendwie verändert hatte. Nicht äußerlich, nein, ihre Gestalt war noch herrlich, das Haar noch wunderschön. Aber in ihren Augen lag es, eine unbestimmte, leise Traurigkeit, so wie er es bei einem kranken Reh gesehen hatte.

Im Flur ein Schritt, dann in der Küche ein leises Klappern. Die Mutter war gekommen und wollte ihm nun den Tag schenken. Es sollte einmal wieder so sein, wie es früher war. Sie wollte für ihn kochen und sich es mit ihm gemütlich machen.

Und wieder musste Adrian denken, wie schön es wäre, wenn die Mutter wieder zu ihm gehören würde. Er setzte sich in der Küche auf das Fensterbrett und reinigte sein Gewehr. Als sie einmal an ihm vorüberging, fasste er sie am Arm und zog sie zu sich her.

»Sag, Mutter, bist du ganz glücklich?«

Sie wich seinem Blick aus und deshalb fragte er drängender.

»Ist er nicht gut zu dir?«

»Er ist – nicht schlecht zu mir. Frag nicht, Adrian. Ich freue mich heute einmal wieder bei dir sein zu können. Es geht mir nicht schlecht, und alles – merk dir das, Adrian – alles kann der Mensch nicht haben.«

Adrian rutschte vom Fensterbrett herunter, legte sein Gewehr fort und umarmte die Mutter.

»Das sagt mir alles, Mutter. Doch ich will dir keinen Vorwurf machen. Aber eines will ich dir sagen: Wenn du es einmal nicht mehr bei ihm aushalten könntest, dann kehr hierher zurück. Ich bin froh, wenn ich jemanden habe, für den ich sorgen kann und der für mich sorgt.«

Irene lächelte ein wenig vor sich hin. »Vielleicht dauert es gar nicht mehr so lange, bis du für jemanden sorgst?«

»Wie meinst du das, Mutter?«

»Ach, man hört doch auch so manches. Gibt es da oben nicht irgendwo ein Mädchen namens Martha?«

Adrian fuhr herum und starrte sie erschrocken an. Er war immer der Meinung, dass seine Liebe tiefstes Geheimnis sei.

»Woher weißt du das, Mutter?«

»Ich glaube, der Anton hat es einmal erwähnt.«

»Der Antretter?«

»Ich glaube aber nichts, was du mir nicht selber sagst, Adrian.«

»Also gut, hör zu, Mutter ...« Und so schüttete Adrian seiner Mutter das Herz aus und legte ihr die Not dar, in die seine Liebe ihn getrieben hatte. Nichts verschwieg er, auch das mit Isabella nicht, und als er zu Ende war, erkannte Irene, dass er nicht loskommen würde von Martha. Kein Wort sagte sie, was sie zu tun gedachte. Sie wusste nur, dass sie ihm helfen musste.

Um diese Zeit ritt die Freiin Isabella von Siebenzell ihre Rappstute fast zuschanden. Noch nie hatte das Pferd die Sporen zu spüren bekommen, und als Pferd und Reiterin nach knapp zwei Stunden auf der Rösneralm ankamen, war das Tier schweißgebadet und die Reiterin wie gerädert. Trotzdem sprang sie leicht aus dem Sattel und ging auf das Mädchen zu, das in die Tür getreten war.

»Sie kennen mich doch, oder?«, fragte sie.

»Nein«, antwortete Martha, obwohl sie eine kleine Ahnung hatte, wer das Mädchen sein könnte.

»Doch, Sie haben mich und Adrian auf dem Hang drüben beobachtet.«

Eine brennende Röte glitt über Marthas Stirn. Wie in Abwehr nahm sie den schönen Kopf zurück.

»Und?«, fragte sie in schneidender Härte.

»Nichts ›und‹. Ich bin gekommen um Ihnen zu sagen, dass Sie ihm unrecht tun.«

»Ich versteh schon. Du hast ihn satt, jetzt könnte ich ihn wieder haben.«

Isabella trat benommen einen Schritt zurück. Nicht, dass sie geduzt wurde, empörte sie, sondern der triefende Hohn, der in diesen Worten lag. Aber sie versuchte sich in das Mädchen hineinzudenken.

»Wollen wir nicht lieber vernünftig zusammen reden? Adrian war heute bei mir und hat mir alles erzählt. Ich bin auch der Meinung wie er, dass der Schein gegen ihn und mich spricht. Aber sehen Sie, wir kennen uns seit der Kinderzeit, haben uns sieben Jahre überhaupt nicht mehr gesehen. Ist es denn ein Verbrechen, wenn wir uns in der Erinnerung an unsere Kindheit einen flüchtigen Kuss gegeben haben? Gut, wenn das Sünde war, will ich sie gerne büßen.«

Martha spürte, wie etwas Drückendes von ihr abfiel. Ihr Gesicht entspannte sich, in ihre Augen kam ein feuchtes Glänzen.

»Ist das wirklich wahr?«, fragte sie.

»Sie sollten doch an Adrian nicht zweifeln!«

»Und du hast – Sie haben – ihn nicht lieb?«

Für Sekunden schloss Isabella die Augen. »Nein. Wir sind gute Kameraden, von der Kindheit her. Mehr ist es nicht und könnte es auch nie mehr sein.«

Da sprang Martha die zwei Stufen herunter und fiel dem fremden Mädchen um den Hals.

»Du glaubst es nicht, aber ich bin wie erlöst. Keine Nacht hab ich mehr schlafen können, weil ich gemeint hab, du hast ihn mir weggenommen. Und ich hab ihn doch so furchtbar gern.«

»Ja, ja, ich weiß schon«, antwortete Isabella und schluckte tapfer die aufsteigenden Tränen hinunter.

»Was tätst du auch mit ihm?«

»Ja, was täte ich mit ihm! Aber gib mir bitte jetzt irgendetwas zu trinken, Martha.« Unwillkürlich war auch Isabella nun ins Du gefallen. »Wenn du vielleicht ein Glas Milch hättest.«

»Alles hab ich für dich. Komm nur rein. Das Beste koch ich für dich. Und in der Zwischenzeit musst du mir alles erzählen aus eurer Kinderzeit.«

»Zuerst musst du mir versprechen, dass du nie mehr an ihm zweifelst.«

»Ja, das verspreche ich dir.«

»Adrian ist der treueste Mensch, den ich kenne. Und ich habe erfahren, wie sehr er an dir hängt.«

»Meinst du, dass er wieder zu mir kommt?«

»Ich weiß nicht, Martha. Es liegt ja nun auch bei dir.«

»Ob er mir wieder gut werden kann?«

»Wie schlecht kennst du ihn!«

»Ja, nicht wahr, ich hätte nie an ihm zweifeln dürfen.«

Draußen graste zufrieden die Rappstute in der milden Sonne. Einmal kam ein Kälbchen mit bimmelnder Glocke ihr ziemlich nahe; sie spitzte die Ohren, als wittere sie eine Gefahr. Aber dann sah sie wohl ein, dass alles recht harmlos war und zärtelte mit ihren rosigen Nüstern über den stumpfen Ansatz der Hörnchen hin.

Die beiden Mädchen hatten es vom Fenster aus beobachtet und lächelten. Jede mochte dabei wohl von anderen Gedanken bewegt sein, die letztlich doch um dasselbe kreisten.

Martha tischte ihrem Gast das Beste auf, was sie zu bieten hatte. Frei nun von ihrer bedrückenden Last war sie wieder das herrliche Mädchen, das den Jäger Adrian im ersten Augenblick so bezaubert hatte.

Isabella betrachtete sie genau und verstand Adrian nun. Sie begrub ihr eigenes Gefühl und legte tapfer den Trauerflor über den kurzen Traum ihrer Liebe.

11

Das Schicksal aber hatte bereits wieder ein Blatt im Lebensbuch des Jägers Adrian Sebald umgeblättert.

Am anderen Morgen weckte den Jäger nämlich schneidige Marschmusik aus seinem Schlaf. Der Trachtenverein hatte sich eine neue Fahne zugelegt, die an diesem Sonntag geweiht werden sollte. Wenn der Maler Felix Sebald noch gelebt hätte, hätte man ihn sicherlich gebeten für den Vorstand die Festrede zu verfassen. Zum Sohn hatte man scheinbar nicht dieses Vertrauen. Die Festrede hatte der Kleinhäusler Federlein verfasst, der sich Heimatdichter nannte, weil er zu Silberhochzeiten sinnige Verse verfasste.

Zufällig fand dieses Fest am fünfzehnten August statt, dem Tag der Himmelfahrt Marias. An diesem Tag wurde im Dorf Erlwies von alters her der Augustmarkt mit Kramerständen, Schaukeln, Karussells und Schießbuden abgehalten.

Adrian zog nach langer Zeit wieder einmal seine Sonntagsuniform an, ging ins Hochamt und hörte sich danach die Festrede des Vorstandes an, die ihren Höhepunkt in der Feststellung fand, dass auch ein Bruderverein aus Tirol herübergekommen sei um an diesem besonderen Fest teilzunehmen.

Danach wurde die Fahne geweiht und der Festzug bewegte sich durch die Straßen des Dorfes. Die Leute säumten die Straßen.

»Naa, naa«, wunderte sich die Axtbichlerin Adrian gegenüber, der beim Kramer Exter auf der Treppe stand, »gleich zwölf Musikkapellen sind dabei. Und unsere Buam und Dirndln! Schau doch hin, wie der Kurzenhofer Kaspar die neue Fahne schwingt.«

Ja, es zog ein berauschend schönes Bild durch die Dorfstraßen. Aus den Gassen kam das Echo der Marschmusik, bis der Zug sich hinter dem Sägewerk Antretter auflöste. Im selben Augenblick aber fingen auch schon die Drehorgeln der Schiffsschaukeln und Karussells ihr Spiel an.

Lebkuchenherzen hingen in bunter Fülle an den Stangen der Kramerstände. Dort pries ein billiger Jakob seine Waren an und auf der anderen Seite schrie einer noch aus voller Lunge, dass man im Inneren seines Zeltes eine Dame ohne Unterleib sehen könne. Bis zum Abend war der Mann sicher heiser, wenn er so weitermachte!

»Sieben Schuss fünf Mark«, schrie ein Mädchen mit brandrotem Haar von einem Schießstand heraus. Und sie hatte wohl die meisten Besucher. Die Burschen und Bauern standen ganz dicht an, denn man hatte lange Zeit kein Gewehr mehr in der Hand halten dürfen.

Drei Elfer schoss der Axthammer Simon hintereinander, bis der Kreitaler Florian schrie:

»Stehend ist das kein Kunststück. Aber probier es einmal liegend.«

Sofort wurden aus dem nahen Wirtsgarten zwei Tische herbeigeholt und der Länge nach vor den Schießstand gestellt.

Da lagen sie nun auf den Tischen wie weiland auf dem Schießstand, die Jungen und die Alten. Es war das reinste Preisschießen.

»Die süßesten Früchte
fressen nur die großen Tiere ...«,
spielte die Drehorgel der Jahrmarktschaukel nebenan.

»Ein Herzerl fürs Herzerl ...« wollte eine dicke Frau mit freundlichem Lächeln dem jungen Menschen aufschwatzen, der soeben an ihrem Stand vorüberging.

Aber der Jäger Adrian Sebald hatte kein Herzerl mehr, für das es sich lohnte, so ein Lebkuchenherz mit einem sinnigen Spruch zu kaufen. Langsam schlenderte er an allem vorüber und gelangte schließlich an den Schießstand, in dessen Hintergrund die Tiere des Waldes – aus Pappe zwar – vorüberzogen: ein Hirsch, ein Reh, ein Fuchs.

Soeben wurde der Hirsch von einem Schützen mitten ins Blatt getroffen. Ein gezielter Schuss, dachte Adrian. Dieser Schütze würde wahrscheinlich auch auf weitere Entfernung so schießen. Unbeweglich lag der Mann auf der Tischplatte und lud das Gewehr wieder durch. Plötzlich wechselte Adrian die Farbe und seine Augen hefteten sich starr auf die Schuhsohlen vor sich.

Die Spur, die Spur!, schrie es in seinem Kopf. Die breite Spur, mit dem Nagelkranz in der Mitte und an den Spitzen zwei Eisenkappen.

Wer war der Mensch, der da auf dem Tisch lag und umständlich zielte und seine Schuhe so breit zu öffentlicher Ansicht hinstreckte?

Der Schuss krachte. Wieder war es ein Zwölfer. Lachend richtete der Schütze sich auf und sprang dann vom Tisch.

Adrian meinte, der Schlag träfe ihn. Vor ihm stand riesengroß der Rösner vom Karst. Um seinen Mund zuckte es für Sekunden, dann zog er seinen Hut weiter in die Stirn.

»Urlaub?«, fragte er mit seiner schönen Baritonstimme.

»Ein bissl, ja«, antwortete Adrian, dabei war seine Kehle wie zugeschnürt.

»Na ja, ausschnaufen muss ja der Mensch auch einmal«, meinte der Rösner. Dann ging er davon.

Mit zusammengekniffenen Augen sah Adrian ihm nach. Er ließ ihn jetzt überhaupt nicht mehr aus den Augen und folgte ihm unauffällig. Weiter vorn, bei der Fischbraterei unterhielt sich der Bauer flüchtig mit dem Kurzenhofer Kaspar. Dann schlenderte er weiter durch den Wirtschaftsgarten, in dem eine Musikkapelle spielte, und verschwand im Gastzimmer.

Im Wirtsgarten traf Adrian auf den Mirisgleich, der wirklich zu dieser Zeit seinen wohlverdienten, vierzehntägigen Urlaub im Häusl seiner Schwester verlebte. In seliger Vergnügtheit saß der Alte hinter seinem Maßkrug, hielt ihn liebevoll mit beiden Händen umklammert und stampfte mit seinen Füßen den Takt der Marschmusik mit.

»Komm her, Bub, und sauf«, schrie er Adrian zu.

Adrian trank und setzte sich so, dass er die Tür des Gasthauses im Auge hatte. Ohne den Kopf zu wenden sagte er leise über den Tisch hinüber: »Ich hab die Spur gesehn, Holly.«

»So? Wo denn?«

»Vorhin am Schießstand.«

Der Alte setzte sein Fuchsgesicht auf und studierte. Nach einer Weile meinte er gelassen: »Lass dir deinen freien Tag nicht verderben, Bub.«

Da sagte Adrian nichts mehr über seine Beobachtung. Nur so ganz von weit her fragte er nach einer Weile: »Kennst du den Rösner vom Karst, Holly?«

Der Mirisgleich trank zuerst und lachte dann sein Gegenüber verschmitzt an. »Deinen zukünftigen Schwiegervater meinst?«

Betroffen schaute Adrian auf. »Woher weißt du –«

Da lachte der Alte wieder. »Du bist ein Tschapperl, Adrian. Ein guter Jäger, weiß Gott, aber doch ein Tschapperl, wenn du meinst, ich hätt nicht gemerkt, was dich ständig auf die Rösneralm gezogen hat! Ist ein bildhübsches Mädl! Aber halt verdammt hochmütig. Nichts für einen Jäger. Die braucht einen Bauern und der Rösner wird ihr, wenn es Zeit ist, schon den Richtigen zuführen. Drum sollst du dein Herz nicht strapazieren deswegen.«

»Ich strapaziere mein Herz nicht.«

»Warum hast du dann manchmal so gestöhnt in der Nacht und hast ihren Namen gesagt?«

»Hab ich das wirklich?«, fragte Adrian und wurde brennend rot dabei.

Heiße Würste wurden aufgetragen, Braten, Aufschnitt und alles, was die Küche zu bieten hatte. Adrian bestellte sich ein Mittagessen. Ging denn der Rösner überhaupt nicht mehr aus der Gaststube?

Es wurde ein Uhr und zwei Uhr. Der Rösner kam nicht mehr zum Vorschein. Da ging Adrian unauffällig durch die Gaststube und durch das Nebenzimmer. Der Rösner war verschwunden. Er musste den Gasthof durch die Hintertür verlassen haben.

Der Abend dämmerte. Schon war der Halbmond am Himmel sichtbar. Ganz verschwommen nur trug der Abendwind die Klänge der Blaskapellen und das Drehorgelgedudel aus dem Tal herauf.

Um diese Zeit erhob sich der Rösner von der Bank, die vor der Almhütte stand, und streckte sich.

Sofort war Martha an seiner Seite und umklammerte seinen Arm.

»Tu es nicht, Vater!«

Heftig streifte er die Hand ab.

»Ich muss! Verstehst du denn das nicht? So eine Gelegenheit wie heut find ich nicht so bald wieder. Der Mirisgleich ist unten im Dorf und der andere Windhund auch. Es juckt mir in den Fingern. Gib mir den Stutzen raus.«

»Nein, Vater. Weißt du, ob der Adrian auch jetzt noch unten ist?«

»Und wenn? Hast du Angst um ihn?«

»Ja, Vater. Angst um ihn und um dich.«

»So? Um ihn auch? Hast du schon wieder vergessen, was er dir angetan hat?«

»Er hat mir nichts angetan, Vater. Ich weiß es jetzt, es war alles ganz anders.«

»Aha, jetzt auf einmal!« Er drehte sich brüsk um, ging in die Hütte und holte seinen Stutzen aus Marthas Strohsack.

Wieder umklammerte sie ihn.

»Vater, ich bitt dich, bleib da.«

»Nein, ich muss heut schießen!«

Martha stellte sich vor ihn und bat: »Dann versprich mir wenigstens, Vater, dass es heut das letzte Mal ist. Schau, ich sterb ja vor Angst.«

Einen Augenblick war es, als wollte er sich besinnen. Aber dann war die Leidenschaft in ihm doch stärker. Roh wandte er sich ab. »Halt mich nicht auf, jetzt hab ich noch gutes Licht. Am Plachersteig wartet der Hirsch auf mich.«

Schon rannte er den steilen Hang hinter der Hütte hinauf.

Von Angst geschüttelt und gepeinigt blieb Martha zurück, verkrampfte die Hände ineinander und dachte nur mehr: Du lieber Gott, mach doch, dass alles gut ausgeht ...

Ach, es war ja alles so verworren. Adrian mied sie und vergnügte sich jetzt vielleicht im Dorf unten mit anderen Mädchen, weil sie ihm ja die Tür gewiesen hatte.

Warum hatte sie überhaupt an ihm gezweifelt? Gestern war Isabella da gewesen und heute am Mittag seine Mutter. Ja, die stolze Irene Antretter war zu ihr gekommen um sie zu bitten, dass sie den Adrian nicht so allein lassen möchte.

Der Abend sank tiefer. Die Stimmen der nahenden Nacht standen auf. Und je mehr die Dämmerung aufstieg, desto angstvoller wurde ihr ums Herz. War Adrian wirklich unten geblieben? Schließlich hielt sie es nicht mehr aus, rannte den Berg hinauf zur Jagdhütte.

Sie war versperrt. Niemand war da. Sie wusste nicht, warum sie wie erlöst aufatmete. Irgendwie war sie der Meinung, dass Adrian noch im Dorf unten sei. Ja, natürlich, sein Dienst, das wusste sie, begann ja erst morgen früh wieder. Früher freilich war er immer schon am Abend, ja am Nachmittag heraufgekommen um jede freie Stunde bei ihr sein zu können. Ach, wenn sie nur mehr Mut hätte. Am liebsten würde sie jetzt ins Dorf hinunterlaufen um ihn zu suchen und ihm zu sagen, dass alles wieder gut sei und dass es ihr schrecklich Leid tue, so wenig Vertrauen zu ihm gehabt zu haben. Aber wusste sie, wie er es auffassen würde? Vielleicht dachte er, sie sei ihm nachgelaufen. Nein, wirklich, sie hatte nicht so viel Mut.

Müde und zerschlagen setzte sie sich auf die Bank vor dem Jagdhaus und sah in den sinkenden Abend. Schon blinkten aus der Tiefe einzelne Lichter. Ganz fern klang eine Abendglocke. Aber die Töne kamen aus westlicher Richtung, es war der Schlechtwetterwind, der diese Töne über die Hügel herübertrug.

Ja, es würde schlechtes Wetter geben. Der Dreiviertelmond hatte einen leichten Hof und verkroch sich zuweilen hinter einer Wolke.

Plötzlich waren Schritte zu hören und Martha zuckte erschrocken zusammen. Matthias Egger war es, der vom Pirschgang zurückkam. Schmunzelnd betrachtete er sie und wusste wohl, dass sie nicht seinetwegen, sondern Adrians wegen gekommen war. Trotzdem sagte er lachend:

»Das freut mich, dass du mich besuchst, Martha.«

Verlegen stand sie auf. »Nein, nein, ich bin nur so, weißt du, ganz zufällig bin ich da vorbeigekommen. Bloß ein bissl rasten wollt ich, weißt.«

»Bleib nur sitzen. Ich mag auch ein bissl Unterhaltung«, meinte Egger.

»Nein, jetzt muss ich wieder heim. Gut Nacht, Egger!«

Beim Steiglein, das schon in die Tiefe führte, blieb sie nochmals stehen. »Der Adrian ist wohl nicht da, gelt?«

»Hättest ihn gebraucht?«, fragte der Jäger belustigt, kam ein paar Schritte näher und lehnte sich über den Zaun. »Bist ein recht dummes Dirndl, du.«

»Warum?«, fragte sie. Ach, sie wollte ja so gerne ein bissl dumm sein, wenn nur mit Adrian alles wieder gut würde.

»Weil ich einen kenn«, sprach Egger weiter, »der seit einiger Zeit herumläuft, als wenn ihm die Hennen das Brot weggenommen hätten, und bei der Nacht im Traum dann aufstöhnt und von einer gewissen Martha dummes Zeug daherplappert.«

»Ist's wahr?«, stammelte Martha wie in freudigem Schreck. »Dank schön, Jäger, dass du mir das sagst.«

Lachend sprang sie nun davon. Die Welt war auf einmal wieder ganz wunderbar. Und doch konnte ihr Herz nicht richtig aufjubeln, denn wie ein schwerer Schatten lag nun das Wissen um die dunklen Wege ihres Vaters auf ihrem Gemüt. War es wirklich das letzte Mal, wie er sagte? Wird es ihn nicht immer wieder fassen und mitreißen?

Soeben gab eine vorübergehende Wolke den Mond

wieder frei. Das ganze Land lag plötzlich in einem merkwürdigen Zwielicht. Und in diesem Zwielicht sah Martha zu ihrem Schrecken einen Menschen raschen Schrittes über eine Bodenschneid hingehen. Jetzt sprang er den Hang herunter. Martha duckte sich blitzschnell unter einen Latschenbuschen. Ganz nahe rannte die Gestalt jetzt an ihr vorbei und Martha konnte nur mit Mühe einen Aufschrei unterdrücken, denn sie hatte Adrian erkannt, der jetzt mit einem Satz auf den Steig hinuntersprang und sich wieder aufwärts wandte in südlicher Richtung.

Das war ja die Richtung zum Plachersteig – wo der Vater –

In rasendem Lauf hetzte sie jetzt über den Hang hinauf um auf Richtwegen früher als der Jäger zum Plachersteig zu kommen. Ihr Pferdeschwanz löste sich, sie rannte, als ginge es um ihr Leben.

Schon sah sie den schmalen Taleinschnitt vor sich. In diesem Augenblick krachte ein Schuss. Deutlich sah sie das Mündungsfeuer aufblitzen. Das Brechen von Ästen noch, dann Stille.

Über die Lichtung schlich geduckt ein Schatten, ein großer, mächtiger Schatten. Das musste der Vater sein. Jetzt beugte er sich über ein dunkles Etwas.

›Vater‹ – wollte sie schreien, aber die Stimme erstarb ihr in der Kehle, denn in dieser Sekunde gellte eine helle, scharfe Stimme wie ein Peitschenhieb über die Lichtung hin.

»Das Gewehr weg oder …!«

»Nicht schießen!«, schrie Martha in ihrer Todesangst. Aber die Warnung kam zu spät. Sie wurde auch gar nicht gehört in dem donnernden Echo, das die beiden Schüsse auslösten, die fast gleichzeitig krachten.

Schreiend rannte Martha das letzte Stück hinunter, stellte sich schützend vor die schlanke, schmale Gestalt und wimmerte, in die Knie brechend: »Nicht mehr schießen, bitte, nicht mehr schießen!«

Nein, es schoss niemand mehr, denn die Gestalt, die kaum zehn Meter von Adrian entfernt hinter dem gewilderten Hirschen lag, rührte sich nicht mehr.

Wie gelähmt starrte Adrian das Mädchen an. Der Schrecken war so stark, dass er den Schmerz an seinem rechten Oberarm gar nicht spürte. Ein furchtbarer Verdacht überfiel ihn. Hatte Martha von Anfang an von der Wilderei ihres Vaters gewusst? War ihre ganze Liebe nur ein abgekartetes Spiel gewesen? Warum war sie jetzt hier?

»Wie kommst du hierher?«, fragte er streng.

In diesem Augenblick schnellte sie hoch und stürzte auf die andere Seite hin.

»Vater!«, schrie sie entsetzt und rüttelte ihn an den Schultern. Nur mühsam konnte der Bauer vom Karst den Kopf heben. Seine Hand zuckte hoch, dann lag sie schwer auf Marthas Haar.

»Seine Kugel war sicherer«, flüsterte sein Mund kaum vernehmbar. »Martha, mein liebes –«

Adrian war hinzugetreten und kniete vor dem Verletzten nieder.

»Rösner, warum hast du das tun müssen? Kann ich dir helfen? Ich will den Egger holen, wir bringen dich hinunter zum Arzt.«

Kaum merklich schüttelte der Bauer den Kopf. Seine Hand glitt von Marthas Haar.

»Ich brauch keinen Doktor mehr und – keinen Richter. Seine Augen wurden groß. Er sah die Sterne über sich und den Mond.

»Jesus, Maria – tut's mir vergeben –« stöhnte er mühsam, dann fiel sein Kopf zur Seite.

Aufschluchzend warf sich Martha über ihn, küsste seine Wangen und seine Stirn. Aber es halb nichts, immer wächserner wurde dieses schöne Bauerngesicht. Adrian beugte sich nieder und strich ihm über die Augen, damit sie sich schlossen und nicht so aufgeschlagen blieben, dass es wie eine Anklage aussah. Dann nahm er den Hut ab und faltete die Hände. Ganz still stand er eine Weile. Jetzt spürte er den Schmerz an seinem Arm. Er griff an die schmerzende Stelle. Seine Jacke war dort zerfetzt, Blut sickerte durch die Finger seiner linken Hand. Das war ja noch mal gut abgegangen. Für ihn allerdings nur. Der andere lag jetzt tot im Moos. Und dieser andere war Marthas Vater, der Bauer vom Karst. Sie lag über seiner Brust und schluchzte zum Gotterbarmen. Es tat ihm bis ins Herz hinein weh, aber wenn er bedachte, dass sie von allem gewusst hatte, dann fühlte er sich wie versteint.

»Martha, ich kann nichts dafür, glaub mir …«

»Ich mach dir keinen Vorwurf«, kam es gequält aus ihrem Mund.

Ein tiefes, ehrliches Mitleid überkam ihn. Er fasste sie an den Schultern und zog sie an sich.

»Martha, schau mich einmal an. Hast du es gewusst?«

»Erst seit kurzem.«

»Ich erst seit heute. Durch einen Zufall wurde mein Verdacht auf ihn gelenkt. Hättest du ihn denn nicht davon abbringen können, Martha?«

»Ich hab es versucht und er hat mir versprochen, dass es heut zum letzten Mal gewesen wäre.«

»Mein Gott! Das ist ja alles so furchtbar, Martha. Warum hab denn ich es sein müssen? Warum nicht der Egger? Nun kommt von dir außer der Verachtung auch noch der Hass.«

»Ich hasse dich doch nicht, Adrian«, schluckte Martha und drängte sich wie Schutz suchend an ihn. »Ich weiß doch jetzt, dass ich dir unrecht getan hab. Isabella war da und deine Mutter und ich weiß, dass ich dir hätte glauben müssen. Ach, es hätte alles wieder so gut werden können und jetzt …«

»Ja, jetzt«, sprach er erschüttert nach. Er wusste sich in diesem Augenblick selber keinen Rat. Aber dann besann er sich darauf, was er zu tun hatte.

»Ich muss hinunter ins Dorf und Meldung machen. Es muss alles ordnungsgemäß gemacht werden. Komm mit, ich bring dich bis zur Alm.«

»Nein, Adrian, lass mich bei ihm. Versteh mich doch. Ich hab ihn doch auch gern gehabt und kann ihn nicht so allein lassen in der schwarzen Bergnacht, so wie ich auch dich nicht allein lass, wenn jetzt der Hass der anderen über dich herfällt.«

Ganz still setzte sie sich neben den toten Vater, während Adrians Schritte sich in der Nacht verloren.

Der Wind wurde jetzt lauter. Immer mehr und immer dichtere Wolken zogen jetzt unter dem Mond hin und die Bergnacht war dann wirklich so schwarz, wie Martha vorhin gesagt hatte.

Adrian ging zuerst zur Jagdhütte und weckte den Egger. Der fiel aus allen Wolken, als Adrian ihm schilderte, was geschehen war. Immer wieder schüttelte er den Kopf.

»Der Rösner vom Karst, sagst? An den hätt ich wirklich nicht gedacht. Ja, du, heut Abend war doch die Martha erst da oben bei uns.«

»So? Das weiß ich nicht. Jetzt jedenfalls sitzt sie bei ihrem toten Vater. Egger, tu mir den Gefallen und geh zu ihr jetzt. Ich möcht sie nicht allein lassen.«

Schon schlüpfte Egger in seine Lederhose und in die Genagelten. Dann hob er rasch den Kopf. »Du hast auch was abgekriegt. Lass einmal sehen.«

Adrian streifte die Jacke ab. Es war ein Wunder, die Kugel des Rösner hatte nur seinen Arm gestreift. Zwar hatte sie einen schönen Fetzen Haut weggerissen und es brannte fürchterlich, als der Egger Jod daraufstrich und einen Verband darüberwickelte.

»Mensch, hast du ein Glück gehabt«, sagte er dabei.

Adrian schlüpfte wieder in eine Jacke. Dann sah er plötzlich den Kameraden an.

»Egger, hast du schon einmal einen erschossen?«

Egger wich Adrians fragenden Augen aus.

»Ach – im Krieg – aber da weiß man das nie so genau.«

»Ich meine jetzt nicht im Krieg – ich meine so, wie ich heute einen erschossen habe.«

»Wär's dir lieber, wenn du jetzt tot wärst?«

»Das ist keine Antwort auf meine Frage.«

»Na ja, freilich ist es mir auch schon einmal passiert. Aber nicht hier. Man hat mir dann gesagt, dass ich ein paar Jahr woanders hingehen soll. So bin ich hierher gekommen und – dageblieben.«

»Ach, so macht man das«, antwortete Adrian. »Also, was muss ich jetzt tun?«

»Dein erster Weg ist jetzt zur Polizei und dann ins Schloss. Und lass dir sagen, Adrian: Nimm es nicht zu schwer. Das sind jetzt bloß ein paar Wochen, wo geredet wird, dann wächst Gras darüber, wie über alles Gras wächst.«

So schnell war Adrian selten ins Dorf gekommen wie heute. In den Wirtshäusern herrschte noch Hochbetrieb, als Adrian die Polizeistation verließ und gleich auf dem nächsten Wiesenweg zum Schloss eilte. Hier musste der Förster allerdings erst geweckt werden. Seine Frau – durch die langen Jahre mit allen Gepflogenheiten des Forstlebens vertraut – wusste sofort, dass etwas Außerordentliches vorgefallen sein musste. Aber sie fragte nicht, schenkte dem Jäger vielmehr einen Enzian ein und nötigte ihn zu trinken.

Da kam aber auch schon der Förster aus seiner Schlafkammer, die Hose mit beiden Händen haltend, die grauen Haare wirr durcheinander.

»Was ist los, Adrian?«

»Oben liegt einer, Herr Förster.«

»Teifl, Teifl! Gedacht hab ich mir's aber gleich, als du am Fenster geklopft hast. Wer ist es?«

»Der Rösner vom Karst.«

»Waaas? Was sagst du da? Der Rösner vom Karst? Also, den Menschen hätt ich doch für den grundanständigsten der Welt angeschaut. Adrian, es ist doch hoffentlich alles nach Recht und Brauch gegangen?«

»Jawohl, Herr Förster. Alles nach Recht und Brauch. Ich hab ihn angerufen, da hat es bei ihm schon gekracht. Seine Kugel war schneller, die meine sicherer.«

»Hast du auch was abgekriegt?«

»Bloß einen Streifschuss. Dank schön, Frau Försterin. Der Egger hat mich schon verbunden.«

»Da hilft jetzt alles nichts, wir müssen in dem Fall sofort den Herrn Baron verständigen. Ich muss mir nur schnell Schuhe und Jacke anziehen.«

Hastig knöpfte Rucker seine Hosenträger ein und schloss seinen Hemdkragen.

»Da wird er eine Freud haben, der Herr Baron«, meinte er. Dann fuhr er sich mit gespreizten Fingern durch das Haar und sah halbwegs gekämmt aus. »Also, gehen wir, Adrian.«

Drüben mussten sie in der großen Halle warten. Der Förster setzte sich gleich in einen der weichen Polsterstühle. Adrian aber ging in der Halle auf und ab. Hart wie Hammerschläge klapperten seine Nagelschuhe auf dem Steinboden.

»Setz dich«, sagte der Förster. »Du regst mich auf mit deiner Lauferei«.

Adrian lächelte müde. Der Förster war so aufgeregt,

als hätte er einen erschossen und nicht sein jüngster Jäger. Aber er setzte sich gehorsam.

»Hör einmal, Adrian. Ich muss dich jetzt noch mal fragen, ob es wirklich ordnungsgemäß vor sich gegangen ist.«

Adrian sah den Förster ruhig an. »Wie meinen Sie das, Herr Förster?«

»Na ja, man hört halt auch so manches. Hast du nicht so ein Gspusi mit der kleinen Rösnertochter. Schau, es geht mich ja nichts an, aber die Leut – du kennst die Menschen noch nicht, Bub. Weil es der Vater nicht haben wollte, dass ein Jäger seiner Tochter den Kopf verdreht, drum hat der ihn weggeräumt.«

»Herr Förster!«

»Also gut, reden wir nicht mehr darüber.«

In diesem Augenblick betrat der Freiherr die Halle.

»Sie haben mich rufen – aha – ich kenne mich aus. Wie war es?«

Der Förster und Adrian hatten sich erhoben.

Der Freiherr fingerte in seiner gestickten Hausjacke nach seinem Zigarettenetui, fand es und setzte eine Zigarette in Brand. Seine Hände zitterten nervös dabei.

»Also, raus mit der Sprache.«

»Der Jagdgehilfe Adrian Sebald hat heute Nacht in Ausübung seines Dienstes den Bauern Rösner vom Karst beim Wildern auf frischer Tat ertappt und ihn nach vorherigem Anruf erschossen«, meldete Rucker.

Der Freiherr zerdrückte die eben angerauchte Zigarette im Aschenbecher.

»Verdammte Schweinerei«, schrie er. »Ich habe doch immer wieder gesagt, dass ich keine Toten in meinen Wäldern will! Wäre es denn gar nicht anders gegangen, Adrian?«

»Doch, Herr Baron. Nämlich so, dass jetzt ich tot wäre.«

»Nach meiner Auffassung hat der Sebald vollständig richtig gehandelt, Herr Baron«, unterstützte der Förster seinen jungen Jäger.

»Ich zweifle ja nicht daran, aber –« Der Freiherr drückte auf die Klingel und befahl dem Eberlein Kognak zu bringen. Dann zündete er sich wieder eine Zigarette an. »Die Lage ist nämlich gar nicht so einfach. Dieser Rösner war doch ein angesehener Bauer hier und es ist immerhin peinlich. Natürlich stehe ich voll und ganz zu dir, Adrian. Aber es wird wohl am besten sein, wenn ich dich für ein Jahr anderswo unterbringe, bis über diese Geschichte Gras gewachsen ist.«

»Nein, Herr Baron. Bitte nicht.«

»Warum nicht?«

»Weil das wie Flucht aussähe. Da ich aber im Recht bin, brauche ich nicht zu flüchten.«

»Du kennst die Mentalität dieser Menschen nicht, Adrian. Sie werden dich mit Hass verfolgen.«

»Dann sollen sie es. Aber sie können mir damit nicht den Glauben an mein Recht nehmen.«

»Man soll aber das Schicksal nicht herausfordern, Adrian.«

»Nein, man soll aber auch das Recht nicht beugen vor dem, was die Menschen so leichthin oft Schicksal nennen, Herr Baron.«

»Du bist ein Trotzkopf, Adrian Sebald. Aber wenn du hier bleiben willst, ich überlasse es dir. Ich habe es nur gut gemeint. Ist das Weitere veranlasst? Weiß die Polizei Bescheid?«

Dann musste Adrian noch mal genau den Hergang erzählen, wobei ihm der Baron immer wieder Kognak einschenkte. Als Eberlein dann das eiserne Gartentürchen hinter ihm abschloss, schlug es auf dem Kirchturm zwei Uhr.

Es hatte in der Zwischenzeit zu regnen begonnen

und Adrian kam erst gegen Morgengrauen bis auf die Haut durchnässt in der Jagdhütte an.

Wohl selten hatte Erlwies eine so große Beerdigung erlebt wie die des Bauern Balthasar Rösner vom Karst. Aus allen Dörfern ringsum waren die Menschen herbeigekommen um den Rösners ihre Anteilnahme zu beweisen und deren Hass zu teilen, der selbst vor dem Grab nicht Halt machte. Einer sprach, als er einen Kranz niederlegte, offen von einem Mord, und dass Gott, der Gerechte, den Mörder schon bestrafen würde. Die Musikkapelle intonierte über den »Guten Kameraden« hinaus noch das Wildschützlied:

»Ein stolzer Schütz in seinen besten Jahren,
er wurde weggeputzt von dieser Welt ...«

Auch der Sägewerksbesitzer legte als Vorsitzender der Raiffeisenkasse einen Kranz nieder, weil der Rösner zum Vorstand gehört hatte. Er sprach dabei von einem Ehrenmann, wie es wohl selten einen gäbe im weiten Umkreis. Er sprach von einen tragischen Unglücksfall, obwohl er viel lieber gesagt hätte, dass der Rösner von einem halbwüchsigen Knaben ermordert worden sei. Aber er hatte im Aufschauen die Frau des Oberförsters Rucker stehen sehen und den Gutsverwalter Gruber. So musste er eben leider auf diese Rücksicht nehmen und das verschlucken, worauf ein halbes Dutzend anderer warteten, die nicht verstehen konnten, weshalb der Antretter so um den Brei herumredete, wenn er in der vergangenen Nacht beim Kreuzwirt im kleinen Kreise erst versichert hatte, dass das Maß dieses »Saububen« Adrian endlich voll sei.

Am Grab standen die Kinder des Toten und hatten die Mutter in ihrer Mitte. Martha hatte sich am wenigsten in der Gewalt, sie weinte herzzerreißend und steckte ihre Schwestern damit an. Nur die Buben, der Matthias und der Benno, verzogen keine Miene. Die Brauen hart gefurcht, das Kinn vorgeschoben, so standen sie am Grab und waren sich noch nicht einig geworden, wer von ihnen den Vater rächen sollte, obwohl sie eine halbe Nacht darüber gewürfelt hatten.

Um diese Zeit saß Adrian hoch oben in den Bergen und ließ sich von der Sonne bescheinen, die nach dreitägigem Regen endlich wieder zum Vorschein gekommen war. Wenn er an die letzten Tage dachte, dann wollte es ihm fast Leid tun, jemals Jäger geworden zu sein. Man hatte ihn ja vernommen und nach allen Richtungen hin ausgefragt wie einen Angeklagten. Es war gerade so gewesen, als wäre der Tote im Recht und er im Unrecht. Ob er ihn einmal oder dreimal angerufen hätte. Ob es da nicht einen Paragraphen gäbe, hatte einer der Herren wissen wollen, dass man erst nach dreimaligem Anrufen schießen dürfe.

Hier war ihm der Freiherr beigesprungen und hatte mit zornrotem Kopf geschrien, wann denn der Jäger zum zweiten oder dritten Mal anrufen sollte, wenn es die Herren Wildschützen schon nach dem ersten Anruf krachen ließen. Ob der Streifschuss am Arm seines jungen Jägers noch nicht Beweis genug wäre?

Nein, es ließ sich nicht leugnen. Die Sympathien standen ausnahmslos aufseiten des Erschossenen und Adrian wurde einfach nicht klug daraus, begriff nicht, weshalb man ihm anriet sich in der nächsten Zeit nicht im Dorf sehen zu lassen. In wildem Trotz wollte er sogar zur Beerdigung gehen. Ja, er hatte in Notwehr einen Menschen erschossen. Wo lag da die Schuld? Vor wem musste er die Augen niederschlagen? Stand denn außer seinen Jagdkollegen niemand hinter ihm?

Doch. Er wusste es nur nicht, welch eine leidenschaftliche Verfechterin seine Mutter für sein Recht war. Sie hatte vom ersten Augenblick an zu ihm gestanden und hatte ihn verteidigt, als der Antretter ihn einen skrupellosen Mörder nannte. Rede war auf Gegenrede gefallen und nun hatten die beiden Eheleute schon drei Tage nicht miteinander gesprochen.

Erst heute kam das Gespräch wieder darauf, als der Sägemüller, so um fünf Uhr nachmittags, nicht mehr ganz nüchtern von der Beerdigung heimkam. Sie sah es gleich, weil er den Hut so weit aus der Stirn geschoben hatte und seine Augen einen so starren Blick hatten. Er warf den Hut auf die Bank und riss die schwarze Krawatte herunter.

»Zum Postwirt hättest du heut hingehen sollen nach der Beerdigung. Dann hättest du gehört, was man über deinen Herrn Sohn alles sagt.«

»Ich bin nicht neugierig darauf.«

»Na ja, ich weiß schon, über dein Herzbinkerl darf man ja nichts sagen.«

Da war nun wieder dieser verletzende, hohnvolle Ton, der Irene so wehtat. Aber sie wollte nicht zornig erwidern, wollte sich nicht aufregen, wollte sich zur Großzügigkeit zwingen um des kleinen Wesens willen, das in ihr wuchs.

»Du sollst nicht ungerecht sein, Anton. In diesem Fall gibt es für mich nur Recht oder Unrecht. Jeder vernünftige Mensch wird dir sagen, dass Adrian im Recht war. Sähest du es denn lieber, wenn ich heute hinter dem Sarg meines Sohnes hergegangen wäre?«

Er sah sie mit halb zugekniffenen Augen eine Weile an. Dann sagte er kalt: »Das lässt sich nicht über den Daumen hin sagen. Der Rösner war ein Esel, dass er so schlecht gezielt hat.«

»Anton!«, schrie Irene auf. »Das hättest du jetzt nicht sagen dürfen! Was bist du für ein Mensch? Mein Gott, ich habe Angst, dass dein Kind – einmal deine Zwiespältigkeit erben könnte.«

Der Antretter fuhr mit dem Gesicht herum und starrte sie an. »Was sagst du da?«

Müde ließ Irene sich auf das Sofa sinken.

»Ach, ich habe mir den Moment schöner vorgestellt, in dem ich dir sagen könnte, dass wir ein Kind haben werden.«

Diese Botschaft ging nicht ganz spurlos an dem Mann vorüber. Es ergriff ihn ganz sonderbar. Immer hatte er sich ein Kind gewünscht. Nun sollte er es haben. Es kam ein neues Leben in die Sägemühle. War das ein Wink des Schicksals, dass er sein eigenes unstetes Leben abstreifen und wieder einmünden solle in die ruhige und klare Bahn, aus der es ihn vor Jahren herausgerissen hatte?

Ganz nüchtern war er plötzlich. Er setzte sich zu ihr und nahm ihre Hand.

»Wird es ein Bub sein, Irene?«

»Das wünsche ich für dich. Aber nun schau, Anton, wäre es ein Bub und käme er im Jünglingsalter in die gleiche Lage wie jetzt mein Adrian, würdest du dann auch so erbarmungslos den Stab über ihn brechen? Würdest du dann auch da, wo eindeutig das Recht ist, das Unrecht voranstellen?«

Ihre Worte berührten eine längst verschüttete Saite in ihm. Er musste ihr Recht geben und es kam ihm überhaupt so vor, als hätten sie sich in der letzten Zeit vollständig auseinander gelebt. Nun war etwas Neues da, etwas Wunderbares. Es machte ihn der Frau wieder geneigt, er wollte gut sein zu ihr und war es auch. Sein anderes Leben, das dunkle, verworrene, verschwand wie hinter einer grauen Nebelwand und er hatte den Wunsch, dass es nie mehr heraufkriechen möge.

In der Nacht aber, Irene schlief bereits, stand er auf und stellte sich ans Fenster. Ein paar kümmerliche Sterne blinkten am Himmel und das Plätschern des Mühlbaches war der einzige Laut in dieser Nacht.

Nein, er konnte sich nicht befreien. Er war dem Dunklen zu tief verhaftet, es ließ ihn einfach nicht los. Und selbst wenn er loskommen wollte, die anderen würden ihn mit Eisenklammern halten. Wer gab ihm die Gewissheit, dass ihn der eine oder der andere nicht verriet, wenn er sich losriss von ihnen?

Um der Wahrheit willen muss gesagt werden, dass der Sägewerksbesitzer in dieser Nacht einen schweren Kampf mit sich führte. Zuweilen stöhnte er auf, einmal sogar so laut, dass die Frau es hörte.

»Anton«, rief sie ihn leise an. »Komm her zu mir.«

Ganz still lag er dann. Sie nahm seine Hand und legte sie auf ihren Bauch.

Darüber schlief er ein und nichts schreckte ihn in dieser Nacht mehr aus seinem stillen, ruhigen Traum.

12

Am nächsten Tag kam es auf dem Karst zu einer heftigen Auseinandersetzung zwischen den Geschwistern, an der nur Monika nicht beteiligt war, weil sie ja weggeheiratet hatte. Vielleicht wäre sie die leidenschaftlichste Verfechterin für das gewesen, was die Brüder beschlossen.

Dass der Vater zu rächen sei, darüber waren sie sich einig. Nur wer es tun sollte, darüber stritten sie sich noch. Matthias brachte zwei Spielkarten und gab sie seiner Schwester Afra. Dann wandte er sich an Benno.

»Wer das Herzass zieht, den trifft es.«

Benno zog das Herzass und nickte.

»Es muss nicht heute und nicht morgen sein. Aber

wenn er mir vor den Lauf kommt, halt ich sicherer hin als der Vater.«

Da reckte Martha sich hoch auf. Sie war bereits wieder für den Almgang gekleidet. Für die paar Tage hatte man eine Taglöhnersfrau hinaufgeschickt, die sich um die Alm kümmerte. Aber nun musste Martha dort wieder ihre Arbeit aufnehmen.

»Was ihr da tun wollt, ist gemeiner Mord«, sagte sie mit klarer Stimme.

»Und was war es bei ihm, dem grünen Hund?«

Martha schloss die Augen. Sie hatte in diesen Tagen so viel anhören müssen und war oft erschrocken vor der Welle des Hasses, die sich über Adrian ergoss. Vielleicht hatte sie in diesen Tagen mehr gelitten als alle Geschwister zusammen. Sie war doch bei dem einsamen Tod des Vaters anwesend – nur sie und Adrian – und Adrian hat ihm dann die Augen zugedrückt. Dann war sie allein beim Vater gesessen, die ganze Nacht im Regen, bis sie kamen und ihn wegtrugen.

Lauernd war Benno, der ältere Bruder, an sie herangetreten und fragte zischend: »Ich glaub gar, du bist immer noch vernarrt in den Kerl?«

»Ach, glaubt doch, was ihr wollt. Soll ich ihn vielleicht hassen, bloß weil ihr ihn hasst?«

»Er hat unsern Vater erschossen«, warf Matthias ein und Afra schrie dazwischen, dass man so etwas nie vergessen dürfe.

»Vergessen, was heißt vergessen«, wehrte sich Martha. »Ihr könnt ihn doch nicht einfach ermorden.«

»Und du? Kannst du vielleicht einen heiraten, der deinen Vater umgebracht hat?«, fragte Benno, der ja hier nun wohl der Bauer sein würde. »Ich glaub, du bist so schlecht und könntest dem Jäger verraten, was wir im Sinn haben.«

Martha hatte auf einmal gar keine Furcht mehr. In

diesem Augenblick wurde ihr klar, dass ihr Platz eindeutig bei Adrian war und dass sie ihn bei so viel blindem Hass nicht allein lassen durfte.

»Ich werde ihn warnen«, gestand sie offen.

In diesem Augenblick erhielt sie einen klatschenden Schlag ins Gesicht und gleich darauf einen zweiten. Jeder der Brüder hatte zugeschlagen und Afra trat jetzt nahe an sie heran und spuckte ihr ins Gesicht.

Martha wehrte sich nicht. Und wenn man sie erschlagen hätte, sie hätte sich nicht gewehrt, sondern hätte alles um ihrer Liebe willen ertragen. Dann wandte sie sich schweigend um und nahm ihr Schultertuch.

»Du bleibst da!«, schrie Benno. »Denkst denn du, dass ich dich noch auf die Alm lasse?«

In diesem Augenblick betrat, von dem Lärm angelockt, die Rösnerin die Stube. »Was ist denn los hier?«

Alle drei schrien durcheinander, beschuldigten Martha der Undankbarkeit und zum Schluss verlangte Benno wütend, dass die Afra auf die Alm gehen solle anstatt der Martha, die zu so einem Lumpen halte, der den Vater erschossen hatte.

Die dunklen, traurigen Augen der Frau gingen von einem zum anderen. Zum Schluss blieben sie auf Martha haften.

»Er hat ihm die Augen zugedrückt, hast du gesagt?«

Martha nickte.

»Schon allein deshalb will ich nicht, dass ihr eine Dummheit macht.« Das sagte sie zu den Buben. Dann wieder zu Martha gewendet: »Du musst jetzt wissen, ob du eine Rösnertochter bist. Geh meinetwegen auf die Alm und – halt zu ihm. Aber dann muss ich vergessen, dass du meine Tochter bist, und ihr müsst vergessen, dass sie eure Schwester ist. Du kannst dann nur noch die unterste Magd bei uns sein. So, du hast jetzt die Wahl. Entweder geht jetzt die Afra auf die Alm – oder du.«

Das hatte viel weher getan, als vorhin die Schläge ins Gesicht. Aber es gab auch hier kein Zugeständnis. Ihr Weg war klar vorgezeichnet und sie würde ihn gehen. Mit erstickender Stimme fragte sie: »Könnt ihr mich denn nicht verstehen?«

Keine Antwort, nur abweisende, kalte Gesichter.

Da zog sie ihr Schultertuch straff und ging zur Tür. Einen Augenblick sah es so aus, als ob die Mutter ihr noch den Weg vertreten wolle. Martha suchte hilfeflehend ihren Blick. Da wandte die Rösnerin sich um und schaute zum Fenster hinaus.

Lautlos fiel hinter Martha die Tür ins Schloss. Damit man sie von der Stube aus nicht mehr verfolgen könne, ging sie gleich hinter dem Hof den Hang hinauf und verschwand in der Tannenschonung. Erst nach einem großen Umweg gelangte sie zum Friedhof und an des Vaters Grab. Die Kränze waren noch ganz frisch, nur die Schleifen waren etwas von der Sonne ausgebleicht.

Jetzt erst konnte Martha weinen und empfand es mit schmerzlicher Deutlichkeit, dass man mit Toten nicht mehr reden kann. Aber vielleicht wäre der Tote da unten gerechter als die Lebenden auf dem Hof. Zumindest streckte sich keine Hand fluchend aus dem Grab, als Martha schluchzend über den frischen Hügel hinsprach, dass sie zu Adrian halten müsse, auch wenn man sie deswegen verdamme und verstoße.

Manchmal überlegte Adrian jetzt, ob es nicht doch besser gewesen wäre, ein paar Jahre fortzugehen. Der Baron hatte im Flachland draußen noch eine Niederjagd, sodass er gar nicht aus dessen Diensten hätte gehen brauchen. Der Baron hatte ihn sogar noch mal gebeten dorthin zu gehen. Und wieder hatte Adrian abgelehnt. Diesmal aber war Martha der Hauptgrund, die seinetwegen die Verachtung und Ausstoßung der Ihren auf sich genommen hatte. Durfte er sie allein lassen?

Auch ein anderes Angebot lehnte er ab, das er vielleicht unter anderen Umständen angenommen hätte, so sehr hatte es ihn gefreut, als von Onkel Goliath der Brief gekommen war.

Jawohl, Onkel Goliath, der sich seit der Beerdigung des Malers Felix Sebald in eisiges Schweigen gehüllt hatte, schrieb plötzlich einen recht freundlichen Brief an seinen Neffen Adrian.

»Ich habe in der Zeitung gelesen, dass dir das Pech im Revier passiert ist. So wie ich die Sachlage beurteile, ist dein weiteres Verbleiben dort kaum möglich. Darum lade ich dich ein zu mir zu kommen, bis Gras über die Geschichte gewachsen ist. Du sollst nicht meinen, dass dein Onkel ein Unmensch ist und dich im Stich lässt. Wenn dir die Landwirtschaft nicht zusagt, weiß ich was anderes. Ein Freund von mir, der Brauereibesitzer Engelhardt, hat eine große Jagd und braucht einen tüchtigen Jäger, der ihm das Revier sauber macht. Ja, es wird auch hier gewildert, wenn vielleicht auch nicht in dem Umfang wie bei euch. Also, schreib gleich, wie du darüber denkst. Einstweilen grüßt dich aufs Allerbeste dein Onkel Goliath.«

Keinen Gruß an die Mutter. Nur Wohlwollen für ihn allein. Natürlich konnte Adrian deshalb nicht annehmen, weil er das Angebot des Barons auch abgelehnt hatte. Er stand auf dem Standpunkt, dass er im Recht sei, und war unter keinen Umständen bereit sich der Meinung derer zu beugen, die ihn mit solch kalter Verachtung behandelten. Nein, es störte ihn nicht, er ging durchs Dorf, wenn ihn der Weg hinunterführte, und schlug vor niemandem die Augen nieder. Nach einiger Zeit merkte er auch, dass es nachließ. Man grüßte ihn da und dort wieder, wo man sich zuerst schnell verborgen hatte. Freilich, als er dem Rösner Benno einmal begegnete, erschrak er vor dem Blick des brennenden Hasses, der ihn traf.

Hier gab es wohl keine Versöhnung und keinen Weg zu einer Verständigung. Der Hass blühte über das Grab hinaus und traf auch Martha mit der ganzen Wucht. Einmal in der Woche erschien eines von den Geschwistern um die Almerträge abzuholen und einen Sack mit Lebensmitteln hinaufzubringen. Aber keiner sprach ein Wort mit Martha, selbst die Afra war nur Kälte und eisige Verachtung.

»Wo ist das Geld?«, konnte sie fragen ohne die Schwester dabei anzusehen.

Geld? Jawohl, Martha hatte Milch, Butter und Käse an die vorüberkommenden Touristen verkauft. Hier war das Geld dafür. Mehr war es nicht. Martha lieferte es auf Heller und Pfennig ab, sogar das Trinkgeld, das ihr der eine oder andere Gast einmal gegeben hatte. Aber die Afra war voller Misstrauen. Ob das alles sei, fragte sie. Im letzten Monat sei es mehr gewesen. Sie vergaß dabei, dass es schon auf den Herbst zuging und nicht mehr so viele Wanderer kamen. Dann fiel das letzte, böse Wort, indem Afra voller Zweifel fragte, ob sie vielleicht dem Kerl da oben in der Jagdhütte Geld zusteckte.

Das war selbst für die geduldige Martha zu viel. Mit einem hellen Schrei des Zornes riss sie sich aus ihrer Schweigsamkeit heraus, nahm den eisernen Schürhaken und holte zum Schlag aus. Gerade im letzten Augenblick noch sprang Afra hinaus.

»Ihr seid ja viel schlechter, als ich es mir überhaupt vorstellen konnte«, schrie Martha ihr noch nach und warf die Tür hinter ihr zu.

Martha trug es für sich allein. Sie wollte Adrian nicht damit belasten. Wenn er kam, riss sie sich zusammen und zeigte ihm ein frohes Lächeln. Er sollte nicht wissen, wie sie unter der Verachtung litt. Ach, es war ja alles gut, wenn er bei ihr war. Seine Zuversicht und sein Glaube, dass am Ende doch alles noch einmal gut würde, schenkten auch ihr Kraft und Vertrauen. Manchmal, wenn sie so voller hingebender Zärtlichkeit war, hielt sie plötzlich inne, wie um sich zu prüfen, ob gar nichts Störendes da sei, das sich zwischen ihn und sie schieben könnte. Ob nicht einmal des Vaters schmales Gesicht auftauchen würde und seine Augen sie vorwurfsvoll ansehen könnten? Doch nichts von dem geschah. Ja, manchmal meinte sie sogar, dass der Tote der Einzige vielleicht wäre, der die große Not ihres Herzens verstünde und ihr güteschwer zulächle.

Jedes Beisammensein gab ihnen neue Kraft und Zuversicht und mit Schrecken dachte Adrian an die Zeit, wo Martha nicht mehr auf dem Berg sein würde. Ja, die Tage schwanden unerbittlich dahin, der Sommer ging zur Neige. In den Bauerngärten drunten verblühten schon die Rosen. Ein einziger Herbstreif hatte im Malerhäusl unten die herrlichen Banksinias geknickt und zum Sterben verurteilt.

Ja, er war oft bei Martha, dabei vernachlässigte er aber keineswegs seinen Dienst. Aber es war auch schon merkwürdig, dass immer er auf die Fährte traf. Der Egger war genauso gewissenhaft, aber es gelang ihm einfach nicht, den einen oder den anderen zu überführen.

Adrian war es wieder, der an einem Herbstmorgen auf eine Spur im Jungwald stieß, die ihn ins Nachbardorf vor das Haus des Geschwendners führte. Mit dem herbeigeholten Polizisten machte er daraufhin eine erfolgreiche Hausdurchsuchung und der Gschwendner wurde zwar nicht verhaftet, aber zur Anzeige gebracht. Damit war Adrians Schicksal endgültig besiegelt.

»So kann es nicht weitergehen«, sagte der Adamer Gori auf einer nächtlichen Zusammenkunft beim Kreuzwirt. Um ihn herum saßen der Gschwendner, der Höllerer Andreas, der Bader Florian und der Kurzenhofer Kaspar. Den Vorsitz führte wieder der Sägemüller Anton Antretter. Neben ihm hatte, an Stelle des toten Rösners, dessen Sohn Benno Platz genommen.

»Entweder wir geben es ganz auf oder wir zeigen ihm, dass auch seine Bäume nicht in den Himmel wachsen«, ließ sich jetzt der Andreas vernehmen.

»Hättet ihr mich handeln lassen, damals gleich«, sagte der Benno mit Ruhe, »dann wärt ihr ihn los. Aber da war man ja gefühlsduselig und hat gesagt, das wär Mord.«

»Das sag ich auch heut noch«, antwortete der Sägemüller mit Nachdruck. »Du hättest dein Leben lang kein ruhiges Gewissen mehr. Nein, wir müssen schon zu einem anderen Mittel greifen.«

»Ein Packl schicken vielleicht, dass es ihn zerreißt, wenn er es aufmacht«, schlug der Adamer Gori vor.

»Schmarrn! Das ist genauso Mord«, belehrte der Antretter ihn. »Es muss auch einen anderen Weg geben. Es muss auch nicht heut oder morgen schon sein. Zuerst müssen die großen Treibjagden vorbei sein.«

»Weißt du vielleicht so einen Weg?«, wurde er dann gefragt.

»Vielleicht weiß ich einen«, überlegte der Sägemüller. »Wer hat von euch noch was Verdächtiges daheim? Adamer, du musst noch zwei oder drei Rehdecken haben. Wer noch was hat, der soll es ins Versteck bringen.«

Das Versteck kannte jeder. Es war im Holzlager der Sägemühle. Der Sägemüller hatte auch seinen Plan bereits gefasst. Aber er behielt ihn für sich. Ein paar Wochen lang war es so gewesen, als erwäge er tatsächlich eine Umkehr von diesem schiefen Weg. Aber er konnte ja nicht aus, sie hatten ihn in der Hand. Zudem war immerhin ein schönes Stück Geld zu verdienen, denn die schiefen Geschäfte betrafen ja nicht nur das Wildern, sondern auch einen ergiebigen Schmuggel mit Handelswaren über die Grenze.

Nur einem hatte er sich heftig widersetzt. Auf keinen Fall wollte er dulden, dass Adrian meuchlings umgelegt würde, so wie es der Heißsporn Benno beschlossen hatte. Es war immer gut, wenn einer da war, der die Übersicht und das Heft in der Hand behielt. Und er hatte es in der Hand, besser denn je. Sie waren auf ihn und seine Verbindungen angewiesen. Ohne ihn hingen sie in der Luft.

Irene verwahrte die zweiten Schlüssel zum Malerhäusl in einer Schatulle aus Ebenholz, in der sich auch ihr Schmuck befand. Manchmal hatte sie den Schlüssel schon der Haushaltshilfe gegeben, damit sie die Fenster drüben öffnete und sauber machte, wenn sie selbst gerade die Zeit dazu nicht fand. Niemand konnte sonst zu der Schatulle, denn den Schlüssel dazu hatte sie unter ihrer Matratze versteckt. Das hatte bisher selbst Anton Antretter nicht gewusst. Jetzt aber wusste er es, weil er es genau beobachtet hatte.

Es geschah nichts Aufregendes in diesen Wochen. Irene ging glücklich durchs Dorf und ihren Sohn aus erster Ehe, den sie wieder einmal im Malerhäusl aufsuchte, als er gerade frei hatte, beeindruckte die Neuigkeit, dass er einen Bruder oder eine Schwester bekommen sollte, in keiner Weise. Er konnte sich weder freuen darüber noch ärgerte es ihn. Es war ihm so gleichgültig, wie ihm der Antretter unsympathisch war. Im Übrigen hatte er seine eigenen Sorgen. Acht Tage vielleicht noch, dann musste Martha von der Alm abziehen. Wie würde es dann werden?

Die Treibjagden waren vorbei. Die Jäger hatten im Augenblick eine ruhige Zeit. Der Egger nahm seinen wohlverdienten Urlaub, grub daheim den Garten um und brachte die Kartoffeln des kleinen Ackers heim. Es war die schönste Zeit des Jahres für ihn, wenn er einmal ungestört vierzehn Tage bei seiner Frau und seinen beiden Kindern sein konnte.

Eines Tages, er war gerade damit beschäftigt, das Kartoffelkraut auf dem Acker zu verbrennen, stieg der Kommissar des Landpolizeipostens draußen auf der Straße vom Rad, lehnte es an einen Baum und kam über den Acker auf ihn zu.

»Haben Sie einen Augenblick Zeit, Egger?«

Egger warf schnell noch etwas von dem halb dürren Kraut über das offene Feuer, dann steckte er die Gabel in den Boden.

»Worum handelt es sich?«

Der Polizist zog ein mit Maschinenschrift beschriebenes Blatt aus dem Ärmelaufschlag seines Uniformrockes, reichte es dem Jäger, damit er es las.

Egger las und verfärbte sich schon nach dem dritten Absatz. Sein Gesicht war in diesem Augenblick so grau wie die Asche von seinem verbrannten Kartoffelkraut. Dann flog eine dunkle Zornröte über seine Stirn, als er dem Kommissar den Brief zurückgab.

»Das ist eine Gemeinheit. Noch dazu ist der Brief anonym.«

»Ja, das sagte ich mir auch. Anonymen Anzeigen gehen wir sonst eigentlich nicht nach. Aber heute früh lag nun dieser Zettel im Briefkasten.«

Es war ein kleiner Zettel, auf dem mit Druckbuchstaben stand: »Schläft die Polizei im Fall Sebald?«

Der Brief selbst aber lautete:

»An die Polizeistation in Erlwies.

Die Tätigkeit der hiesigen Polizei in allen Ehren.

Trotzdem ist es verwunderlich, dass sich die Herren Polizisten mit einem geradezu glühenden Eifer einsetzen, wenn es sich darum handelt, einen zu verhaften oder das Haus zu durchsuchen, wenn er bloß einen armseligen Hasen gewildert hat. Hingegen drücken sie in einem anderen Fall gerne die Augen zu. Gemeint ist der Jäger Sebald, der aus reinem Sadismus hinter jedem armen Teufel her ist, dabei aber selbst die dunkelsten Geschäfte betreibt. Die Polizei brauchte sich bloß einmal die Mühe machen sein abgelegenes Haus zu durchsuchen, bis zum Speicher hinauf. Dann würden ihr die Augen aufgehen. Diesem Ehrenmann gehört endlich das Handwerk gelegt und die Larve vom Gesicht gerissen. Sollte die hiesige Polizei nichts unternehmen, werden andere Wege beschritten werden, diesen Halunken zu überführen. Schließlich ist ja die Polizei Erlwies nicht die letzte Instanz in solchen Sachen.

Ein paar gute Beobachter.«

»Was meinen denn Sie, was man nun machen soll?«, wollte der Polizist vom Egger wissen.

»Das sind ja Hirngespinste. Der Adrian und krumme Wege! Eher fällt der Mond vom Himmel runter. Nein, für den Adrian lege ich die Hand ins Feuer.«

»Im Grunde genommen ich auch. Aber der Brief ist nun einmal da und es ist zu befürchten, dass diese sogenannten guten Beobachter, wenn wir nichts unternehmen, schließlich auch an den Freiherrn schreiben. Ich bin ja fest überzeugt, dass nichts gefunden wird und dass das Ganze nur eine üble Verleumdung ist. Aber nachsehen müssten wir schließlich doch. Wir bekommen sonst keine Ruhe.«

»Ja, natürlich. Etwas muss geschehen nur um den Lumpen das freche Maul zu stopfen«, antwortete Egger und nahm seine Jacke vom Boden auf.«

»Könnten Sie mit mir kommen?«

»Ich? Nein. Ich schnüffle keinem Kameraden nach. Adrian soll selber dabei sein.«

»Wissen Sie, wer den Schlüssel zum Malerhäusl hat?«

»Wahrscheinlich Adrian selber. Ich gehe sofort zu ihm hinauf. Hoffentlich ist er nicht grad auf Pirsch, damit ich ihn antreffe.«

Egger hatte Glück. Adrian war eben zurückgekommen und wollte nun zur Rösneralm gehen, weil Martha am anderen Tag ihr Vieh heimbringen musste.

»Egger, du?«, sagte er verwundert, als er den Jäger auftauchen sah.

»Ja, Adrian, ich bin's. Du sollst runterkommen auf die Polizei. Es ist da irgendeine Schweinerei im Gange.«

»Meinetwegen? Egger, sag mir die Warhehit.«

»Ich weiß es nicht, Adrian«, wich Egger aus. Es widerstrebte ihm, dem Kameraden das Ungeheure zu sagen. »Geh nur«, drängte er. »Ich bleibe hier oben, bis du wiederkommst.«

Zehn Minuten später rannte Adrian schon durch den Wald hinunter. Am Waldrand erwartete ihn der Kommissar mit seinem Oberwachtmeister. Und da erst jagte es ihm das erste, unangenehme Gefühl ein.

Warum warteten die bereits auf ihn? Er trat auf die beiden zu.

»Sie haben mich herunterbestellt?«

»Ja, es tut mir Leid«, meinte der Kommissar, »ich meine – es ist in gewisser Hinsicht lächerlich.«

»Was ist lächerlich?«

»Hat der Egger Ihnen nichts erzählt? Bei Ihnen soll eine Haussuchung durchgeführt werden.«

»Bei mir?«, fragte Adrian mehr belustigt als verärgert. »Was wollen Sie denn bei mir finden?« Wieder lachte er hellauf. »Vielleicht Wildbret?«

»Vielleicht«, antwortete der Kommissar ernst werdend.

Adrian verstand das alles nicht. Da er aber ein reines Gewissen hatte, ging er wohlgemut zwischen den zwei Polizisten durchs Dorf.

Eine Viertelstunde später aber verging Adrian das Lachen.

Auf dem Speicher seines Hauses wurden sechs Rehdecken, zwei Hirschgeweihe, ein Dutzend getrockneter Hasenfelle, etwa zehn Schlingen und ein Abschraubstutzen gefunden.

Dem Kommissar war jetzt auf einmal sein Auftrag nicht mehr unangehm. Der Fall begann ihn zu fesseln und er sah sich im Geiste schon in seine Meldung schreiben: »Jagdgehilfe des Wilderns überführt.« Und in der Zeitung würde es dann heißen: »Der rührigen Polizei von Erlwies ist es gelungen …«

»Tja«, sagte er immer noch freundlich, aber schon mit dem Unterton leichter Befriedigung, wie sie jeder Polizist empfindet, wenn ihm einmal etwas gelungen ist, »das ist nun recht peinlich, nicht wahr, Sebald?«

Der zweite Polizist hatte inzwischen hinter einem Balken noch eine Schachtel mit Patronen gefunden und zeigte sie seinem Vorgesetzten.

Adrian verlor zum ersten Mal seine Ruhe.

»Aber Herr Kommissar, Sie werden doch nicht glauben –«

»Ich glaube gar nichts, nur das, was ich sehe, und das ist ziemlich viel.«

»Ja – aber –«

»Tut mir Leid, Sebald. Es besteht der dringende Verdacht, dass Sie diese Sachen hier alle gewildert haben.«

»Sie sind wohl verrückt?«, schrie Adrian.

»Bitte werden Sie nicht frech, sonst kommt auch noch Beamtenbeleidigung dazu.« Der Kommissar wandte sich an den Wachtmeister. »Burgmayer, Sie fahren zum Schloss und verständigen den Herrn Förster.«

»Aber das ist ja alles Wahnsinn, das ist ja ...«

»Was es ist, wird sich schon herausstellen. Wer hat denn die Schlüssel zu diesem Haus?«

»Ich.« Adrian dachte in diesem Augenblick wirklich nicht an die zweiten Schlüssel.

»Na also. Folglich müssen Sie aufgesperrt und die Sachen hier heraufgebracht haben. Sie können doch nicht zum Dach hereingeflogen sein. Wir können jetzt wieder hinuntergehen.«

Im Wohnzimmer unten setzte sich der Kommissar an den Tisch, nahm seine Brille und zog Bleistift und Notizbuch heraus. Er war nun wieder einen Grad freundlicher.

»Wann sind Sie geboren, Sebald?«

Adrian konnte kaum klar denken. Ganz mechanisch gab er seine Antworten. Es war ihm, als habe ihm jemand mit einem Prügel vor den Kopf geschlagen. Er suchte einen Ausweg aus dem Wirrwarr seiner Gedanken und fand ihn nicht. Seine einzige Hoffnung war nur noch, dass der Förster ihm beistand. Natürlich, der Förster kannte ihn doch genau. Er würde nie glauben, was dem Kommissar hier so wenig Mühe machte zu glauben.

Wie eine Ewigkeit kam es ihm vor, bis er den Förster mit dem Wachtmeister die Straße heraufkommen sah. Wenig später betraten die das Haus.

»Adrian«, nannte der Förster den Jäger noch und lachte dabei ein wenig. »Mach dir doch nichts draus, das wird sich ja leicht klären lassen.«

Das war, bevor er mit den Polizisten auf den Speicher stieg. Als er wieder herunterkam, war es anders. Sein Gesicht war auf einmal ganz schwer und traurig. Und er sagte jetzt auch nicht mehr Adrian, sondern Sebald.

»Sebald, erkläre mir, wie die Sachen auf deinen Speicher kommen.«

»Ich weiß es nicht, Herr Förster.«

»Herrgott, gib doch nicht solch alberne Antworten. Du musst doch wissen, wie diese Sachen da hinaufkommen.«

»Ich weiß es aber doch nicht, Herr Förster.«

Zornrot im Gesicht schrie der Förster: »Wenn doch sonst niemand einen Schlüssel hat als du! Sei doch nicht so verstockt.«

Flammend vor Empörung riss Adrian den Kopf zurück und sah dem Förster in die Augen.

»Herr Förster, Sie werden doch nicht glauben, dass ich gewildert habe?«

»Glauben? Was heißt glauben. Bring zuerst die Beweise her, dass es nicht so ist.«

»Um Gottes willen«, stöhnte Adrian und presste die Hände vor die Stirn.

Adrian war verzweifelt. So leicht, so furchtbar einfach war es also, über einen Menschen den Stab zu brechen. Und er konnte sich nicht dagegen wehren. Den Polizisten nahm er es gar nicht so sehr übel. Es gehörte zu ihrem Beruf, misstrauisch zu sein. Aber dass der Förster an ihm zweifelte, das tat ihm bis in die Seele hinein weh. So wie der Förster würden jetzt alle an ihm zweifeln.

Nein, nein, schrie es in ihm. Der Mirisgleich kannte ihn, der Egger kannte ihn doch auch genau. Mit denen wollte er sprechen und sich beraten. Hier aber, nein, hier würde er nun auf nichts mehr eine Antwort geben.

Er griff nach seinem Hut und seinem Gewehr.

»Wo willst du hin?«, fragte der Förster.

»Wieder auf den Berg zu meinen Kameraden. Die werden mir glauben.«

»Das kommt nicht mehr in Frage, bis der Fall restlos

geklärt ist. Gib das Gewehr her. Du brauchst von heut an keinen Dienst mehr zu machen.«

Adrian starrte ihn wie ein Geist an. Das Gewehr sollte er hergeben? Man glaubte also wirklich, dass er gewildert habe? Das Wasser wollte ihm in die Augen schießen, aber er beherrschte sich eisern. Nur seine Hände zitterten heftig, als er dem Förster das Gewehr überreichte. Dann senkte er den Kopf. Er hörte die Haustür zuschlagen und die Schritte im Garten. Draußen auf der Straße blieben die drei noch mal stehen und unterhielten sich heftig miteinander. Der Wachtmeister hatte den auf dem Speicher gefundenen Stutzen bei sich.

»Machen Sie einen Durchschlag Ihrer Anzeige und schicken Sie ihn mir zu«, sagte der Förster eben zum Kommissar. »So Leid es mir tut, das kann ich mit dem besten Willen nicht mehr decken. Ich muss die Anzeige dem Herrn Baron vorlegen. Wann kann ich damit rechnen?«

»In zwei Stunden.«

Der Förster ging in Richtung Schloss. Er ging jetzt langsam mit gesenktem Kopf. Auf dem Rücken trug er Adrians Gewehr.

Drinnen in der Stube presste Adrian das Gesicht in die Arme und stöhnte wie ein verwundetes Tier.

Schlaflos hatte Adrian sich in dieser Nacht in seinem Bett gewälzt und sich den Kopf zermartert. Er fand einfach keinen Ausweg. Wohl war ihm eingefallen, dass auch die Mutter noch Schlüssel zum Haus besaß. Aber das zu erwähnen war genauso absonderlich wie die Anklage, die man nun gegen ihn erhob.

Vor den Fenstern wurde es langsam grau. Vom Kirchturm läutete der Morgensegen. Adrian stand auf und trat ans Fenster. Nebel hing über dem Dorf. Irgendwo bellte ein Hund.

Wie ein Lauffeuer würde es nun durch das ganze

Dorf fliegen: Der Sebald ist kein Jäger mehr. Mit Schimpf und Schande ist er davongejagt worden.

Ist er das eigentlich schon? Das bliebe doch dem Herrn Baron vorbehalten, Isabellas Vater.

Gegen neun Uhr erschien Herr Eberlein und sagte mit undurchdringlicher Miene, dass Adrian sich auf dem Schloss zu melden habe. Er wartete nicht, bis Adrian sich völlig angezogen hatte, sondern ging sofort wieder weg, als passe es nicht zu seiner Würde, sich mit diesem Menschen zusammen sehen zu lassen.

Der Baron erwartete ihn in der Halle, in der er damals die Meldung vom Tod des Rösners überbracht hatte. Der Förster war bei ihm.

Adrian blieb, den Hut in der Hand, an der Tür stehen. Die Falkenaugen des Freiherrn erfassten sein Gesicht.

»Komm her, Sebald. Hier, lies diese Anzeige.«

Adrian griff nach dem Papier. Sein Gesicht wurde weiß wie die Wand. Dann blickte er den Freiherrn an.

»Was hast du darauf zu sagen?«, fragte dieser noch ruhig.

»Nichts, Herr Baron.«

»Was? Nichts? Ja, zum Kuckuck, du musst dich doch verantworten können! Bist du dir denn nicht klar darüber? Die Anzeige ist bereits weggegangen, das Gericht wird sich damit befassen.«

Da begriff Adrian, dass man ihm auch hier nicht glaubte, und tief sank sein Kopf auf die Brust. Es sah so aus, als würde er schweigend seine Schuld zugeben.

»Sebald«, begann der Baron wieder. »Ich kenne mich nicht mehr aus. Du hast mein ganzes Vertrauen besessen, so wie die anderen auch. Und dass ich nun glauben muss, du hättest mich betrogen, so wie mich noch nie ein Mensch betrogen hat, das fällt mir nicht leicht. Wenn du keine Erklärung geben kannst, wie die Decken und Felle auf deinen Dachboden gekommen sind, sehe ich schwarz für dich. Ich bin immer für meine Jäger eingestanden und habe sie gedeckt. Hier kann ich es aber nicht mehr. Das Gehalt für diesen Monat soll dir der Förster noch ausbezahlen. Sonst aber betrachte dich als beurlaubt, bis diese Schweinerei restlos geklärt ist.«

Das Gesicht des Jägers hatte keinen Tropfen Blut mehr, aber seine Stimme klang ruhig.

»Herr Baron, Sie dürfen mir glauben, dass dies der schrecklichste Moment in meinem Leben ist. Ich werde verdächtigt und kann mich dagegen nicht wehren. Vorerst wenigstens nicht. Das Schwerste für mich ist zu erkennen, wie einfach es ist, einen Menschen zu vernichten. Ich bin mit Leib und Seele Jäger. Eine lächerliche Anzeige genügt schon und alles in mich gesetzte Vertrauen ist dahin. Gut, ich muss es über mich ergehen lassen. Nur eines, Herr Baron – das, was Sie vorhin gesagt haben, ein Gehalt für den ganzen Monat, kann ich nicht annehmen. Wenn ich keinen Dienst machen darf, will ich auch nicht bezahlt werden.«

Adrian drehte sich auf dem Absatz um und ging hinaus.

Vom Fenster aus sah der Freiherr ihm nach, bis das Eisentürchen sich hinter ihm schloss. Dann drehte er sich um.

»Rucker, ich glaube nicht, dass er es getan hat. Man kann sich doch in einem Menschen nicht so täuschen. Und doch und doch. Warum wollte er damals nicht von hier weg, als die Geschichte mit dem Rösner war? Sehen Sie, das gibt mir erst jetzt zu denken.«

Der Förster streichelte unablässig seinen Bart.

»Es will mir auch nicht in den Kopf, obwohl so viel gegen ihn spricht. Wie kämen die Rehdecken und alles auf seinen Speicher! Er sagt doch selber, dass nur er allein die Schlüssel zum Haus hat.«

Nachdenklich ging der Freiherr auf und ab.

»Vielleicht mit Nachschlüsseln. Dass jemand mit falschen Schlüsseln ...«

»Daran habe ich auch schon gedacht. Aber die Tür zum Speicher war zusätzlich noch mit einem Schloss versehen. Dann die Patronen. Es ist das gleiche Kaliber, das der Sebald immer hatte.«

Nachdenklich nickte der Freiherr.

»Wenn er es wirklich getan hat, dann hat mich noch kein Mensch so genarrt wie er. Und das bei seiner Jugend. Dann soll ihn aber auch die ganze Härte des Gesetzes treffen.«

In diesem Augenblick stürzte Isabella herein.

»Papa, was soll mit Adrian los sein? Eberlein sagte mir –«

»Was mit ihm los ist?«, schrie der Freiherr verärgert. »Das will ich dir gleich sagen. Der von dir so sehr geschätzte Adrian hat in meinem Revier gewildert. Bitte, widersprich mir nicht. Die Beweise sind vorhanden und er kann sie nicht widerlegen.«

»Aber das ist ja unmöglich, Papa. Das muss ein Irrtum sein und wird sich aufklären lassen.«

»Hoffentlich. Ich bedaure nur, dass du deinem Heiligen nicht mehr helfen kannst, denn morgen Vormittag um elf Uhr dreißig geht dein Schnellzug nach Cannes. Deine Mutter erwartet dich.«

Isabella begriff sofort, dass der Vater jeden Umgang mit Adrian unterbinden wollte, denn ursprünglich sollte sie erst in drei Tagen abreisen.

»Ach so«, sagte sie. »Ich begreife. Ihr zweifelt alle an ihm. Ich aber glaube an ihn.«

Noch ehe der Freiherr sie zurückrufen konnte, war sie draußen und schlug die Tür krachend hinter sich zu.

Zehn Minuten später ritt sie schon im Galopp über

die abgemähten Herbstwiesen und sprang vor dem Malerhäusl aus dem Sattel.

Sie erschrak, als sie Adrian völlig grau im Gesicht und so gebrochen auf der Bank neben dem Ofen sitzen sah. Seine Augen fieberten ihr entgegen. Angst flatterte aus seinem Blick, dass auch sie es glauben würde.

Mit zwei Schritten war sie bei ihm. Ihr Arm legte sich um seine Schulter. Sie zwang ihn, dass er ihr in die Augen sah.

»Adrian, du brauchst mir gar nichts zu erklären. Ich glaube an dich.«

»Wie gut das tut«, flüsterte er ergriffen. »Ein Mensch glaubt noch an mich, wo alle mich jetzt für einen Wilderer halten.«

»Nicht alle, Adrian. Deine Mutter wird an dich glauben, Martha und sicher auch der Egger und der Holly. Schau, das sind schon fast ein halbes Dutzend. Und es wird sich doch aufklären lassen, Adrian. Wie siehst du es denn?«

»Ach, Isabella. Ich stehe vor einem Rätsel. Ich war es auf keinen Fall.«

»Das weiß ich doch! Wenn ich dich bloß jetzt nicht allein lassen müsste, aber morgen muss ich zu meiner Mutter reisen.«

Müde streichelte er ihre Hand.

»Ich danke dir von ganzem Herzen, dass du dennoch gekommen bist. Es ist wenigstens nicht mehr alles ganz so schrecklich.«

»Ich schreibe dir sofort, Adrian. Und du musst mir immer über den Gang der Dinge berichten. Versprich es mir.«

»Nichts würde ich lieber tun, Isabella.«

»So, und jetzt mach kein so trauriges Gesicht. Es wird schon alles wieder recht werden, gelt, Adrian? Ich wette, du hast heute noch nichts gegessen.«

»Mir ist der Appetit vergangen.«

»Lass ich nicht gelten. Ich werde dir Kaffee kochen und ihn mit dir trinken. Bitte, keine Widerrede. Kann ich sonst noch etwas für dich tun?«

»Ja, Isabella. Ich hätte eine große Bitte. Übernimm du es, Martha zu verständigen. Sie wird gestern auf mich gewartet haben und jetzt vielleicht schon mit ihrer Herde unterwegs ins Tal sein. Es ist besser, wenn du es ihr sagst, bevor sie es von anderen erfährt. Ich selber kann kaum aus dem Haus gehen, weil ich das Gefühl habe dauernd beobachtet zu werden.«

»Also gut. Aber versprich mir, dass du etwas isst. Du musst dich zusammenreißen, Adrian. Dein Gewissen ist rein und du kannst allem ruhig entgegensehen.« Sie nahm sein Gesicht in die Hände und küsste ihn auf beide Augen. »Am Abend komme ich noch mal vorbei.«

In seinen Augen war jetzt doch wieder ein froher Schimmer, als er ihr nachsah, wie sie im gestreckten Galopp über die Hangwiesen hinjagte, dem Bergwald zu.

13

Am Mittag pfiffen es tatsächlich schon alle Spatzen von den Dächern, dass der Jäger Adrian Sebald ganz toll gewildert habe und nun mit Schimpf und Schande aus dem Dienst des Freiherrn gejagt worden sei.

Nur seine Mutter wusste es noch nicht und es war, als sei kein Tropfen Blut mehr in ihr, als der Antretter ihr um die Mittagszeit, als er heimkam, höhnend ins Gesicht sagte:

»Was sagst du jetzt zu deinem sauberen Adrian?

»Warum, was ist mit ihm?«

»Geh, tu doch nicht so, als ob du noch nichts wüsstest. Gewildert hat er und das nicht schlecht.«

»Nein, nein, nein«, schrie Irene auf und musste nach einem Halt greifen. »Das kann doch nicht wahr sein.«

»So? Dann lügen alle, das ganze Dorf. Warum ist er dann daheim? Warum hat gestern der Förster sein Gewehr abgeholt? So sind sie, diese Rotzbuben. Hinter anderen sind sie her wie der Teufel. Der Rösner hat an seine Kugel glauben müssen und er selber wildert, dass es eine Schande ist. Grad hat der Polizeimeister einen ganzen Handkarren mit Fellen weggefahren vom Malerhäusl. Sogar Schlingen soll er gelegt haben.«

Die Hand auf das hämmernde Herz gepresst wankte Irene hinaus, griff im Flur draußen nach einem Umhang und eilte, so rasch die Füße sie trugen, ins Malerhäusl. Adrian sah sie daherwanken und ging ihr entgegen. Sie sah im voll Angst und Furcht in die Augen und ließ sich von ihm ins Haus führen. Erst dort fragte sie: »Ist es wahr, Adrian?«

Um seinen Mund zuckte es traurig.

»Mutter, vor einer Stunde war eine da, die hat mich erst gar nicht gefragt, ob es wahr sei. Die hat nur gesagt, ich glaube an dich. Isabella war es.«

Die Mutter schloss die Augen und nickte.

»Ich glaube auch an dich, Bub. Aber sag mir nur bloß, wie hängt denn das alles zusammen?«

»Mutter, wenn ich das wüsste. Ich tappe da selber in einem Dunkel, das grenzenlos ist. Aber es wird sich klären, es muss sich ja klären.« Adrian ging, die Hände auf dem Rücken verschränkt, im Zimmer auf und ab. Dann blieb er wieder vor ihr stehen. »Du hast doch die zweiten Schlüssel zum Haus, Mutter?«

»Ja, natürlich.«

»Wo hast du die immer?«

»In meiner Schmuckschatulle. Und die Schlüssel zur Schatulle habe ich unter meiner Matratze verwahrt.«

»Und das weiß sonst niemand?«

»Nein, das weiß sonst niemand. Warum fragst du, Adrian?«

»Ach, nur so. Man muss halt an alles denken.«

»Und was wirst du jetzt tun, Adrian? Bist du wirklich vom Dienst entlassen?«

»Ja. Und ich kann nichts tun jetzt, als daheim zu sitzen und zu warten.«

Entschlossen stand Irene auf.

»Ich bleibe bei dir, Adrian.«

»Nein, Mutter, du gehörst zu ihm. Und du kannst mir ja auch nicht helfen im Augenblick.«

»Dann lass mich wenigstens von drüben aus für dich sorgen. Du musst doch etwas zu essen haben. Ich schicke dir mittags immer etwas her, wenn ich nicht selber kommen kann.«

»Ich weiß nicht, Mutter – ja, vielleicht geht es so«, antwortete er, obwohl er schon wusste, dass ihn jeder Bissen im Hals würgen würde, der vom Sägemüllerhaus kam.

Am Abend wollte die Mutter wiederkommen. Aber sie kam nicht mehr. Der Schock, den sie am Mittag erlitten hatte, war so stark gewesen, dass sie sich am Abend niederlegen musste. Der herbeigerufene Arzt stellte eine Frühgeburt fest, die Irene wochenlang ans Krankenlager fesselte. Erst gegen Weihnachten erwachte wieder ein starker Wille zum Weiterleben in ihr.

Schatten, nichts als Schatten, obwohl der Spätherbst noch gnadenvoll über das Land hinging. Nur hin und wieder leuchtete dem Adrian ein bisschen Hoffnung. So auch, als Onkel Goliath plötzlich breit in der Tür stand um ihm kurz und bündig zu erklären, dass er mit zu ihm kommen sollte. Aber das ging nicht. Es sähe ja wie

Flucht aus und man hätte ihn dann wahrscheinlich gesucht und verhaftet.

Aber sollte das keine Freude sein in all der Fisternis? Onkel Goliath hatte es in der Zeitung gelesen und wollte dem Neffen beispringen, weil er nicht einen Augenblick an das glaubte, was man ihm aufbürdete.

Onkel Goliath blieb über Nacht und stapfte dieses Mal auch zum Sägewerk hinüber um Irene einen kurzen Besuch abzustatten, die sich von der Frühgeburt noch nicht erholt hatte.

Als er zurückkam, sagte er in seiner trockenen Art: »Sie sitzt wohl in einer goldenen Schüssel, aber glücklich ist sie nicht darinnen.«

Bevor er am anderen Morgen wieder abreiste, fragte er den Neffen: »Brauchst du Geld, Adrian?«

»Nein, Onkel, danke. Vorerst nicht.«

»Und nachher? Also pass auf, wenn du was brauchst, schreibst du mir. Schulden darfst du keine machen.«

Dankbar streckte Adrian ihm die Hand hin.

»Ich verspreche dir, Onkel, dass ich zu dir komme, wenn ich Hilfe brauche.«

Ja, das waren Lichtblicke in dieser trüben Zeit. Auch, wenn Martha sich daheim verstohlen fortschlich und für eine Stunde zu ihm kam. Sie wollte ihn trösten und aufrichten und stand selber in schrecklicher Not. Man hatte zu Hause wahr gemacht, was man ihr angedroht hatte. Sie musste die niedrigsten Arbeiten verrichten. Niemand redete ein gutes Wort mit ihr, nur harte, trockene Befehle, so wie man kaum einen Hund anschreit.

Sie sprach nicht mit ihm darüber. Aber er fühlte es, er merkte es an ihren zerschundenen Händen und an dem traurigen Blick ihrer Augen.

»Nun liege ich auch noch auf deinem Leben wie ein schwerer Stein«, sagte er einmal überwältigt. »Bitte, vergiss mich, Martha. Dann wirst du es wieder leichter haben.«

»Nein, Adrian, lieber sterbe ich. Oder glaubst du, dass man aus Liebe zu einem Menschen nicht sterben kann?«

Da riss er sie wieder an sich.

»Sprich nicht davon. Wir wollen ja leben! Schau, einmal wird auch uns die Sonne wieder scheinen. Du musst nur Geduld haben, Martha. Viel Geduld.«

»Ach, Adrian, und wenn ich ein halbes Leben lang auf dich warten müsste – ich warte!«

Eines Nachts, kurz vor Weihnachten, klopfte es am Fensterladen. Als Adrian öffnete, stand der Mirisgleich draußen. Adrian nahm es fast den Atem vor Freude.

»Geh weiter, lass mich rein«, sagte der Alte grob und schob sich in den Flur. Dort warf er einen Hasen auf den Boden. »Den schickt dir der Egger, damit du Weihnachten nicht hungern musst.« Er griff in seine Jackentasche und zog eine Flasche heraus. »Und der Zwetschgenschnaps ist von mir.«

»Holly, alter, lieber Holly! Ich kann dir gar nicht sagen, wie mich das freut. Dann glaubt ihr also auch nicht, dass ich …«

»Ach, Schmarrn. Keine Minute haben wir das geglaubt. Wie steht eigentlich die Sache jetzt?«

»Es ist immer noch das Gleiche. Alle Augenblicke kommt der Polizist und will mir einreden, dass ich es war. Aber ich kann doch nichts zugeben, was ich nicht getan habe. Wie schaut es denn aus im Revier jetzt?«

»Es kracht immer noch. Einmal da, einmal dort.«

Adrian ließ den Kopf hängen. Er musste hier sitzen mit gebundenen Händen beinahe, und draußen wurde gewildert.

»Sonst gibt es nichts Neues, Holly?«

»Ja, ja, es gibt schon eine Neuigkeit. Da wirst schaun, Bub. Der Heimerer Sepp ist wieder da und am ersten Januar fängt er bei uns als Jagdgehilfe an. Da, mein ich, setzt sich der Herr erst einen Floh in den Pelz.«

»Das glaub ich nicht, Holly. Schlecht ist er nicht, der Sepp«, antwortete Adrian und es fiel ihm ein, dass er sich hauptsächlich um den Sepp bemüht hatte. Wie einen Witz des Schicksals sah er das jetzt alles an und es stürzte ihn für Tage von neuem in eine düstere Schwermut.

Draußen lag viel Schnee und es herrschte eine grimmige Kälte.

Einen Tag vor dem Heiligen Abend brachte die Post ihm ein Riesenpaket von Isabella, mit einem langen Brief, einigen Hemden und allen Leckerbissen, die man sich denken kann.

Am Heiligen Abend selbst kam seine Mutter herüber. Er erschrak über ihr blasses Aussehen und war besorgt um sie. Mit einem müden Lächeln beschwichtigte sie ihn.

»Es wird schon wieder, Adrian, wenn ich nur wieder aufstehen und nach dir sehen kann. Warum hast du das Essen immer zurückgeschickt?«

»Mutter, verzeih, es ging mir gegen den Strich.«

»Es kam doch von mir.«

»Nein, du lagst im Bett, ich weiß es. Es kam von ihm. Aber sorg dich nicht. Schau her, es geht mir glänzend.«

Er breitete alle Herrlichkeiten aus, die Isabella ihm geschickt hatte. Er zeigte die Socken und Fäustlinge her, die Martha für ihn in ihrer eiskalten Kammer gestrickt hatte. Und er zeigte ihr den Hasen, den ihm der Mirisgleich gebracht und den er in Essig gelegt hatte.

Es wurde noch ein sehr schöner Weihnachtsabend, vor allem als Martha noch dazukam und bis zur Mette blieb. Als Adrian mit ihr allein war, nahm er sie fest in die Arme und sah ihr in die Augen.

»So, und jetzt lüg mich nicht an, Martha. Ich glaube nicht, dass die Schramme auf deiner Stirn vom Anstoßen herrührt. Das sieht wie ein Schlag mit einem harten Gegenstand aus.«

Sie drückte ihren Kopf an seine Schultern und schluchzte auf.

»Lass nur. Um deinetwegen ertrage ich noch viel mehr.«

Adrian biss die Zähne aufeinander, dass sie knirschten. »Wer war es?«

»Benno, mit einem Stock. Der ganze Rücken ist voller Striemen.«

»Und warum?«

»Ach, das weißt du doch. Sie wollten mich nicht zu dir lassen. Adrian, sie behandeln mich wie einen Hund. Nicht eine Kleinigkeit zu Weihnachten und – ich habe keinen Pfennig Geld, damit ich wenigstens dir eine kleine Freude machen könnte.«

»Das ist unwichtig jetzt, Martha. Also Benno war es. Hör einmal zu, Martha, ich dulde nicht, dass du noch mal zurückgehst. Du bist bei mir. Nur einige Tage, dann findet sich was.«

Da warf sie die Arme um ihn, hing sich an ihn, als hätte sie Angst, das Leben wolle aus ihr entfliehen.

»Du – darf ich bei dir bleiben? Adrian, das werde ich dir mein Leben lang nie vergessen. Ich will gern alles erdulden, nur bei dir möchte ich bleiben dürfen.«

»Ja, ja, ist schon gut«, tröstete er und versuchte ihr dann in aller Güte klarzumachen, dass es ja wohl noch nicht so ginge, dass sie nun zusammenlebten, weil sonst erst recht die Meute über sie herfallen würde. Aber er denke an Onkel Goliath, zu dem sie inzwischen gehen könne, bis sich die Situation endlich ändert.

Am anderen Morgen gab er ein Telegramm an Onkel Goliath auf.

»Brauche dich dringend. Bitte komm!«

Am Stephanitag kam Onkel Goliath, hörte sich alles mit gerunzelter Stirn an und nahm dann am Nachmittag schon Martha mit sich in seinen Gäuboden, von dessen weizengoldener Fruchtbarkeit er so gerne sprach.

Zwei Tage später war es so weit. Adrian hatte sich auf die Lauer gelegt, als er den Rösner Benno zur Schmiede hatte fahren sehen, und wartete nun auf dessen Rückkehr oben am Waldrand.

Als das Fuhrwerk aus dem Hohlweg auftauchte, trat Adrian hervor und hielt die Pferde an. Dann war er mit einem Sprung am Schlitten und riss, noch ehe Benno die Peitsche nehmen konnte, diesen herunter.

Mit einem heiseren Schrei sprang Benno den verhassten Jäger an. Aber er lief genau in dessen wuchtig geführten Faustschlag hinein und wand sich im Schnee. Schon kniete Adrian ihm auf der Brust.

»Du Lump, du! Du schlägst meinetwegen deine Schwester. Da – da – und da – – –!«

Schlag auf Schlag prasselte auf den Benno nieder. Adrians Kraft war so wild entfesselt, dass Benno sich überhaupt nicht wehren konnte. Endlich ließ Adrian ihn los, knöpfte seine aufgerissene Jacke zu und ging davon. Die Flüche und Schmähworte, die hinter ihm her geschrien wurden, hörte er schon nicht mehr.

Der Winter trat diesmal schon Anfang März seine Herrschaft an einen schüchtern anklopfenden Frühling ab. Immer noch stand Adrian unter dem Verdacht, das Vertrauen seines Herrn schändlich missbraucht und gewildert zu haben. Es tat ihm bitter weh, wenn er Martha und Isabella schreiben musste, dass sich in seiner Sache immer noch nichts geändert habe und dass er sich jetzt wohl oder übel nach einer Stelle als Bauhilfsarbeiter umsehen müsse, denn als Jäger werde ihn wohl niemand wieder einstellen, nachdem sein Fall auch in den Fachzeitungen besprochen worden war.

Ja, er erwog nun ernstlich sich nach einer Arbeit umzusehen, denn auch sein Geld ging langsam zur Neige und von seiner Mutter wollte er nichts nehmen, weil es ja schließlich von dem verhassten Antretter kam. Sonst aber war es nicht mehr ganz so schlimm um ihn bestellt. Es gab Leute, die sprachen wieder mit ihm, der Egger und der Mirisgleich besuchten ihn regelmäßig, wenn sie frei hatten, und einmal – Adrian hatte seinen Augen kaum getraut – war auch der Heimerer Sepp erschienen und hatte sich bei ihm bedankt. Sicher war ihm der Weg nicht leicht gefallen und er gab es auch zu, dass ihm die Mariandl keine Ruhe gelassen habe, bis er eben gekommen sei.

Und dieser ehemalige Wildschütz sagte dem Jäger mit wunderbarer Offenheit, dass er keine Minute an dessen Schuld geglaubt hätte. Vielleicht hatte er mehr gewusst. Er sprach es aber nicht aus. Nur sein Blick wanderte ein paar Mal viel sagend zum Sägewerk.

Diesen Blick vergaß der Adrian nicht mehr. Der Heimerer hatte etwas ins Rollen gebracht. Adrian schöpfte neue Hoffnung. Er überlegte und bei allem Nachdenken und Grübeln stieg das Gesicht des Antretters vor ihm auf. Irgendwie hakten sich seine Gedanken an diesem Mann fest. Aber sosehr er ihm auch nachspionierte, er konnte nichts Verdächtiges feststellen. Der Mann war glatt wie ein Aal. Und doch und doch! Wer sonst könnte an die zweiten Schlüssel herangekommen sein?

Eines Nachts nun, als er wieder nicht schlafen konnte, stand Adrian auf und trat ans Fenster. Die Nacht war dunkel und ohne Sterne. Ein leichter Wind ließ die

Lampe auf dem Dorfplatz schaukeln. Ihr Licht drang sowieso nicht über den kleinen Platz hinaus.

Schon wollte Adrian sich wieder hinlegen, da zuckte er zusammen.

War nicht da drüben im Holzlager ein matter Lichtschein gewesen? Da – jetzt wieder. Deutlich hatte Adrian einen Schatten huschen sehen.

So schnell wie noch nie war er in seinen Kleidern, griff nach der Taschenlampe und schlich sich lautlos zum Holzplatz hinüber. Schritt für Schritt kam er der Stelle näher. Schon hörte er das heftige Atmen eines Menschen. Oder waren es zwei?

Unglücklicherweise stieß er jetzt an eine Latte, die umfiel.

Ein leiser Pfiff, das Weghuschen einer Gestalt. Blitzschnell stürzte Adrian vor. Seine Taschenlampe blitzte auf und er sah in eine Art Höhlung, die aus Baumstämmen errichtet war. Am Boden lag ein mächtiger Zwölferhirsch und dahinter duckte sich ein Mensch. In Sekundenschnelle warf Adrian sich zu Boden und kroch langsam vor. Seine Hand fühlte das starre Fell des Tieres. Seine Taschenlampe blitzte wieder auf, dann war er doch starr vor Schrecken. Dieses blasse Gesicht, das ihm da entgegenstarrte, kannte er nur zu gut. Es war der Kurzenhofer Kaspar.

Mit einem Sprung wollte der Kaspar sich wegducken. Aber Adrians Faust war schneller. Er hielt ihn schon fest und ließ ihn nicht mehr los.

»Also, du bist es. Schau, schau.«

»Lass mich los. Mit dir will ich nichts zu tun haben.«

»Aber ich mit dir.« Mit einem schnellen Griff bog Adrian ihm den Arm nach hinten. »Wenn du jetzt nicht gutwillig mit mir gehst, brech ich dir den Arm ab.«

Kaspar sah wohl ein, dass er gegen Adrian nicht ankonnte. Das hatte er früher auch schon nicht können.

»Wo willst du denn hin mit mir?«, stöhnte er leise vor Schmerz.

»Vorerst bloß zu mir.«

Willig folgte ihm nun der Kaspar. Vielleicht rechnete er auch damit, dass er unterwegs noch flüchten könne. Aber Adrian ließ seinen Arm nicht mehr los, bis sie in der Stube des Malerhäusls waren. Dort drückte er den Kaspar auf einen Stuhl, ging zurück und drehte den Schlüssel an der Tür um.

»So, Kaspar, und jetzt reden wir Klartext miteinander.«

»Ich hab dir ja schon gesagt, dass ich mit dir nichts zu tun haben will.«

»Also gut, dann bleibst halt da, bis es Tag wird, und wir gehen dann zusammen zur Polizei.«

Dieses Wort jagte dem Kaspar einen kalten Schrecken ein und er versuchte es nun auf biedere Art.

»Geh, Adrian, wir waren doch allweil gute Freunde.«

»Eben darum, meine ich, solltest du mir sagen, wer der andere war.«

»Das – sag ich nicht.«

Adrian lächelte still vor sich hin, holte den Zwetschgenschnaps vom alten Holly und schenkte zwei Gläser voll. Der Kaspar schüttete das seine gleich hinunter und Adrian schenkte sofort wieder ein. Beim vierten Glas wurde der Kaspar wieder bieder.

»Lass mich halt gehn. Was hast du denn davon?«

Da stand Adrian langsam auf und blieb dann drohend vor dem Kaspar stehen.

»Ich sag dir jetzt etwas, Kaspar. Du kommst mir nicht mehr lebend hinaus, wenn du mir nicht die ganze Wahrheit sagst. Wer hat den Hirsch geschossen?«

»Der Adamer Gori.«

»Und wer holt ihn von dort drüben weg?«

»Vielleicht ist er schon weg?«

Blitzschnell sprang der Kaspar ihn von hinten an und umkrallte seinen Hals. Der Anprall riss Adrian fast in die Knie. Aber dann hatte er sich gefasst und einen Augenblick später lag der Kaspar stöhnend am Boden.

Adrian drehte sich um und trat ans Fenster.

»Ach so hast du's gemeint, du feiger Kerl«, sagte Adrian schwer atmend und griff sich an seinen Hals.

Nun gab der Kaspar es auf. Er sah, dass er hier nicht herauskam, und seine ganze Feigheit kam jetzt zum Vorschein.

»Ich kann nichts sagen, Adrian. Die anderen bringen mich ja um.«

»Das ist ganz gleich, ob ich dich jetzt umbring oder später die anderen.«

»Und wenn ich dir's sag, verrätst du mich dann bei der Polizei?«

»Das – weiß ich noch nicht. Möglich wäre es schon. Komm trink, ist gscheiter.« Er schenkte auch sich selbst wieder ein. »Also, Kaspar, raus mit der Sprache jetzt. Halt, zuerst noch was anderes: Hast du jemals geglaubt, dass ich gewildert hab?«

»Ach, woher denn!«

»Also, dann erzähl mir, wer die Rehdecken und das ganze Zeug bei mir auf den Dachboden gelegt hat.«

Der Kaspar hob plötzlich lauschend den Kopf. War da nicht soeben am Fenster ein Kratzer gewesen? »Ich hab was gehört«, sagte er.

»War höchstens der Wind«, antwortete Adrian, der nicht noch mal in eine Falle gehen wollte. »Also, wer war's?«

Der Kaspar wand und wand sich.

»Warst du es vielleicht gar?«

Entsetzt hob der Kaspar beide Hände. »Was du denkst! Bloß geholfen hab ich ein bissl, sonst nichts.«

Adrian hätte aufschreien können jetzt vor Jubel und Freude. Er schenkte dem Kaspar wieder ein, weil er wusste, wie gesprächig ihn der Alkohol machte.

»Muss ich dir sagen, wem du geholfen hast, Kaspar?«

»Meinst du den Antretter?«

Adrians Gesicht blieb unbeweglich. »An den hab ich jetzt nicht gedacht. War es er?«

»Freilich, sonst hätt ja niemand den Schlüssel ins Haus gehabt.«

Diesmal meinte nun auch Adrian, dass er am Fenster etwas gehört habe. Blitzschnell sprang er hin und sah einen Schatten durch den Garten flüchten.

»Da hat einer gehorcht, Kaspar.«

»Das ist mir jetzt alles gleich. Die Hauptsache ist, dass du mich nicht anzeigst.«

»Das steht jetzt auf einem anderen Blatt, Kaspar. Jetzt will ich dir was sagen: Jahrelang war ich dein Freund und ich hab immer gedacht, dass auch ich dir was gegolten hätte!«

»Hast du auch, Adrian, du hast auch was gegolten bei mir«, versicherte der Kaspar und lallte schon ein wenig, denn mittlerweile waren es zehn Gläser geworden.

»Und trotzdem warst du so gemein und hast bei so einer Schurkerei mitgeholfen. Du hast ruhig zuschauen können, wie ich mich jetzt monatelang abgequält und unter der Schande gelitten habe, die man mir angetan hat. Nein, Kaspar, für so eine Gemeinheit kann ich dich jetzt auch nicht schonen. Am besten ist es, du sagst bei der Polizei gleich alles ganz ehrlich, dann kommst du vielleicht noch am besten weg.«

In diesem Augenblick fuhr draußen in einem Höllentempo ein Auto vorüber. Als Adrian ans Fenster kam, sah er nur mehr die roten Schlusslichter.

Es ging nun alles seinen Gang. Die Polizei fand den Hirsch noch unter den Baumstämmen, weil niemand mehr Zeit gehabt hatte die Bretter davor aufzubauen. Das Versteck war übrigens ganz geschickt angelegt, ein Gerüst aus starken Balken, ähnlich einem Dachstuhl, darüber waren Baumstämme gelagert. Innen aber war es hohl und vor dem Eingang lehnten immer einige Bretter. Das Ganze sah von außen friedlich und natürlich aus.

Eingedenk der Mahnung Adrians hatte der Kaspar bei der Polizei ein ganz ehrliches Geständnis abgelegt. Dieser ruchlose Plan war vom Antretter ausgeheckt und ausgeführt worden. Der Kaspar hatte ihm dabei nur Handlangerdienste geleistet.

Also, der Sägewerksbesitzer. Sieh doch einmal einer an. Anton Antretter, der ehrenwerte und angesehene Sägewerksbesitzer war jahrelang das Haupt einer Wildererbande gewesen! Als der Kommissar zur Verhaftung schreiten wollte, war kein Antretter mehr da.

Gegen Morgengrauen war er mit seinem Auto weggefahren und blieb spurlos verschwunden. Im Vorübergehen schaute der Kommissar noch ins Malerhäusl hinein. Adrian ließ gerade hurtig die Feder über das Papier fliegen. Er schrieb an Isabella, nachdem er Martha die frohe Botschaft schon mitgeteilt hatte.

»Also, Sebald«, lachte der Kommissar über das ganze Gesicht. »Sie sind also jetzt glänzend rehabilitiert.«

»Weil ich mir selbst geholfen habe«, antwortete Adrian und es war wohl ein spöttischer Seitenhieb für die Polizei, denn der Kommissar meinte darauf wie zur Entschuldigung:

»Aber ich bitte Sie, wer hätte denn ausgerechnet an den Sägemüller gedacht!«

»Ja, ja, ist schon gut«, lächelte Adrian. O wie er jetzt wieder lachen konnte, so jungenhaft froh und glücklich.

»Sie haben ja auch nur Ihre Pflicht getan und ich mache niemandem einen Vorwurf. Im Übrigen hat es doch eine Anzahl von Menschen gegeben, die an meine Unschuld geglaubt haben. Und glauben Sie mir, Herr Kommissar, das war das Schönste für mich in der ganzen schweren Zeit.«

Der Förster hatte alsbald von dem Freiherrn den Auftrag erhalten, den Jagdeleven Adrian Sebald sofort wieder in seine Dienste zu nehmen und ihn in die Gehaltsstufe eines Oberjägers einzureihen. Der Heimerer solle aber auch bleiben. Nur der treue Holly müsse nun endlich seinen verdienten Lebensabend genießen.

So zog der Förster an einem Nachmittag seine beste Uniform an und ging mit Adrians Gewehr zum Malerhäusl um ihm die Waffe wieder feierlich zu überreichen.

Aber Adrian war nicht da und das Haus war versperrt. Und es blieb dem Förster nichts anderes übrig als ins Sägewerk zu gehen. Irene wusste freilich, wo Adrian sich aufhielt. Er war ins Rottal gefahren zu Onkel Goliath und zu Martha. Gerade heute hatte er einen Brief geschrieben, dass er bei einem Brauereibesitzer vorerst einmal als Jäger eintreten und im Sommer die Martha heiraten werde.

»Ja, was machen wir denn da?«, meinte der Förster unschlüssig.

»Ich weiß auch nicht. Vielleicht schreiben Sie ihm alles.«

»Ja, das werde ich wohl tun müssen. Und vom Antretter wissen Sie nichts?«

»Nein, gar nichts.«

Das aber stimmte nicht ganz, denn gerade am Vorabend hatte sie einen Eilbrief mit italienischen Marken erhalten. Der Antretter hatte aus Südtirol geschrieben, dass er für ein großes Sägewerk als Holzeinkäufer tätig sei und so lange bleiben werde, bis alles verjährt sei. Dann komme er wieder, werde bei Adrian Abbitte leisten und mit ihr ein neues Leben anfangen.

Adrian hatte den Brief des Försters wohl bekommen und wollte am liebsten zurückkehren. Aber Martha bat ihn zu bleiben. Sie hatte immer noch Angst vor ihren Brüdern und hoffte, dass erst die Zeit und die Trennung manches glätten werde.

So schrieb Adrian also zurück, dass er bereits eine neue Stelle angetreten habe, aber bitte, dass der Herr Baron ihm die angebotene Oberjägerstelle freihalten möchte bis zum nächsten Jahr.

Der Adamer Gori bekam drei Monate und der Kaspar vier Wochen mit Bewährung. Ein paar andere gingen frei aus, weil man ihnen nichts nachweisen konnte, denn alles hatte der Kaspar eben auch nicht verraten.

So gingen die Wochen und Monate ins Land. Irene Antretter leitete mit sicherer Hand das Sägewerk, sodass es weiterlief wie bisher. Im Spätherbst konnte man sehen, dass sie wieder schwanger war, und die Leute schüttelten den Kopf.

War der Antretter hier gewesen?

Ja, er kam von Zeit zu Zeit nachts über die Grenze. Und alle vier Wochen fuhr Irene zu ihm und kam dann mit leuchtenden Augen zurück, denn sie wusste, dass ein völlig veränderter Mensch nach Jahren zu ihr zurückkehren und dass sie dann wirklich glücklich sein würde.

Im Frühjahr darauf kamen Adrian und Martha Sebald zurück und Adrian trat wieder in die Dienste des Freiherrn von Siebenzell.

Martha waltete im Malerhäusl mit ihrer jungendlichen Kraft. Sie brachte die verwahrlosten Rosenstöcke wieder hoch und fegte das Haus bis in den letzten Winkel hinein, wenn sie wusste, dass Adrian für ein paar Tage vom Berg herunterkam.

Da saßen sie dann abends vor dem Haus auf der Bank und sahen dem ungeheuren Himmelsbrand der sinkenden Sonne zu, bis alles erlosch und die ersten Sterne funkelten.

Manchmal fügte es sich, dass Isabella vorüberritt und ihre Rappstute anhielt. Dann stand Adrian auf, pflückte eine Rose und reichte sie ihr über den Zaun. Martha kam hinzu und lächelte glücklich die Reiterin an. Die hielt sich aber nicht lange auf, steckte nur ihre Rose an, lächelte ein bisschen gezwungen und winkte im Davonreiten den beiden noch zu.

»Macht's gut, ihr beiden.«

Vielleicht wurde aus dem Lächeln ein kleiner Zug von Wehmut, wenn es niemand mehr sah, denn im Stillen galt Isabellas Liebe immer noch Adrian, dem Jäger und Jugendfreund.

Die Feindschaft mit den Rösners hielt an. Es war kein Hass mehr, nur eine gleichbleibende, kalte Feindschaft. Das Eis brach erst im Spätherbst, als die Rösnerin ihre jüngste Tochter vor dem Grab des Vaters stehen sah – in einer hellen, strahlenden Schönheit. Lange stand die alte Rösnerin hinter einem anderen Grabstein, bis sie zu Martha hinüberging und ihr die Hand auf die Schulter legte.

»Kriegst du ein Kind, Martha?«

»Ja, Mutter. Und ich freue mich unsagbar darauf. Aber es wäre noch viel schöner, wenn du wieder meine Mutter sein möchtest.«

Die Rösnerin brummelte etwas, aber sie ging dann doch mit Martha ins Malerhäusl und versprach, dass sie jetzt ihr Heiratsgut bekäme.

Sie blieb bis zum Abend. Schwer dufteten die Rosen im Garten. Aber sie sollten bald verblüht sein, denn es war schon später Herbst.